U0519541

# 沉睡的野兽

[美] 彼得内尔·范·阿斯戴尔/著
Peternelle van Arsdale
雒城/译

THE
BEAST
IS AN
ANIMAL

天地出版社 | TIANDI PRESS

**图书在版编目（CIP）数据**

沉睡的野兽／（美）彼得内尔·范·阿斯戴尔著，雏城译. 一成
都: 天地出版社，2022.5
ISBN 978-7-5455-5190-7

Ⅰ.①沉… Ⅱ.①彼…②雏… Ⅲ.①长篇小说—美国—现代
Ⅳ.①I712.45

中国版本图书馆CIP数据核字（2020）第082374号

Chinese (simplified) language copyright © 2022 by Beijing Huaxia Winshare
Books Co., Ltd.
Original English language copyright © 2017 by Peternelle van Arsdale
Published by arrangement with Margaret K. McElderry Books,
An imprint of Simon & Schuster Children's Publishing Division
All rights reserved. No part of this book may be reproduced or
transmitted in any form or by any means, electronic or mechanical,
including photocopying, recording or by any information storage
and retrieval system, without permission in writing from the Publisher.

**著作权登记号　图字：21-2020-109**

CHENSHUI DE YESHOU

## 沉睡的野兽

| 出 品 人 | 杨　政 |
| --- | --- |
| 著　　者 | ［美］彼得内尔·范·阿斯戴尔 |
| 译　　者 | 雏　城 |
| 责任编辑 | 陈文龙　赵雪娇 |
| 装帧设计 | 挺有文化 |
| 责任印制 | 王学锋 |

出版发行　天地出版社
（成都市槐树街2号　邮政编码：610014）
（北京市方庄芳群园3区3号　邮政编码：100078）

| 网　　址 | http://www.tiandiph.com |
| --- | --- |
| 电子邮箱 | tianditg@163.com |
| 经　　销 | 新华文轩出版传媒股份有限公司 |

| 印　　刷 | 北京文昌阁彩色印刷有限责任公司 |
| --- | --- |
| 版　　次 | 2022年5月第1版 |
| 印　　次 | 2022年5月第1次印刷 |
| 开　　本 | 880mm×1230mm 1/32 |
| 印　　张 | 10.5 |
| 字　　数 | 225千字 |
| 定　　价 | 58.00元 |
| 书　　号 | ISBN 978-7-5455-5190-7 |

**版权所有◆违者必究**

咨询电话：（028）87734639（总编室）
购书热线：（010）67693207（营销中心）

如有印装错误，请与本社联系调换。

兽魔也是动物，

你最好关紧门户，

否则一到天黑，

他就会来抓你，

叫你追悔莫及。


兽魔也是动物，

听它挠你家门，

它会吸走你的灵魂，

把你舔个干净，

然后吸着鼻子，

去找下一个人。


兽魔也是动物，

下巴尖又翘，

等你睡着它就来咬你，

只剩一张皮，

别的全吃掉。


——拜德世界古老的童谣

# 目 录

# 目 录

C O N T E N T S

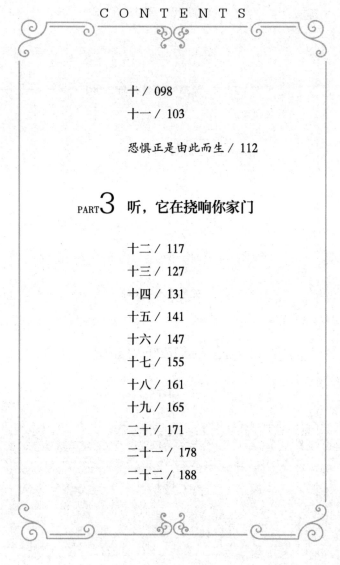

# 目　录
## C O N T E N T S

# 目 录
## CONTENTS

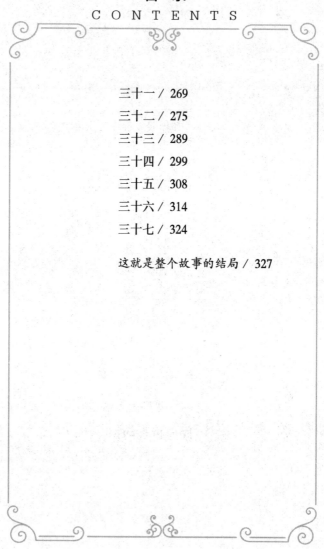

# 故事从这里开始

在很久以前，有一对小姐妹。她们出生的时间只隔了两分钟，两个女孩有着同样完美可爱的面容和天鹅绒一样柔软的满头黑发。母亲生下她们花了整整两天时间，她能活下来简直堪称奇迹。至少那位接生妇每个小时都在担心这位准妈妈可能凶多吉少，两个女孩也可能保不住。但女孩们一生下来，就哭得好大声，妈妈也是喜泪涟涟。接生妇把两个孩子放在母亲疲惫的臂弯里。当其中一个女孩从妈妈怀里滚落时，接生妇在最后关头接住了她，才没有摔到地上。当时，接生妇觉得这是上天保佑。但没过多长时间，她就宁愿自己任由那个邪恶的小东西摔下去算了。

但那是后来的事了。在此之前，还有另外的原因令人这对新生儿感到不快。两个健康的婴儿出世，乍看是好事，但在一个田园荒芜、粮食短少的村庄里，两个女孩的诞生并非可喜可贺，而是值得同情。村民们摇头叹气，希望这样的噩运不会带给自己家。

两个女孩的父亲得到了大家的同情。他肯定是想要儿子的——想多一双强健有力的手来春种秋收。农夫家里需要个能干的小伙子，来修葺篱笆，看管山羊和绵羊，以免它们被狼叼走。

那位母亲，被人看作不值得同情的灾星。一次生下两个女儿，简直还不如没有孩子。有人甚至说，这样做简直是不敬神明，只有特别不虔诚的女人，才会做出这种事。

这位母亲一直都是沉默寡言的类型，喜欢独处，平时就在自家菜园里忙碌。她和丈夫一起生活的那座农舍是村子里最偏僻的。别人不管去什么地方，都不用经过他们家门口。也没人来串门聊天。如果你要去她家，一定要专门前往。当然，也从来没人这样做。

从一开始，这位母亲就发现这两个女孩很特别。但她没说，甚至没跟她的丈夫说。两个女孩一模一样——同样的黑头发，同样圆圆的灰眼睛。她们甚至有完全相同的胎记，在一侧小腿后面，大致呈星形的一块斑。但双胞胎姐妹也有不同之处。早出生两分钟的女孩爱用左手拿东西，晚出生两分钟的女孩爱用右手。姐姐的胎记在左小腿，妹妹的却在右边。她们的头发打卷的方式也完全一样，但方向相反。两个女孩互为镜像——十分相像，又不一样。

年景好的时候，这种事情不会让一位母亲感到担心，只要庄稼收成好，人们就有吃有喝。

但是，如果该下雨的时候就是不下雨，严酷的冬天之后又是干旱的夏季，任何小事都会让人担心。而这对双胞胎女儿恰好就有这么一点儿特别，足够让母亲的心时不时突突乱跳。

女孩们一天天长大，老天还是不肯下雨。有时候云层积聚，村里人的希望也会增加，但天上连一颗雨点儿都不掉。当夏天接近结束，村里人预计又将面对一段漫长而且饥饿的冬天，他们的担忧变成了恐惧，恐惧又变成了怀疑。他们自问：村里到底出现了什么变化？短短一段时间之前，他们还有足够的食物，这些日子里到底发生过什么？

一份正常的自保本能，促使母亲让她的女儿们远离这些吹毛求疵的眼神。有段时间，她们都是安全的。但有一天，有个邻居带了一篮鸡蛋上门，她在村里没能卖掉这些蛋。这位新妈妈的鸡下的蛋不多，而她的丈夫又很爱吃鸡蛋，所以她邀请这位邻居进入自家厨房，谈谈价钱。

邻居坐在母亲的餐桌旁，好奇地四处张望。她略带一丝嫉妒地注意到洁净的地板，母亲的白围裙，还有小女孩们圆润可爱的面庞。两个孩子才刚满周岁，但已经会走路，而且在咿呀学语。邻居看到小姐姐伸出左手拿东西，小妹妹伸出右手。然后她又发现了小孩圆鼓鼓的小腿后面那对很特别的星形胎记。邻居感到颈后一紧，恍然记起了什么，这想法渐渐占据了她的头脑。这两个女孩真的很奇怪——简直太奇怪了。

邻居没有马上回家。相反，她去了铁匠那里。后者正在隔着篱笆跟酒馆老板聊天。大长老的妻子几分钟后在附近经过，碰巧听到了他们在聊的事情。通常来说，她不是爱嚼舌根的人，但这件事关系重大：有位邻居发现了去年以来村子里最大的变化。祸根就是那两个互为镜像的婴儿，两人都有星形胎记，这是兽魔留下的。最邪恶的兽魔，就是它让村里不会下雨。

父亲从田里回来，刚刚坐下来跟母亲一起吃晚餐，就被强硬的敲门声打断了。事实上，年轻父母早就听到了十几名村民向自家农舍逼近的脚步声。丈夫扬起眉毛看看妻子，然后透过前窗，看外面夏日黄昏的景象。透过蟋蟀的长鸣声，能听到外面压低嗓门儿的议论。母亲走向房门，但父亲伸手扳住了她的肩，拦下了她。两人一起等着别人敲门。

那对父母听到了他们家房门前的脚步声。一双脚的声响传来，然后就是指关节敲击木门的声音。父亲去了门口，去听那些村民的来意。

村民还挺讲道理。他们说，大家并不怪孩子的父亲。旱灾显然是一名巫婆作法的结果，大家愿意相信：他本人也是无辜的受害者。

毕竟他们早就知道，如果能选择，他也不想要女儿，更不要说两个女儿还都带着兽魔的标记。他们说，事情显而易见，他的妻子是个巫婆，而那互为镜像的双胞胎就是巫婆的孽种，诞生于她和那个东西——兽魔的邪恶结合。那父亲有两个选择：他可以驱逐巫婆和她的孩子们，也可以跟她们一起被放逐。村民们说，第二天天一亮，他们就来听取父亲的决定。

那父亲暂时松了一口气。村民们甚至没有提到过烧死他的妻子和女儿们，也没说要砸死她们、淹死她们。他随后的想法，就不那么让人开心了。如果他和妻子、女儿一起被放逐的话，他们全都会被饿死。没有任何其他村子会接纳他们，父亲也没有任何办法让全家人有足够的食物熬过冬天——没有农田就做不到。饿死会比烧死更慢，但也可以说是更加痛苦。

村民们离开以后，父亲告诉他的妻子，现在只剩下一件事可做：她和女孩们应该离开。她们应该躲入森林，据说那里有古老的、邪恶的事物出没。父亲一直不相信这类胡言乱语，但他的邻居们信。也就是说，不会有愤怒的农夫胆敢尾随他的妻子和女儿们。父亲向母亲保证：短短几天以后，他就会去找她们，然后给她们建造住所，再之后，会定期探望她们，带给她们食物和木柴，直到他的妻子和孩子们能够安全回家。他说如果运气好，雨水在霜降之前就会来临。届时村民们就将认识到他们的错误，大家就会忘记所有的不快。

第二天黎明时，村民们眼看着父亲引领妻子和女儿们去了旷野尽头。母亲的肩膀被压弯，她背了尽可能多的食物和衣服，还有一把快刀，一柄斧头。她不得不把所有的鸡留下，但用长绳牵了一只母山羊。父亲不敢亲吻他的妻子，也不敢拥抱他的孩子们。当母亲和小女孩们进入森林时，他转过身不去看她们。有位村妇吓得惊叫起来，事后信誓旦旦地对别人说，那个母亲、双胞胎和山羊，就在她眼前凭空消失掉了。

森林里非常黑暗。

最初那几天几夜，母亲过得沉默又慌乱。小女孩们还在蹒跚学步的年龄，但表现已经相当严肃、乖巧，她们似乎也感觉到，现在这种时候不适合哭闹。母亲找了一座干爽的洞穴，然后生了一堆火，太阳落山之后，她目不交睫。女孩们在狼嚎声里安睡。山羊却没有睡。

第五天，父亲来了，那时候母亲已经不抱希望。他是循着烟迹找到她们的。他在洞口给她们建了一座通风的窝棚，然后告诉他的妻子说，他必须回去照管农田。

母亲把山羊也关在小窝棚里，让它跟她和女儿们待在一起，因为害怕野狼把它拖走。山羊给她们供奶，夜里还能温暖两个小女孩——而她们的妈妈就一直盯着门口，等着丈夫带她们回家。

一开始，父亲每星期来一次，然后是一个月一次。他每次来，母亲都会问："我们什么时候能回家？"但是，即便在第一场雨来到，旱灾结束之后，父亲还是说情况不安全，村民们没有忘记旧事，还说他听到传闻，在邻村有女巫被烧死。当母亲说"但我又不是女巫"的时候，父亲只是点头，望向别处。

女孩们经历了生命中第五个冬天之后，她们的父亲彻底不再来了。母女三人靠吃又瘦又硬的猎物和山羊奶为生，她们的母亲总在唠叨，说她担心，要是无法喂养山羊的话，大家会落到怎样的下场。她说这句话的时候那副表情，显然是在算计着什么。女孩们紧紧靠在山羊身旁。她们说，自己宁愿饿死，也不愿吃掉她们的山羊。

母亲早就不再盯着门口等她的丈夫了。已经有一段日子，他即便来，也只是给她们送来一些东西。他不再爱抚妻子，也不看孩子们。当他完全不再来时，母亲怀疑他是不是死了。但她感觉应该没有。

一个寒冷的早晨，铁灰色天空下，母亲把那只山羊关在窝棚里，默默地带了她的两个女儿穿过森林。她们都已经好几年没走过这条路，但心里还是记得路线。时间是傍晚，天空已经开始变暗，她们这才来到那座农场的后门，曾经是她们的家的地方。母亲敲门，一位矮壮的、面色红润的女人来开门，她吃惊地深吸一口气。然后父亲来到门口，他的脸上先是吃惊，然后露出羞愧的神情。他把手按在那个面色红润的女人的肩上。他们俩对母亲承认了她一直以来的猜疑：她已经不再是某人的妻子，而她的丈夫，也早已经不再是她的丈夫。

现在，两个女孩已经长野了，她们站在亲生父亲家温暖的、火光闪耀的门口，除了好奇，并没有任何其他感觉。然后她们嗅到了炖肉的香气，口水流了出来。对那香味的回忆一直跟着她们回到冷冰冰的窝棚里。从此以后，以前的食物都变了味儿。不管是温热的山羊奶，还是她们在清凉溪水里抓到的鳟鱼，或者强韧的筋骨在篝火上烤到一部分焦脆一部分带血的野兔——这些都不再能够让她们感到饱足。

即便在吃饱之后，还是有一份焦灼的、无法满足的饥饿感在她们腹中翻腾、扭动，直到那份炖肉的记忆淡去，她们已经无法记起真正的厨房里烹制食物的气息。

女孩们越长越高，越来越强壮，也越来越不安分起来，她们的妈妈却日渐憔悴。她们在森林中度过的每一年，都让她更加弯腰驼背，眼睛昏花。当两个女孩在山间蹦跳、爬树、徒手抓鱼的时候，她们的母亲却坐在黑暗、潮湿的窝棚里。后来她开始咳嗽。再之后她不再枯坐，而只能侧身躺着。她呼吸时开始有杂音，皮肤枯瘦得几乎透明。

这些年来，两姐妹跟她们的母亲越来越疏远，彼此之间却更加亲密，也更加热爱这片森林。但当她们某天晚上回到窝棚时，发现母亲已死，还是非常震惊的。山羊就躺在母亲身旁，在女孩们进来时，抬头看了她们一眼，两人的黑发沾着泥巴，都已经变成了棕色。女孩们猜疑地对视了一眼，文明世界留下的模糊印象告诉她们，应该安葬母亲。深夜，她们挖好了一座深深的墓穴。狼在嗥叫，两姐妹听到树叶窸窣作响。姐姐龇牙低吼，两人都听到有低沉的嗥叫声做出回应。但那些狼并没有继续逼近。

女孩们继续她们孤单的生活。每天晚上，山羊还像以前那样蜷缩在她们身旁。有时候，当它在清晨触动女孩们的面庞，会让她们回忆起母亲——她曾那样抚摸女儿们的头发，亲吻她们。她们腹中隐隐的饥饿感，渐渐转化成了怨恨。

有一天，女孩们不知不觉就已经在走向村庄。她们已经不需要对话。当姐姐抬脚走向父亲的农场，妹妹也毫不犹豫地跟在后面。她们一直等到天黑，直到父亲最后一次对家畜的巡视完成，已经在他们温暖的房子里，在他妻子的身边睡熟。然后女孩们才悄悄潜入，把畜栏门完全打开，鸡舍也一样。她们让野狼完成了剩下的事情。很快，她们父亲的家畜就被吃得精光，只剩羽毛和骨头。

但这还不足以平息两姐妹的怨愤。于是她们转向其他农夫的农场，经过一晚上的隐蔽潜行，她们打开了所有的畜栏和鸡舍。然后女孩们自己爬到树上，听着野狼们大快朵颐。

等到村子重新平静下来，两姐妹回到她们森林中的家。在黎明前的几个小时里，她们躺在那里睡不着，眼睛就是不愿闭上。在那几个小时里，女孩们身上发生了某种变化。某种东西被开启，而另外一种东西被关闭了。

第二天早上，女孩们在空气中嗅到了一丝恐惧。这让她们的食欲得到了某种满足，让她们有了一份温暖的感觉。这种感觉，她们只有在模糊如童话一般的早年记忆里才体会过，那时候她们还可以在真正的床上睡觉。她们断定，现在到了拜访父亲的时间。

当她们穿过父亲的农田，寻找他的踪迹时，太阳正准备沉入地平线。尘土和落叶已经成了她们身体的一部分，就像她们自己的皮肤和毛发一样，她们已经靠近到触手可及的距离，父亲的眼睛才警觉地瞪大，看到她们站在那里，两个泥土做成的女人。他在那里瞬间惊叫，张大嘴巴，姐姐吸入了他的恐惧，那份愉悦感让她两臂汗毛竖起。父亲的双手在自己胸前抓挠，就像在焦急地寻找他遗失的某件东西，然后他仰面摔倒，死在了他自己的农田里。

妹妹用右手触碰了一下姐姐的脸。有很短的一瞬间，姐姐的双眼变作纯黑，然后又浅化成灰色。

姐姐拉起妹妹的手，两人一起去见那个面色红润的女人。妹妹敲了门，那女人来开门。她的恐惧发出刺鼻的气味，就像馊掉的牛奶。妹妹看到那女人简单的头脑和贫弱的灵魂展现在她面前，就像摆在一张餐桌上，就等着她来享用。于是妹妹吃光了它。她吸入那女人恐惧中的灵魂，就像吃掉一顿温热的晚饭。那女人的表现也和她的丈夫一样——她的两手也在胸前乱抓，就像某种宝贵的东西刚刚被人从那里抢走，然后她就倒在厨房的地上，死了。女孩垂下视线，看看那个健壮女人的尸体，感觉自己的饥饿只得到了很少的满足。两姐妹回到家，饥饿感却更加强烈了。

第二天，两姐妹等到夜幕深沉，漆黑一片，才回到村子。

当她们接近村庄，吃惊地发现另外一个女孩——实际上是个小孩子——站在一片昏黑的旷野里，就像在等她们的到来。这个女孩不像两姐妹的父亲和他红脸膛的妻子。当这个小女孩看到两姐妹时，她的体内没有恐惧。她只是觉得她们有趣，感到好奇。小女孩在两姐妹心里引发了一份记忆，让她们记起自己也曾是这个村子里的小孩。于是两姐妹决定不去占有这个孩子——也放过所有的其他小孩。

两姐妹要找的，是那些被吓坏的成年人——那些指控者，放逐者，任何一个比两姐妹年龄更大的人。他们是心怀恐惧的人，两姐妹能嗅到那份恐惧，就像看到空气中的烟柱。在某种程度上，两姐妹是要让他们从恐惧中得到解脱。她们会彻底取走那份恐惧。

两姐妹继续行程，造访村子里的每一户人家。她们让孩子们继续安睡，成年人死掉，变成一具具空壳。就这样，两姐妹偷走了不应该被偷取的，只留下一个洞，一份空虚，取代那份被强行夺走的东西。一开始，它只是一个黑黝黝的小洞，但在未来这些年，这洞会不断扩大。但两姐妹对此一无所知。

最终，她们满意了。月亮低垂在天上，星光暗淡，她们步行回家，穿过泛着银光的树叶，回到密林中的小窝棚。她们的脚只是轻轻接触森林中的地面，就像在飘行一样。

当她们接近窝棚，两姐妹嗅到血腥味，还有痛苦和恐惧，但当这些来到她们的鼻端，却不会让她们感到愉悦，于是她们加快脚步。窝棚的大门敞开着。也许是老山羊在半夜里把它顶开了。山羊的血厚厚地积聚在它平时晒太阳的位置。野狼把它身体的其他部分全都拖走了。

姐姐没有任何感觉，妹妹隐约还记得有一种情绪叫作伤心，却无法抓住它。她们已经不再是小女孩，但也不是普通女人。她们变成了另外一种东西。她们发觉，自己已经不太需要食物和饮水。这世上有那么多恐惧的、不安的灵魂等着被吞噬。而两姐妹需要做的，只是把它们吸入体内而已。

她们的名字是安杰莉卡和贝妮迪克塔。她们是魂妖。

PART

# 1

当
天
黑
时

一

对艾丽斯来说，每个夜晚都很漫长，而且每个夜晚都一样。
妈妈会给她洗澡，然后把绒布睡衣套在她身上。妈妈让艾丽斯躺
在亚麻布床单上，盖上羊毛毯子——它好重，压在艾丽斯不安分
的肢体上面。然后艾丽斯就整晚被困在黑暗和寂静中，却完全睡
不着。

妈妈离开房间时，艾丽斯依恋地目送她。妈妈回头看了一
眼，向艾丽斯微笑，然后随手关上门，把厨房里温暖的光隔在
了外面。艾丽斯想象爸爸坐在外面的模样，嘴角叼着烟头，脚
趾头伸到炉火前。然后她躺在床上，听家里的各种声音传到她周
围——爸妈轻柔的对话声、碗碟的磕碰声、木地板上的轻微脚步声。

然后，是寂静。

她还是能听到别人的呼吸。妈妈轻声叹气，爸爸打鼾，偶尔

有一声呻吟。

艾丽斯现在七岁，她从记事起，就是现在这个样子。她一直都害怕夜晚。

要是她能下床活动就好了。就是因为她知道自己不能随便下床走动，才让她这样难以入睡。大人们让她安静地躺下睡觉，艾丽斯却有一份强烈的冲动：绝对不想那样做。她的两眼总是瞪得溜圆，而且一直那样。她没有兄弟姐妹，所以不了解别人的情形，但有人会说，她这样的小孩很奇怪，大部分孩子在该睡觉的时候都会乖乖睡觉。但艾丽斯就是做不到。

艾丽斯下定了决心，今晚一定会不一样。今晚，当空气中回荡着妈妈轻微的气息和爸爸的鼾声时，她将会宣布自己每晚的囚禁就此终结。她将自己主宰这个夜晚。

一切都安静下来之后，她又等了很久，以确保万无一失。然后她把双脚放在凉凉的木地板上。现在是夏末，接近秋收时节，尽管白天还比较热，夜间的空气已经显出秋意。她摸索着找到自己的羊毛袜和靴子，还有一件羊毛外套。她是个懂事的孩子，用不着别人提醒自己该穿什么。妈妈一直夸奖艾丽斯在这方面很冷静。

但现在艾丽斯却并不冷静——选定这个夜晚出去闲逛不算什么明智之举。她明明知道，却还是管不住自己。她已经定了一个计划，等待了那么久，被"囚禁"那么久之后，她拒绝再等到下一个夜晚。她无法继续等待。即便是在昨晚那位农场主和他的妻子遭遇不幸之后，即便是在更早的深夜，有狼群进村，吃掉了桂尼斯村里所有的鸡、山羊，还有马儿。艾丽斯为妈妈的那些鸡感到难过。它们都那么可爱，抱在怀里的时候那样温暖，还能下那样好吃的鸡蛋。

艾丽斯以前听到过她的父母议论那位农场主和他的妻子，就是死掉的那两个人。他们住在远离村庄中心的边缘地带，几乎要到森林边上了。妈妈说，他们的死被人察觉，只是因为有人怀疑那位农场主，认定他知道那些牲畜为什么会遭遇不幸。妈妈说，所有这些流血事件，一定都是女巫的恶行，而那座农舍，就曾经是另一名女巫和她的双胞胎女儿生活过的地方。而爸爸却说，一个人娶过女巫，并不代表他的下一任妻子也一定是女巫。妈妈不同意，说她觉得恰恰相反，因为这个农夫已经死了，还能有什么别的原因？而妈妈自己的鸡也都死掉了，不是恰好证明了全村人都在遭受惩罚，就是因为那农夫和他的妻子暗中做的勾当吗？然后爸爸向妈妈使了个眼色，妈妈意识到艾丽斯在听，然后她……嗯，他们就不再说这件事了。

艾丽斯本应该害怕狼群的出现，还有农夫娶到了女巫这件事，但实际上她一点儿都不怕。事实上，艾丽斯从来没有害怕过。她小时候爱听的童谣，就是最吓人的那种，就是讲兽魔吸走你的灵魂，只给你留下枯骨和一张人皮之类。艾丽斯最喜欢的就是那类儿歌。当她的朋友盖诺尔闭着眼睛尖叫，两手捂住耳朵时，艾丽斯还是笑个不停，继续唱歌。有时候，她还会答应盖诺尔，说自己会停下来，但等到盖诺尔相信了艾丽斯，把手从耳朵边放下来，并且睁开眼睛时，艾丽斯马上就会继续唱：

兽魔会在暗中张望，

当你晚上睡得正香，

打开门，

请它来，

啊，你妈妈就会哭哭啼啼！

艾丽斯走出她的房间，再次倾听妈妈和爸爸的呼吸声。然后她穿过厨房，从厨房门出去，抢在自己犹豫或者改变主意之前离开了家。她周围的空气清冷而湿润。而那天空，哦，多美的天空啊，有那么多闪亮的星星！

艾丽斯仰头看天，心情因为星空改变了很多。她转了个方向，从新的角度看天空，欣赏那些原地仰头看不清的地方。自由的感觉真好，村里所有人都已经睡着，而艾丽斯甚至没有尝试过睡觉。如果她每个晚上都能这样度过，艾丽斯心里想，她就不会再讨厌夜晚。

站在妈妈和爸爸的菜园里，艾丽斯又一次感觉到拘束。她能感觉到身后矗立的房子，还有两侧的畜栏。而且她知道，在夜幕的后面，还有邻居家的房子环绕四周。艾丽斯想要的是一片荒凉的旷野——她希望周围都是高高的荒草丛，一直延伸到她在黑暗中能够看到的最远距离。而艾丽斯的确知道哪里有这样的荒地。她只要走上大路，沿路出村，然后就可以到那样的地方。那里又大又开阔，只有森林围绕，而森林本身，又要比荒野更大、更开阔。

艾丽斯迈开两腿穿过暗夜。她的手臂伸向两边，感受暗夜的空气在她头顶和周围浮动。

她独自一人，却不觉得孤独。

然后就是田野。她走入其中，感觉到高高的草抚过她的长裙，即便是隔着袜子，也在划过并且刺激着她的皮肤。她已经感觉不到自己周围有任何建筑。当她走到一片荒野的中央，她再次仰头看星空。天空像是一个巨大无比的碗反扣下来，星星向她撒落，就像无数闪亮的谷粒那样。她瞪大眼睛，贪婪地欣赏着这一切。

她在看到那两个人之前，就已经感觉到了她们——两个女人。

并不是因为她们发出过声音。恰恰因为她们没有发出任何声音，所以才引起了艾丽斯的注意，她觉得有某种东西存在，但这东西像是没有躯体。这两个人是有躯体的，她现在看出来了。这两个女人，这两个满身泥巴和树叶的女人。她们在高高的草中飘过来，大大的灰色眼睛，即便在黑夜里也闪闪发光，就好像有某种内部能量点燃她们一样。那两个女人也看到了艾丽斯。

但艾丽斯一点儿都不怕。没错，她好奇，艾丽斯以前从未见过这样的女人。她们不是村姑——至少不像艾丽斯听说过的任何村庄里的女人。她们看起来也不像游商。游商是那种样子很古怪的人，而这两个女人比他们更奇怪。艾丽斯突然觉得，她们看起来更像两棵树，而不像两个人。

然后她们就靠近了艾丽斯，来到了她身旁，一边一个，每个人抬起一只沾满泥土的手，搭在她的肩上。她们身材纤细，尽管要比艾丽斯高很多，艾丽斯这才意识到，她们根本不是什么女人，她们还是女孩。她们比艾丽斯年龄大一点，但可能也大不了多少，绝对还没有当妈。

"你叫什么名字？"只有其中一个女孩说了这句话，但感觉却像是两个人都说过。艾丽斯感受到某种能量流过自己的肩膀，一条银线将两人的手连接起来。

"我叫艾丽斯。"

"艾丽斯，你去睡觉吧。"另一个女孩说。

当那个女孩说完这句话，艾丽斯立刻感觉自己眼皮发沉，就像幕布被拉扯，快要闭合一样。但不行啊，艾丽斯想，她并不想这样做。她又一次用力把幕布拉开，瞪大眼睛。"但是我并不想去睡觉。"艾丽斯说。

"这个人心里完全没有恐惧啊，贝妮迪克塔。"那女孩嗅了一下艾丽斯周围的空气说道。以前，盖诺尔的小狗也这样嗅过她。

"是啊。她的确没有恐惧，安杰莉卡。"

贝妮迪克塔，安杰莉卡，艾丽斯以前从未听过这两个名字。

她当时觉得这两个女孩很美。眼睛像猫头鹰一样有神的这两个女孩，带有一份奇特的魅力，她们长长的黑发跟枯枝和树叶混合在一起。

然后她们离开了她，就像她们出现时一样快。两个女孩继续向前飘行，离开田野，融入黑暗，消失在远方的某处。艾丽斯完全猜不出她们要去向何方。

二

　　艾丽斯在草地上醒来，她的头发和衣服都被露水打湿了。头上的天空是清朗明艳的蓝色。她在早晨经常会小睡一会儿。那通常是她父母起床的时间，天空才刚刚褪去黑暗，变得有一点儿蓝。艾丽斯发觉自己那时候很容易睡着，因为她知道周围的世界都在慢慢醒来。但以前，她从来不会醒得这样晚，她一激灵坐了起来，想到父母一定在到处找她了。

　　她站起身，跑向大路。昨天晚上从那边走来的时候，可没有觉得距离有这样远。但现在，她的家却好像在很远很远的地方。她呼吸沉重，胸口也感到刺痛。她只能听到自己的心跳和呼吸声，然后才觉得这状况有多反常。这个时间，村子里总是很繁忙。周围应该有大车的吱嘎声、打铁声、女人喊小孩的声音，还有男人们互相打招呼的声音。但今天，那些声音却一点儿都听不到，甚至连鸟儿都不叫一声。周围一片死寂，这寂静的范围和程度，超过了艾丽斯那么久以来的任何一个不眠之夜。

她停止奔跑，再也跑不动了，然后她真的听到了某种声音——身后的车轮声。来自外界某个地方的车子，正驰向桂尼斯村。她转过身，看见一辆属于游商的篷车朝她开过来。驾驶篷车的是个男人，拉车的是两匹灰马。

那男人戴了一顶宽边帽，低低地扣在额头上，他长长的红头发在两肩飘着，像两只扑扇的翅膀。看见艾丽斯之后，他收住缰绳，让车子停下。

"嘿，你好啊，小家伙。"他说，"你离家很远了啊。"

"是的。"艾丽斯说，"但我现在正要回家。"

"那你就不用费劲儿继续跑了。爬到车上来，我捎你过去。你只要给我指路就成。"

艾丽斯走到马车前，抬头打量这个男人。他两眼深绿，像苔藓的颜色，头发是红的，但胡子已经有些花白。那人向她微笑。这是一张善良的脸。这张脸，她还挺爱看。"嗯，行啊。"艾丽斯说。

那人向她伸出一只手，艾丽斯坐在他身边的位置上。"我叫艾丽斯。"她说。

那人脱帽致意。"我叫保尔，美丽的艾丽斯。"

她当时微笑了。这是个讲礼貌的男人，而且她喜欢别人说她美丽。这听起来像是故事里的对话。"我家就在那个方向，左手边第三家，铁匠铺后面。我妈跟我爸肯定已经特别担心了。要是你不介意的话，我想尽快到家。"

保尔点头，向她挤了一下眼睛，就好像两人之间有个共同的秘密。

他们更靠近村子的时候，艾丽斯变得不安起来。她不知道哪种情景更可怕——是父母可能大发雷霆，还是整个村子看似全都陷入其中的那份寂静。

"还真是挺奇怪的，不是吗？"保尔说，"周围可真是安静啊。"

"是喔，"艾丽斯说，"也许是因为所有牲畜都死了，还有其他倒霉事儿。"

保尔扬起他的红色双眉。"牲畜都死了？究竟是怎么回事？"

"嗯，狼来了，把它们都吃光了。"

保尔吹了声响哨。"好吧。难怪周围都这么安静。"他摇摇头，"我从来没听说过这种事。难道畜栏门都不关的吗？你们村都没有鸡窝？"

"那个，其实门都关了。"艾丽斯说。

"那么狼又是怎么进门的呢？你倒是说说看。"

"大长老说，这都是兽魔在作孽。"艾丽斯说。

保尔若有所思地看着她："我这辈子都没有见到过听从命令的狼，你见过吗？"

艾丽斯摇头："我根本就没见过狼。"

"没见过？好吧，我跟你说件事儿。我也没见过会开门的狼。"然后保尔咂咂嘴。"哦，我家贝蒂肯定会生我的气。"他看看艾丽斯，"贝蒂是我老婆。"

"她为什么会生你的气啊？"

"桂尼斯村没有了家畜，所以这儿的人心情一定很糟，也就不会有兴趣跟我做生意。我是个游商，美丽的姑娘，所以我需要跟你们村的人做生意。这是我谋生的方式。如果我空手回到自己居住的大湖区……这个，正如我说过的，我家贝蒂肯定要唠叨几句。"

"哦。"艾丽斯说。这番话她都不太懂。她只知道大湖区很远，游商们就是从那儿来的怪人。他们总穿着怪模怪样的衣服，不怎么梳头。她还听到一些关于这类人的其他传言，就是成年人以为你听不到的时候，压低嗓音议论的那类事儿。这些事情艾丽斯听到了，也都似懂非懂。现在，艾丽斯只想回家。她有些尿急，她越是害怕父母可能对她说的话，就越担心自己会憋不住，尿在马车上。

"我家在那边，"艾丽斯说，"就这里。"

保尔把马车停在前门，但是很突然的，艾丽斯又不想下车了。某种感觉告诉她，她不应该进去。她内心深处的某种本能让她稳坐在马车座位上，完全没动弹。

"你想让我跟你一起回家去吗，孩子？也许能避免你家大人发脾气。"

"嗯，"艾丽斯说，"也许那样更好。"但艾丽斯真正想要的并不是这个。

艾丽斯想要一切都到此结束，根本就不要进家门。但保尔已经下了马车，然后把她抱了下来。之后，保尔已经在敲她家的门。

然而没有回音。

他再次敲门，这次更用力，用力到足以表明他认定家里没人，也不会有人听到他的敲门声。然后，还是没有回应。

"那我们直接进去得了。"他说。他拨开门闩，然后两人进入房子。室内一片寂静，而且很冷。艾丽斯打了个寒战。厨房是空的，炉膛里没有火。窗外射入的阳光明亮又诡异。这里一切都不对劲。艾丽斯感觉到保尔和自己一样紧张。他脸上带着奇怪的微笑看她，然后说："那个，丫头，要么你在这儿等着，我去看看。"

"看什么呢？"艾丽斯问。

保尔张开嘴巴，又闭上，然后再次开口："就是看看情况。"

艾丽斯坐在厨房里她自己的椅子上，等着保尔。她低头看木头桌面，上面有若隐若现的茶杯底印痕，还有深深的刀痕。

她听得到保尔的脚步声，缓慢，沉稳。她听到有扇门被打开，更多的脚步声，然后是一阵停顿。再之后，空气里回荡着一声惊呼——一半像是叫嚷，一半像是在吸气。她站起身，循声而去。

保尔站在她父母的床前，艾丽斯能看到爸爸和妈妈两人都躺在那里，极为安静。艾丽斯当时就知道，他们已经死了。就像她此前在后廊发现盖诺尔的狗，当时就知道它死了一样。死掉的东西就是会让人有那样一种特别的感觉，跟活着时很不一样。

艾丽斯没出声，但保尔突然转头看她。"哦，不要，孩子。啊，别这样。你一定不要过来。"

　　艾丽斯还是跑过他身旁，来到妈妈身边，握起妈妈冰冷的手。但这已经不再是妈妈的手，那个人也不再是她的妈妈。妈妈已经不在了，剩下的只是一具尸体，所有重要的东西都已经被取走了。这里只剩下一具空壳，一片空虚，艾丽斯脑子里迅速响起那段恐怖的儿歌，如此嘹亮，她发誓自己这辈子都不会再唱那首歌。

　　　兽魔也是动物，
　　　下巴尖又翘，
　　　等你睡着它就来咬你，
　　　只剩一张皮，
　　　别的全吃掉。

# 三

保尔试图说服艾丽斯待在车里等着，他自己去找人帮忙，但艾丽斯拒绝了。她紧紧拉着保尔的手，保尔也马上握紧她的手。这种状态一直持续着。

他们来到第一扇房门，保尔又是用力敲响。他敲了又敲，艾丽斯不知道自己应该有怎样的感觉，但她能感觉到保尔心里越来越慌。艾丽斯只是感觉很冷，冷到让她哆嗦，牙齿打战。

然后她听到门后有脚步声，艾丽斯感觉到保尔的释然，简直像是透过他的皮肤传导过来一样。

伊妮德打开了门。她当时十五岁，在艾丽斯看来，几乎是成年人了。她头发披散着，还穿着睡衣，像个小孩一样揉眼睛。"抱歉啊。"她说。然后她显出困惑的样子，就像她不清楚自己为什么要觉得抱歉，而只是感觉眼前的局面很怪异。

"你的父母，"保尔说，"他们在哪儿？"

"他们……"伊妮德话说了一半，回头看看，又转过脸来，看艾丽斯和保尔的方向。

"孩子，"保尔说，他的嗓门太大了些，"到底有没有不对劲的事情？你家里人都没事吗？"

伊妮德看上去好奇怪，艾丽斯一开始想不出为什么，然后突然明白了。伊妮德的眼睛最好看了。它们是水汪汪的浅蓝色，像是黎明的天空。但这个早上，那双眼睛却被黑色吞没，她瞳孔周围的蓝，变成了瞳仁周围一丝的蓝，围着无尽的黑暗。伊妮德呆呆地望着保尔，什么都没说，直到保尔绕过她身旁，拉着艾丽斯进入房子。

进入厨房以后，他转身面向艾丽斯："孩子，这次你必须听我的。待在这儿，让我自己去看。"艾丽斯没有跟他争执，她完全不想那样做。她回头看看伊妮德，那女孩站在自家厨房里，却像是不知道自己身在何处。艾丽斯想起了伊妮德的妹妹们和弟弟。她仰头看厨房的天花板，就像能够透过那里看见他们一样。

她走到伊妮德身旁，用自己的手握住她冰冷的双手。伊妮德已经那么大了，而艾丽斯还那么小。但艾丽斯已经无法继续承受那份孤单，整个村子里，似乎只有她和保尔还醒着。于是她做了自己唯一能想到的事。她去找了每家厨房里都会有的水罐，然后把里面的水泼在伊妮德身上。

那女孩尖叫一声，打了个冷战，当艾丽斯再次看她时，发现她的眼睛已经变蓝，不再是黑色，突然之间，艾丽斯感觉自己不再孤单了。

伊妮德抹去眼前的水之后看艾丽斯的样子，就像之前都没看见过她一样。"我的父母，"她问，"他们在哪儿？"

伊妮德的父母也都死了，跟艾丽斯的父母一样。事情就一直这样发展下去，每一座房子都是同样的情形。保尔已经不再费力敲门，他直接穿过前门，找到他们。十五岁或更小的孩子们全都活着，睡得很沉。他们的父母、哥哥、姐姐、姑姑、姨妈、叔伯、舅舅、祖父母、外祖父母……全都死了，无一幸存。一夜之间，桂尼斯村就只剩下孤儿们和了无生气的遗骸。

伊妮德让她的妹妹们和弟弟继续睡，然后告诉保尔说，他们必须叫醒马多格。他也已经十五岁，是她的未婚夫。马多格醒来后，也离开他仍在沉睡的两个妹妹，跟着保尔、艾丽斯和伊妮德去了艾丽斯家的厨房。保尔默不作声，他俩也一样。伊妮德和马多格拉着手，很用力，就像艾丽斯紧握保尔的手一样。

艾丽斯终于体会到了真正的恐惧。她本来觉得，在目睹了父母躺在床上气息全无之后，她已经不会更害怕了。但现在，一整个上午，她的恐惧在加深。太阳升起来，让眼前的一切变得更加明亮、真实。一开始，伊妮德和马多格先后醒来还是个安慰，但现在，目睹他们的恐惧之后，艾丽斯感觉更糟。保尔也一样慌乱。

保尔让大家都在艾丽斯家厨房坐下来之后，自己就在房间里走来走去。他脚步沉重地穿过房间，停下来，抬头看天花板，又踏着沉重的步子走回来，不住地摇头。最后，他看着几个孩子。"现在只有一个办法了。你们必须互相照顾，而我去找人帮忙。"

"帮忙？"马多格问，"距离最近的，能帮忙的地方是迪菲德。它也在两天路程之外。"今天之前，马多格在艾丽斯眼里已经是成熟的男子汉，他下巴上已经有了金色胡茬，双臂和肩膀都粗壮有力，适合干农活。但现在，他的眼睛却完全像个孩子，瞪得溜圆。

"是的，我知道，"保尔说，"但我只有这一辆马车，不可能让你们这一大帮孩子跟在车后面去那里。你们跟在后面的话，会有一半人跟丢。村里有五十个孩子，对吗？"

马多格没回答，只是点头。

"但那些小婴儿怎么办？"伊妮德问。"我们怎么照顾那么多个婴儿？村里至少有十个两岁以下的小孩子。这还没有算上那些三岁、四岁、五岁，离开爹妈就会吓得乱哭乱跑的孩子们。"

保尔挠挠他斑白的胡子。"嗯，你说得有道理。"然后他有了主意，"不要唤醒他们。"

"不唤醒他们？"伊妮德问，"但如果他们自己醒了呢？要是他们醒来第一句话就是问他们的爸妈在哪里呢？要是他们哭着要喝奶，我又没有奶呢？"

"孩子，你想要的答案，我一个都没有，但我可以这样跟你说：你们这帮小孩都被施了魔法。我不认为那些小孩能自己醒来。你们只要别去打扰他们，然后希望事情有最好的结局就好。

这整个村子，"他双手在空中转了一个圈"遭遇了邪恶的诅咒。我越早带你们离开这里，你们就越安全。而我现在能想到的最好的办法，就是我自己一个人赶去迪菲德，带回尽可能多的救兵，来帮助这些沉睡中的小孩。"

马多格这时候开了口："那些个……尸体怎么办？"他提问的时候语气尽可能平淡，就像在努力逃避自己这句话和它的真实含义。

"关闭房门，别动它们。"保尔说，"然后寄希望于天气保持凉爽。"然后，他的眼睛死死盯着地板。

艾丽斯看看瞪圆眼睛的马多格，又看看脸色煞白的伊妮德。

然后她抬头看保尔，迅速做出了决定。

"我跟你一起去。"

# 四

　　保尔试图劝服艾丽斯留下来，跟伊妮德和马多格在一起，但艾丽斯紧紧拉着他不放，心里也知道对方不会狠心到硬把自己扯开。所以，保尔最终告诉她去收拾一下她的衣服，动作快一点。

　　他们出发时已经是午后。保尔说，他只有在迫不得已时，才会让马儿停下来休息。他说这番话的同时，眼睛看的是路两边的森林。艾丽斯循着他的视线，望向树木之间。她把妈妈的外套裹得更紧了一些，那是她在出门之前最后一瞬间从厨房挂钩上拿下来的。上面有一点妈妈的气息，还有自己家早餐的气味。

　　几个小时后，保尔停下来，在路边一条小溪那里饮马。他在一个袋子里翻找，然后递给艾丽斯一块肉干、一点奶酪和一个苹果。女孩坐在一块石头上，保尔一开始坐在一根树桩上，但很快就站了起来，看看女孩，又遥望密林深处，然后又看着女孩。

他很害怕，离开那座死亡村庄之后，艾丽斯就已经忘记了自己的恐惧。取而代之的，是胸口一种无可名状的压抑感，就像她不得不背负一块巨石，步履蹒跚。但保尔的恐惧再次激发了她的恐惧，艾丽斯感觉脊梁骨有轻微的刺痛感，就像有诡异的指尖划过。

艾丽斯吃完东西，从石头上站起来，保尔已经站在马车旁，准备把她举到车上。然后他们再次出发，随着日光变暗，临近黄昏，保尔持续不断地张望，一会儿向左，一会儿向右，然后再向左，他的样子有点儿像一只紧张的鸟。他似乎察觉了艾丽斯看他的异样眼神，保尔抖擞了一下精神，微笑着说："不用怕，美丽的艾丽斯。我很快就能把你送到迪菲德，在那里我们都会安然无恙。"

艾丽斯已经足够懂事，能看出成年人什么时候试图让她相信某些话，而他们自己却并不相信。"森林里到底有什么？"她问，"我发现你总在那边寻找某种东西。"

保尔打量了她一下，然后两眼望天，就像在求助于碰巧飞过的一只乌鸦。然后他干笑着说："你觉得我在找什么呢，孩子？"他的提问并不尖刻，只是透着无奈，"我自己从来都没养过小孩，这些事儿或许也不应该跟你说，因为你太小了。但你的父母已经离世，我在这片森林里寻找的，就是杀死他们的凶手。我觉得你也已经猜到，因为你是个机警的小东西，总是能注意到各种细节。如果你一直保持这个习惯，不放松警惕的话，你在迪菲德也能活得很好。孩子，你只要记得随时睁大眼睛，多数时候闭紧嘴巴，再也不要谈森林里有什么。这是我能给你的最好的建议。"他向她点头，然后转脸看马儿，和他们前面的路，就像谈话已经结束了一样。

"森林里到底有什么？"

保尔又一次翻眼看天。"我不是刚刚跟你说过吗，孩子？谈那种事不会有好结果的。"

"是啊，你说过。但我们还没到迪菲德。"

保尔短促而尴尬地笑："你是我见过的最狡猾的丫头了。"然后他又变得一脸严肃。"好吧，如果遇难的是我父母，我也会想要知道的。"他扫了艾丽斯一眼，就像目测她的身形，准备做套新衣服一样，"请注意，我对自己要说的话并不确定，因为我也只是道听途说。事实上，我听过的只是故事而已。但我觉得，对你父母和其他受害者做出那种事的……那个，我觉得凶手是魂妖。"

保尔说出最后那个词的瞬间，她感觉就像有某种东西揪住了自己的心。魂妖。是因为父母的死状吗？因为他们像是灵魂被吃掉的样子？只剩下你并不真正需要的东西？"它们是什么？"艾丽斯问。

保尔摇头。"故事太多了，那些故事在我出生前就已经到处流传。就是那种吓唬小孩，让他们晚上乖乖待在床上睡觉的故事。我自己的爸妈小时候跟我讲过，我估计他们的爸妈也曾经这样做过。有人说魂妖都是妖怪，说兽魔把它的恶意注入泥土，制造出了这些怪物。传说它们会掳走人的灵魂，然后把它们交给兽魔，这些灵魂会永久地受苦受难。"

艾丽斯想到了她亲爱的爸爸和妈妈，以及他们仅剩的空洞躯壳。她想象两人最好的部分都被带走，去了某个恐怖的地方，某个又吓人又痛苦的地方。她在妈妈的外套里面打寒战。她不知道妈妈失去了外套，会不会感觉到寒冷。灵魂会觉得冷吗？

"你觉得我的父母遭遇过那样的事？魂妖把他们掳走，交给兽魔了？"

保尔一下子转过头来看着她，张了张嘴巴，勉强笑了一下："不，不，孩子，不是那样子。你的父母已经去世，他们的苦难到了头。我不相信那种鬼话，就像我不相信狼打开了你们的畜栏一样。"

"那么，你相信什么呢？"

"孩子，我相信脚下的大地和头顶的天空，还相信我在晚饭前肚子会饿，睡觉时间之前会困。其他一切都只是传言，仅此而已。"

艾丽斯眯起眼睛看保尔。她从未见过任何成年人自称无知到如此地步。"但你相信世上有魂妖。你刚刚说过的。"

保尔停顿了一下，思考他下面要说的话："我跟你说实话吧，艾丽斯。今天之前我是有怀疑的，但你们村所有那些可怜人的遭遇……那个，真的不正常。那不是病症，也不是狼，同样不是寒冷或饥饿导致他们死在了自己的床上。"

昨晚以来的第一次，艾丽斯回想起了那两个看起来像树木的女孩。她不知道自己怎么可能会忘记她们，但她的确忘记过。

她思量着保尔刚刚说过的话，魂妖是恶魔用泥土和邪念制造出来的。她又回想那两个女孩，她们沾满泥土的皮肤，混有树叶的头发。她不知道自己是否也跟留在桂尼斯村的那些孩子一样，被施了某种魔法。"我觉得，我昨晚应该是见到过它们。"她对保尔说，"就是魂妖们。"然后艾丽斯告诉保尔那两个女孩的事，她们对自己说过什么，以及她们很好听的名字：安杰莉卡和贝妮迪克塔。

她讲述的过程中，保尔不由自主地张大嘴巴，然后他突然扯住缰绳，艾丽斯险些倒在车厢板上。保尔死死抓住她肩膀。"这件事你绝对不能告诉任何人。你一定要答应我，艾丽斯。永远不要让迪菲德村的任何人知道这件事。你明白我的意思了吗？"

保尔看起来如此愤怒，艾丽斯一度以为自己终于要哭出来了。她还没哭过，尽管她年龄还小，但也知道这样一定很奇怪。伊妮德哭过，甚至连马多格都曾抹过泪水。但艾丽斯却没哭，一次都没有。现在，她感觉自己能哭出来。因为爸爸妈妈都死了，她跟这个奇怪的男人一起，要去一个奇怪的村镇，而这人又因为她看到过某些东西而突然发火。也许这件事意味着在某种程度上，她本人要为爸爸和妈妈的死负责。她应该早就知道那两个女人是坏人吗？她当时本应该尖叫吗？"对不起。"艾丽斯现在只能这样说。然后她的眼泪夺眶而出。她一直哭泣，直到自己的腹部和心里一样疼。

她哭泣期间，保尔一直搂抱着她，让她的头靠在他胸前，爱抚她的头发，发出温和的、抚慰的声音。最后，她安静下来。

"该说对不起的其实是我。"保尔说，"我并不是在生你的气，孩子，而且你无须感到抱歉。你刚刚遭遇了巨大的不幸，而我要做的，就是让你得到照顾。就算在整个拜德世界，我都认为迪菲德是最合适的地方了。在那里，至少你会有伊妮德、马多格和其他熟悉的人做伴。然后还有迪菲德的居民。嗯，他们会友好地对待你。但你需要对迪菲德人有个基本的认识，那就是，他们不喜欢出格的事情，也不喜欢面对无法理解的事物。如果他们认定……那个，我该怎么说呢？如果他们认定你跟魂妖有过某种接触，他们就会因此做出某些对你不利的事，认定你身上有污点。而我不想让你有这样的遭遇，孩子。所以你一定要相信我，把这件事当成只有你我知道的秘密。我会守口如瓶，把它带进坟墓，你也要这样做。同意吗？"

艾丽斯在他怀里点头。她当时只有七岁，但已经知道保尔所说的污点是什么意思了。她清晰地记得大长老关于兽魔的说教，还有它如何找到那些易于被诱惑的人，并把他们引入歧途。一旦你身上有了兽魔的印记，就不可能摆脱它，你就被兽魔占有了。她以前曾经想知道，兽魔的印记应该是什么模样。

保尔放开了她，艾丽斯马上开始怀念被他拥抱的感觉。她在保尔身边挺直身体，两人默默地继续驱马赶路。

他们整夜前行。保尔曾劝说艾丽斯到篷车里面睡一觉，但她拒绝了，坚持说她能跟保尔一起熬夜。但她还是睡着了，醒来时，她像条小狗一样蜷在保尔脚边，天空一片浅粉色，黎明将至。

保尔告诉艾丽斯，他可以带她去见迪菲德的大长老，告诉他此前发生的一切，然后大长老一定会派出骑手和马车，去营救其他孩子。他们经过迪菲德外围的农场时，艾丽斯察觉到它们整齐划一，彼此相像，都刷了白灰，建有碎石围墙。这是她离家最远的一次了，但看起来，周围的景致并没有什么不同。唯一的区别，是这里的居民仍有他们的牲畜为伴，孩子们还有父母，而且周围比较吵闹，跟突然陷入死寂的桂尼斯相比，有很多杂乱的声响。

现在房舍更加紧凑，这表示他们已经到了村子的核心地带，这里是商店和手艺人安家开店的地方。村里有一座学堂，比桂尼斯村的那座更大一些，还有一座巨大的、刷了白墙的会堂，有两扇宽大的木门。艾丽斯留意到了这些景物，但她感触最深的却是那些投向她的视线。每一位村民似乎都在目送她和保尔——无论男女老少，都盯着他们，脸上没有笑容。艾丽斯感觉到恶心。她上顿饭吃过的东西在喉咙后部反酸。保尔在会堂前方停下马车时，她拉了下他的衣袖。"也许，"她说，嗓音听起来干涩又虚弱，"我可以跟你去大湖区吗？"

但保尔却没有听到她这句话。他已经下了马车，正在拴马。而艾丽斯也不敢重复刚才那句话，因为担心他会拒绝。保尔两手伸向她，把她从马车上抱下来，艾丽斯感觉到双脚不稳，在车上晃悠了那么久之后，已经不习惯脚踏实地了。

这时候，艾丽斯更加明显地感觉到周围的那些眼神，然后有几个男人聚拢过来，高大的黑袍男子，白领白帽。他们是村镇的长老，就像桂尼斯村的长老们，只不过给人感觉更高大，黑处更黑，白处更白。然后保尔就向他们讲述之前发生过的事情，周围人们议论纷纷，她和保尔被簇拥着穿过会堂大门。然后一名身穿黑裙的女人进来了，她系了白围裙，拉起艾丽斯的手，把她从保尔身旁带走了。艾丽斯向他伸手，但他向她微笑着说："你先跟费根夫人走，孩子，我晚些时候会来找你的。"

于是艾丽斯听从了。她跟着那个拉着她手的奇怪女人，去找了另外一个奇怪的女人，后者住在小镇远端一座石头房子里，后面是宽阔的田野，房后那棵树是艾丽斯见过的最大的一棵。

艾丽斯被安排坐在那个奇怪女人的厨房桌子前，有人给了她一杯牛奶，还有抹了黄油跟蜂蜜的面包。看到这些东西，艾丽斯再一次感到恶心，但她努力小口吃喝，因为妈妈教过她，别人用食物招待自己的时候一定要吃。艾丽斯咀嚼吞咽期间，那两个女人穿过门廊到邻近的房间里去了。她们在那边小声交谈，时不时回头看艾丽斯。然后她们再次回到厨房。

费根夫人有一张圆脸，配着一双圆溜溜的棕色眼眸，短鼻头，看似太小的嘴巴。艾丽斯不喜欢她。另一个女人，住在这地方的那位，比较瘦，高鼻梁，深棕色头发贴着头皮扎紧。她看上去一点儿也不和善，跟妈妈完全不同。

"我是阿盖尔夫人。"高鼻梁的女人对她说。

"这里就是你从现在开始居住的地方。"她打量艾丽斯，就像在寻找某种不存在的东西，"你没带什么衣服来吗？"

"那个，我带了。"她说，"在保尔那里。"

阿盖尔夫人看看费根夫人。"就是那个带她来这儿的游商。"费根夫人说，"她指的就是那个人。"然后费根夫人看看艾丽斯："他走之前会把你的衣服送过来。我现在就去安排这件事儿。"

艾丽斯目送费根夫人，也考虑过纠正她的错误。艾丽斯或许可以当时就告诉她，实际上艾丽斯并不打算留在这里，而是要跟随保尔去大湖区。但这样说没什么意义，艾丽斯心里清楚。

她看得出，费根夫人不是那种会听取小孩子意见的人。所以艾丽斯等着保尔来找她。

阿盖尔夫人坐在艾丽斯对面。"你气色不错。"她说。

"我的气色？"

"就是你皮肤的颜色。你看上去很健康。所以你才被特别带到了我这里。我是个医生，也是接生妇。你们桂尼斯村也有这样的人，对吧？"

"我的确没有生病。"艾丽斯点头。

"我知道你没生病，这个我还是看得很清楚的。"那女人视线投向一侧，艾丽斯感觉到，她并不喜欢直视自己。"那你就应该多吃一点。因为你并没有生病。"

"抱歉啊，"艾丽斯说，"但我现在感觉不想吃。"

"不想吃。"阿盖尔夫人说着，又扫了艾丽斯一眼。这次，她的眼睛一直看着艾丽斯的脸。"我想也是。"那女人的视线移开时，艾丽斯明显地感觉松了一口气。

艾丽斯跟阿盖尔夫人一起坐在厨房里，这儿很安静，但迪菲德村的各种噪声却在她们周围此起彼伏。透过所有的其他杂音，艾丽斯还是分辨出了保尔的马车滚过来的声响。她从桌边站起来，把椅子推向身后。"谢谢您给我食物，阿盖尔夫人。"然后她转身，从前门离开。

保尔停下马车，跳下来。他伸手到马车里，把艾丽斯的包裹撂在她脚边。然后他向阿盖尔夫人脱帽致意，后者已经来到艾丽斯身后。"要我替您把这些拿进屋子里吗，夫人？"

"不用了，"她说，"我丈夫会做的。他现在在木匠铺里，但等他回到家，就会放好这些东西。"

保尔把帽子戴回头上，微笑，但还是伸手去取包裹。"哦，但这一点儿都不麻烦，还是让我为您和这丫头做好这件事吧。"

"不必。"阿盖尔夫人说。她的语气让保尔再次把包裹放回地上。

艾丽斯这时候走到保尔身旁，拉扯他衣袖，让他侧身，以便对着他的耳朵说话。她感觉到保尔的红头发拂过自己的脸颊，她的嘴唇碰在他红白相间的胡须上，它们要比艾丽斯想象得多。"带我去你们的大湖区吧，保尔，求你了。"艾丽斯这次说得更响亮，确保他一定能听到，为此花费的气力让她两眼刺痛，她意识到自己又在哭了。

"哦，孩子。"保尔说，他站直身体，一只手轻柔地搭在她肩上。这时候他环顾周围，艾丽斯也这样做了。她当时纳闷，保尔为什么没有把她抱起来放在马车上，他们为什么没有离开。他已经跟迪菲德人讲了其他孩子的处境，现在他们已经可以离开了，不是吗？因为艾丽斯不能待在这里。她不想。

突然之间，那些身穿黑白两色服装的男人们又回来了，还有黑白装束的女人们，然后阿盖尔夫人的手搭在她另外一侧肩膀上。艾丽斯跟保尔的距离变大了。她大声呼唤他的名字，她也看到他跟大长老交谈，看着艾丽斯，向大长老又说了些什么。她看到大长老摇头，然后他们都围在保尔周围，保尔环顾四周，但好像那些黑白袍服已经在渐渐将他吞没，再之后他上了自己的马车。然后保尔的马车开始远离，保尔回头看她，他显得那么伤心，但又无助。他为什么那样无助，为什么不能直接带她离开？艾丽斯又一次向保尔大声叫嚷。她听到阿盖尔夫人的声音在自己头顶响起："哭也没用的，所以从现在开始别哭了，孩子。"

她就这样停止了哭泣，而这是艾丽斯在迪菲德学到的第一课。以后她还会学到很多。

在随后的那些个小时里，发生了这些事：阿盖尔夫人把艾丽斯介绍给一个铁灰色头发的男人，这人叫阿盖尔先生。阿盖尔夫人告诉艾丽斯，从此要称他们为父亲和母亲。母亲叫艾丽斯去吃晚饭。父亲教她怎么收拾自己的衣服。母亲让艾丽斯去洗漱，然后穿上她的睡衣。父亲带艾丽斯去她的床边，她自己盖好亚麻布床单。然后艾丽斯躺在黑暗里，房门关闭，把她跟这对奇怪的父母隔离开，黑夜的寂静笼罩了她，也笼罩了这座满是怪人的村镇。

艾丽斯感觉到冷漠，孤单，受到威胁，害怕。直到这个冰冷又黑暗的时刻她才想起：她把妈妈的外套落在保尔的马车里了。

# 夜色迷人

　　两姐妹离开了她们的山间棚舍。她们已经不再需要这样的住所，反正里面的稻草也是一股子羊膻味儿。它的壁炉里是烹煮过的食物气息。当初，她们还食用过这类东西。

　　但那已经是很久以前的事了，当时她们的母亲还在世。

　　她们感觉到兽魔在看着她们。她们挑衅式地等着兽魔来干涉她们。兽魔没有那样做。她们也回望兽魔，并无恐惧。兽魔向她们露出长牙，她们则报以嘶吼。

　　她们在树顶做巢。她们在那儿感觉很舒服，像猫头鹰一样高踞树冠之上。她们再也不需要壁炉或者家园。而那些有壁炉、有家园、有父母、有畏惧黑暗森林的人类居住的地方——那里将是两姐妹暗中观察的目标。她们在等待。

　　她们会飘行，会隐藏。她们会攀爬，会潜伏。她们会在黑影里悄然来去，会在梦里留下预兆。

　　两姐妹不会被抓到。永远都不会。她们现在会非常小心。村民们会提防她们。两姐妹必须像野狼一样，像兽魔一样，平时隐藏在森林里，只在深夜狩猎。

　　夜色迷人。那是恐惧增长之时。而两姐妹就将以恐惧为食，而她们永远、永远都不用再忍饥挨饿。

PART

2

你们
最好
关门闭户

# 五

随后的那些天里，艾丽斯苦苦煎熬，做别人想要她做的事，但心里时而麻木，时而又感触颇多。她想要沉睡，但又痛恨沉睡。她每一次睁开眼睛，看到周围尚未熟悉的墙壁，她感觉到的并不是震惊，而是一份冷冷的提醒，告诉她自己的家园已经不在了，爸爸和妈妈都已离开人世。她知道妈妈的手不会再抚摸自己的头发，给她套上睡衣，也不会一早就在她床边放上一杯奶茶。

伊妮德、马多格和桂尼斯村的其他孩子来到迪菲德，跟艾丽斯上次看到他们的时候一样——伊妮德和马多格醒着，其他所有的孩子都在沉睡。那些睡着的孩子被挨个儿摆放在好几辆大车里。迪菲德人花了一些时间才带他们回来，母亲告诉艾丽斯，因为他们首先要挖掘坟墓，埋葬那些尸体。母亲就是那样直来直去。母亲说，那里尸体太多，所以他们就把一个家庭的人埋在一个坑里，而不是给每个人单独建一座坟。艾丽斯想从中得到一点安慰。她想要想象妈妈和爸爸一起安睡。但她脑子里能够回想的，却只是她最后一次看到的，他们失去生命之后的空洞躯壳。这画面一次又一次出现，突如其来，令人反感。她现在帮母亲削胡萝卜，就会想起从前帮妈妈削胡萝卜的场景，但脑子里出现的却不是妈妈生前的模样，而是她最后被看到的样子。艾丽斯必须强打精神，才能摆脱那幻影。所有这些时候，母亲都在看着艾丽斯，眼睛直勾勾的，很是好奇。而艾丽斯无法忍受与她对视。母亲看她的方式有点奇怪——反正跟别人不一样。艾丽斯能感觉到母亲的眼神，就像别人的手指搭在自己的皮肤上，探入她的皮肤下面。

桂尼斯村的孩子们刚到的时候，人们问母亲和村里其他的妇女，应该怎样唤醒他们，因为人们以前从没有见过类似的情形。伊妮德跟那些妇女说了艾丽斯唤醒她的方式，这种方式迅速又凌厉，但是管用。于是女人们就那样做了——从年龄最大的十几岁少年到小婴儿，孩子们全都被泼了冷水，他们吐着凉水醒过来，发现自己身处一个从未见过的陌生小镇。

对这个陌生的地方以及孤儿的新生活，有兄弟姐妹的桂尼斯村的孩子适应得最好。那些没有兄弟姐妹的小孩，则表现得有些失魂落魄。艾丽斯也是独生女，她不知道在别人眼里，自己是否也是那种样子。但她自己感觉不是。因为艾丽斯已经暗下决心，她答应自己，将来总有一天，她将不会住在这座村庄。这里本来就不是她的家，不管别人跟她说多少次，这里也不会变成她的家。总有一天，她会想办法到大湖区去，她会住在一辆篷车里，那儿将是她的家。有一辆篷车，让她不再记起自己曾经失去过什么。生活中将不再有真正属于她的房子，也不再有假冒的父母亲。

最初的几个星期，桂尼斯村的孩子们中年龄较大的，都被安排在会堂和校舍里。婴儿和较小的孩子分散在村里的多户人家。有些家庭想要收养他们被分到的孩子，于是那些孩子也听到了艾丽斯听过的那番话——称这些新出现的人为父亲、母亲、姐姐、妹妹、哥哥、弟弟。还有一些孩子得到的解释是他们只是暂时借住。

迪菲德人完全不想留下所有小孩——五十多张新的嘴巴需要喂养，即便是这样一座富庶的农牧业小镇，也不容易接受。于是他们派了快马去了北方河岸的匹兹戈村，还有西北方向山脚下的泰伦村，告诉他们之前发生了什么，要求他们分担一部分责任，照料这些孤儿。

但没有人愿意收养小孩，原因在所有人看来都很明显。既然第一座村子不想接受大批遭遇过不幸的孤儿，那么拜德世界的其他村子为什么要接受呢？

在那之后，桂尼斯村的孩子们才被永久性地分配给了迪菲德人，兄弟姐妹大多数留在了一起。所有这些，艾丽斯都是从母亲那儿听来的。大多数时间，她俩都在一起。艾丽斯本来想要多见见她的朋友盖诺尔，但盖诺尔和她的姐妹们，还有一个弟弟，都被分派给村子另一头的人家了。她们毕竟还可以互相陪伴，而艾丽斯却只是孤身一人。

母亲除了看她的方式有点奇怪之外，倒也不是个讨厌的人。艾丽斯渐渐开始喜欢她的态度，因为她不像其他成年人那样，在孩子面前装模作样。她跟艾丽斯谈话的方式，就跟面对其他人的时候一个样。而艾丽斯也渐渐习惯了母亲长久的沉默和貌似冷淡的态度。一开始，艾丽斯还以为母亲一直对自己怀有不满，后来她才突然明白，这就是母亲的平常表情而已。父亲也不爱说话，但他心眼不坏。他是个木匠，大部分时间不在家，但他回家吃午饭和晚饭时，都会向艾丽斯点点头，那样子让艾丽斯觉得他很高兴见到自己，尽管他脸上从来都不会有相应的表情。

艾丽斯跟父母亲的关系并没有变得特别亲密，她从来没有觉得自己想要违背对保尔的许诺。对于魂妖，她一句也没有说过，甚至当村里的女人们聚集在母亲的餐桌旁，喝着茶，吃着燕麦饼，大谈魂妖如何如何，就好像她们真的了解魂妖的模样和行为一样。即便那种时候，艾丽斯也不开口。但保尔也搞错了一件事。在他说来，就好像迪菲德人非常高贵虔诚，所以不会谈及魂妖之类邪恶的事情。但实际上艾丽斯发现，这些人讲起这类事儿，甚至还有几分异样的满足感。她们满面红光，谈话的气氛都会变得热烈。"野狼和魂妖……"她们在母亲餐桌旁交头接耳，"全都这样子袭击同一座小村庄？这一定是兽魔在作孽。"然后她们全都打着寒噤，用粗糙的大手拍拍胸口。"你们猜，桂尼斯村的人都干了些什么？"有个女人问。有些人只是咂咂嘴，摇摇头。母亲说："我觉得，他们大概也只是忙着自己的事儿，跟我们差不多。"

大长老的妻子费根夫人说:"如果他们像温顺的绵羊一样遵从教义,我们的好牧人是绝对不会舍弃桂尼斯人的。"她圆圆的小眼睛凌厉地扫视所有人:"他们肯定做过某些离经叛道的事,所以才会招来兽魔的注意。桂尼斯村的某些人跟兽魔勾结。某个人,或者不止一个人,躲在森林里,干着天知道的什么勾当。你们记着我说的话。"

那些女人显然记住了,她们纷纷点头,拍打胸口。

艾丽斯两颊发烧,感觉怒火像一小块焦炭在自己腹中燃烧。但几乎同样的,那愤怒又迅速被羞耻感取代。如果真有人吸引到兽魔的注意,难道不正是艾丽斯自己吗?她半夜里到处乱跑,还跟魂妖接触过。她现在还能准确地回想她们的手搭在自己肩膀上的感觉,两只手之间的联通感——而她的身体就是媒介。她曾经觉得那两个人很美。现在还是这样想。但她们却是杀死她父母的妖孽。这两个妖孽接触过她,然后却让她活了下来。

"你们觉得,他们躲在森林里会干什么?"一个女人问,"我是说,他们跟兽魔之间,会有怎样的勾结呢?"沉默像一张厚毯子,笼罩了整张桌子。"哈迪夫人,"费根夫人说,她圆圆的棕色眼睛变得像石头一样又冷又硬,"我们身为好牧人的忠实追随者,是不可能了解那种事的,对吧?"

随后是低低的附和声,她们的注意力又回到了茶水和点心上。

女人们继续聊天,艾丽斯保持安静,但睁大了眼睛,竖起了耳朵，就像保尔教过的那样。她的视线紧跟在母亲身上，后者脸上还是一贯的平静。艾丽斯已经开始明白，母亲绝不愚蠢。但如果母亲了解到魂妖出现的那一夜，艾丽斯做过什么，或者没有去做什么……好吧，艾丽斯把那个念头推在一旁。艾丽斯很快——早晚——会变成大湖区的居民，她这样告诉自己。然后她就跟这些自诩虔诚的人没有关系了。

桂尼斯村的孩子们被分配到迪菲德人中间后不久的一天下午，父亲回家的时间偏早，他郑重地告诉母亲和艾丽斯，说大长老要跟艾丽斯谈话。父亲带她到了大长老的家，那是村子中央最大的房子，有一道宽广的、刷了白漆的门廊，前院种了一棵苹果树。大长老亲自来开门，艾丽斯第一次仰面看到他本人。他的鹰钩鼻特别大，艾丽斯抬头看他时，首先注意到的就是那两个黑洞洞的大鼻孔。

大长老带领父亲和艾丽斯穿过门厅，进入另一个一尘不染的房间，那儿有一张巨大而且光滑的桌子，上面有本大书，桌子后面还有一张宽大的椅子，房间里再没有其他任何家具。

"孩子，"大长老问，"你知道我为什么让你来这里吗？"

艾丽斯当时不知道，对方是否认定自己又小又笨，甚至不懂得为什么来到了迪菲德村，还是人家的用意更简单。她决定简单一点回答。"父亲说，您想见我。"

"然后，为什么呢？"大长老问。

艾丽斯抬眼看父亲，但父亲却垂头看地板。"我……我不知道。"艾丽斯说。

"因为，孩子，你是唯一清醒的那一个，不是吗？那个游商带你来的时候，就是这样跟我说的。他说他发现你在四处游荡，而整个桂尼斯的其他人，不是死了，就是睡着了。这是真的吗？还是游商撒了谎？"

艾丽斯想要考虑清楚，保尔会希望自己怎样回答。她的结论是：他会希望自己尽可能少说话。

"是的，我当时醒着。"

"那又是为什么？"

"因为我经常睡不着。我一直都是那样的。"

"而你的父母允许你在深夜到处乱跑？"

艾丽斯想起了餐桌旁聊天的那些女人，她们如何猜想桂尼斯人做过什么，才会遭遇那样的劫难。艾丽斯感觉到，她内心那颗羞耻的小种子在蓬勃生长，不断伸展。她无法忍受这个身穿黑白法衣、有两个大黑鼻孔的人鄙视爸爸妈妈。"他们没有。"艾丽斯说。她的声音过于响亮，她意识到了，而大长老那双一字浓眉，也已经下降了一格。她试图让自己内心平静下来。"他们没让我乱跑，但我还是出门乱逛了。就那一次。"

"你是个不听话的孩子，"大长老说，"我们必须教你改掉这个毛病。你听到了吗，阿盖尔教友？你和阿盖尔夫人必须盯紧这个小孩。"

"好的，"父亲说，"我们会的。"

"而你在外面乱逛的时候，又看到过什么呢，艾丽斯？"大长老居高临下地俯视她。而艾丽斯发现，自己的两眼已经垂向了地板。

"什么也没看到。"艾丽斯说。所有这些，艾丽斯都跟他们说过，之前已经有很多次。她来到这里的第一天，就跟费根夫人说过。之后每次有人问起，她的回答都是一样的："只有星星。"艾丽斯拒绝抬头看，但她能感觉到对方的两眼盯在自己的天灵盖上。

"阿盖尔教友，我们谈谈。"大长老转身离开房间，父亲跟随他出去，帽子拿在手中。

房间里只剩下艾丽斯一个人。她的视线转向那张巨大的木桌和那本大书。她在桂尼斯村的家里没有什么像样的书，只有一本牧人经，那是一个小小的黑皮本，里面是好牧人的教诲，妈妈用她又长又细的字体抄写下来的。艾丽斯走到那本大书旁边，很费力地尝试打开它。她两手掰在书页中间，用力向上举。

书里面有一幅美丽的图画。这幅图五颜六色，边缘是闪亮的黄色颜料，像太阳光。艾丽斯发现，这其实是三张图画组合在了一起——顶端一幅，中间一幅，最底下还有一幅——每一幅都不同。

最上面那幅图有很多亮蓝色、绿色和雪白色，有蓝天，起伏不定的绿色草原，图中央有个身穿白色长袍的男人。这个男人长着白色长胡须，手握牧人的长棍。很多快乐的、胖嘟嘟的小孩子围在他身旁，全都穿着白衣服，其中一个坐在他腿上。

中间那幅画，用的是土壤和谷物的颜色。画面上有棕色田野，种植了小麦和大麦，还有健壮的农夫，跟在屁股肥大的马儿后面犁田。画上还有一位表情严肃的长老，站在会堂前的台阶上，双手合十，是祈祷的样子。

艾丽斯的眼睛扫过上面两幅图。它们并不能吸引她的视线，而最下面那幅却做到了。下面这幅图画，主要是红色、黑色还有黄色，到处是浓烟，还有明亮的火焰。正中央是一条长长的隧道，通往远方的田野。细小的人形像飞灰一样，穿过长长的隧道坠落，而在隧道底端就是兽魔。艾丽斯以前从来没见过兽魔的图像，但不用人告诉，她就能认出这个怪物。她本来就知道。兽魔盘踞在隧道最底端。它的嘴巴张大，去接取那些坠落下来的人。它蹲踞着两条细瘦的鸟儿一样的腿。它的双臂特别长，完全不像人类。手臂跟身体的连接部，有皮肤和骨骼组成的没有羽毛的肉翼。它的身上披覆黑毛，在两腿之间特别浓密，黑毛也完全覆盖了它的胸膛。两只尖耳朵立在它的头顶，形如犄角。一条黑舌头从它长长的尖牙之间伸出，等着去吞食那些坠落下来的小小的身体。

艾丽斯向书中的图画伸出一根手指。她用手追踪那些大难临头的小人儿，抚摸兽魔那对翅膀。她没有听到大长老和父亲进入房间的声音，她对那双翅膀太着迷。所以，当大长老的手按在她的手上时，她情不自禁地尖叫，然后又痛得大叫起来，因为对方用力捏紧她的手，她感觉骨头都要变形了。

之后发生的事情是：

父亲呆呆地在一旁看着，脸色煞白。大长老命令艾丽斯卷起衣袖。他把一根长戒尺递给父亲，然后那根戒尺打在艾丽斯白白的手臂上，一次又一次。而在戒尺击打的同时，大长老一直在说教。他向艾丽斯讲了盘踞在邪恶洞穴中的兽魔。兽魔如何从罪人身上扯掉肌肉，罪人如何不停地惨叫，兽魔如何用长长的黑爪挖掉罪人的眼睛，这样的痛苦如何永不停息。因为一旦罪人只剩下骨头，眼睛也被挖走，失掉的部分又会长回来，酷刑重新开始。而这就是不听话的小女孩最后的结局：她们会落入兽魔手中受折磨，直到永远，永远，永远。

# 六

从大长老家回来的一路上，父亲一直都沉默着，而艾丽斯捂着剧痛的胳膊，重新考虑她对养父母刚刚产生的那点信任是否明智。她当时想起了保尔对迪菲德人的评价。她希望自己能有个兄弟或者姐妹，某个真正属于她，完全属于她的亲人，而不是别人硬塞给她的这种"假"的父母。她想要自己的爸爸妈妈。她感觉热泪涌入眼眶，又用意志力把它们憋回去了。哭是没有用的，养母之前也说过。

就在他们回到养父母家的时候——艾丽斯已经决定了，这座房子以后都不再是她的家，如果她以前曾经这样想过的话——养父转身面向她，说："孩子，为刚才的事情，我都说不出自己有多抱歉。但我希望将来某一天你能理解，那份惩罚是为了你好。你越早学会不放任自己，对你来说就越好。我不是说那样做就是对的，我是说，现实世界就是这副样子。你明白我的意思吗，艾丽斯？"

"嗯。"艾丽斯说。进门之后，父亲告诉母亲此前发生的事，母亲提出要给艾丽斯的胳膊涂些药膏。艾丽斯拒绝了。

艾丽斯转身回到自己的房间，并且关上了门。父亲表达了不满。母亲却只说："别管她。"艾丽斯在房间里坐了一会儿。那里除了她的小床，床边一张桌子，还有墙上几个衣服挂钩，就没有别的了。她走进房间时，本来就没有什么打算，现在已经开始觉得无聊、压抑。她一整个晚上将被困在这里，而现在的她，并不想被关在这种地方。但她同样也不想在房间外面，跟那两个人一起。艾丽斯很容易就能跑出家门，母亲和父亲也只能在背后叫嚷而已。但艾丽斯自从来到迪菲德，已经学会了很多在这里度日的窍门，她现在知道，想让自己不受打扰地独处，最好的办法就是主动提出帮忙，做点儿需要离家的小事情。于是她站起来，去了厨房。

母亲在剥菜豆，喝茶的父亲抬头看她。

"母亲，你有没有什么需要到森林边采集的东西？我可以去帮你找来。"

母亲转过身，带着探询的表情审视艾丽斯。艾丽斯把眼光移开。"好的，孩子，"母亲说，"我需要些东西。眼下缺少的是马尾草和黏榆树皮。你带上篮子，还有你那把锋利的小刀。"

就这样，艾丽斯出了门，自由了。

她先去了最近处的那排榆树后面。这样就可以避开村民们的视线——无论是带着牲畜的牧人，还是菜园里的妇女，或者做游戏的小孩。艾丽斯拔出她的小刀，刮出整整齐齐的一堆榆树皮。母亲教过她，黏榆树皮可以治感冒，缓解咽部肿痛。艾丽斯用这把小刀很顺手，带着它就让人觉得安心。妈妈生前并不允许她这样带着刀。

想到这个，艾丽斯一时觉得很羞愧。她这时回想起的，不再是平时常常记起的那可怕的情形，而是妈妈温柔的身体曲线，还有睡前亲吻她额头的样子。然后她迫使自己去想别的。这份记忆有它自己的痛，跟另外一种并没有什么本质的不同。

马尾草长在更靠近森林的地方，于是艾丽斯继续走，走到林木开始生长的边缘地带。当艾丽斯越来越靠近绿色树墙，周围的空气渐渐变得更凉爽，也更潮湿。在森林边的树荫里，远处镰刀割断谷物和马蹄踏地的声音，都开始变得模糊，当她背对田野时，艾丽斯几乎可以相信，在整个拜德世界，只有她一个人。

森林幽深而古老。树木长得高大繁茂，它们的树杈在很高的地方互相交叉。苔藓和蕨类植物覆盖了显露出来的根须、成堆的小石块，还有慢慢腐烂的树桩、倒下的枯树。空气中湿雾缭绕，茂密的叶子上有水珠滴落，时而连成串往下流。艾丽斯听到各种细碎的脚步声、滑行声、拍翅声，还有吱吱声。

所有这些，艾丽斯在森林边缘就能感知到。母亲不在，她是不能独自进入森林的。不管她要采集什么，都要在森林外完成，在完全能够看见农田的地方。她可以沿着森林边缘向前走，像她现在这样，越来越远离村庄。但是母亲跟她说过，她独自一人的时候，绝对不能两只脚全都踏入森林。

但艾丽斯却这样做了。母亲派她出来采集时，她总会这样做。尽管艾丽斯现在已经远离村庄，有一段时间没有看到过任何人，但她仍然时不时看看自己右手边，确保附近没有任何人，保证没有人看到这个身穿鼠灰色衣裳的女孩渐渐隐没在树干之间。

然后，她径直进入森林。

她越来越深入林中，手指扒在长满苔藓的树干裂缝里，跨过低矮的树枝和潺潺流淌的小溪。浓雾遮掩了她的长发和面庞，她的衣服变得潮湿、沉重。她这样走了一段时间，比她应该走的时间更长些。头顶没有太阳为她指引方向，只有绿的树叶，灰白色的水雾。她只要向左或向右偏出一点点，就可能会彻底迷路。但艾丽斯并不害怕迷路。

艾丽斯能感觉到的只有解脱，远离黑白两色的长老们和他们黑白两色的夫人们的那种解脱感，远离那些眼睛的解脱感——所有那些盯着她的眼睛，这就是那个醒着的女孩，在所有人要么已死要么沉睡的村子里。成年人还会试图遮掩自己的眼神，但迪菲德的孩子们却不会尝试那样做——当他们看见艾丽斯，就会指指点点，张大嘴巴呆看，直到父母把他们拖走。她听到过村民在背后对自己的议论：就是那个女孩，魂妖出现的那天，只有她醒着，她还说什么都没看到。我不相信她，你呢？

艾丽斯并不确定哪一个让她更不自在——迪菲德人的指指点点，还是桂尼斯村的孩子们对她表现出的奇怪的敬畏。孩子们看她的样子，就好像她是个特别的人物，就好像她知道某些不为人知的秘密——某些关键的事情，或许能够让他们更好地理解父母们遭遇的噩运。这让艾丽斯有时候会对其他孩子生气，因为她跟那些小孩一样，不是吗？她也同样失去了父母。而且她只有七岁，她又知道什么？但话说回来，这一切都是谎言，她拿来欺骗自己，同时欺骗别人，只是为了继续保持自己是好人的那重假象。因为对那个可怕的夜晚，她的确知道一些内情，而且从始至终——无论是醒来时、吃饭时，还是洗衣服或做其他工作时——她都能感觉到这种不同给她带来的压力。一直以来，她都在后悔那天晚上离开床铺出门。如果她没有那么不听话，那么她就会跟桂尼斯村的其他孩子完全一样，还是像他们一样成为孤儿，但至少不算是坏孩子。艾丽斯告诉自己：如果我一定算是特别的话，那也是因为我格外倒霉而已。艾丽斯继续前行。

长老们说，森林里到处是邪恶的东西，它们都是兽魔的喽啰。艾丽斯周围全都是树木，整个人被密集的枝杈环绕，她能想到的，只有那两个像树一样的女孩——那两个魂妖——那个夜晚，她们曾与她对话，然后在她身旁飘然而过。

艾丽斯环顾四周。她突然想到，两个女孩可能就在附近，或者就在森林的更深处、更远的一段距离之外。或许今天，她们又会找到艾丽斯——或者艾丽斯会发现她们。

这本应该让艾丽斯害怕得发抖，转身逃离。但实际上，艾丽斯却被吸引着向她们靠近，这份痴迷让她感到害怕。或许这就足以证明她是个坏小孩。但她当时觉得，再次见到她们，或许会让她最终明白，自己到底是一个怎样的小孩。妈妈以前跟她讲过针对女巫的浸水考验。如果被怀疑者淹死了，那她就是好人。如果她浮了上来，那么她就是女巫。艾丽斯觉得，她的处境或许就是这样。如果她再次遇见魂妖，被她们杀死，那么她就可以确定自己跟妈妈和爸爸一样，都是好人。如果她没有被她们杀死，那么她就是坏人。做坏人当然是很糟糕的事，但至少她会看清真相。如果她是坏人，她就不能去跟游商们住在一起，就算他们愿意接受她。当然他们不会接受，了解真相之后就不会。所以她不能住在大湖区，她会在山里找一座洞穴。夜里给自己生一堆火，吃野果和蘑菇维生。她想象自己变成树女的样子，住在自己的山洞里。或许她的眼睛也会变得又大又明亮，就像她们一样。

想到这儿，她感到一丝担忧，令她头皮发麻。也许她还没有准备好定居在山洞里，现在还没有完全做好准备。艾丽斯的心跳稍微加快了一点。现在到了该往回走的时候了，她告诉自己。改天她会回到这里。是的，改天再来。

她的脚步减缓，几乎停住，然后，就在面前，她看到灰白色的一团，就在苔绿色的背景前——特别肥硕的一大簇蘑菇，足以把她的篮子完全装满。它们看起来那样迷人，那么像一个乖女孩愿意采集的东西。尽管她还在生父母亲的气，她还是想到她们会喜欢这些蘑菇。艾丽斯跳过树枝，双膝跪地，用小刀切下那些蘑菇。

"你到底是什么？"

艾丽斯挺直身体，然后慌乱地站起来。有个声音响在她的头脑里，但又不是她自己的声音。

"你到底是什么？"

她转身回头看，觉得头晕。那声音现在充斥在她的胸腔里。但又没有人在跟她讲话，周围只有一片葱绿，众多的树木。然后她瞥见一闪而过的身影。艾丽斯本应该逃走，但她已经不记得来路。而那个在森林中移动的东西，像是同时出现在所有位置——最开始在她对面，然后在她右边，随即又在她身后。

"你又是什么？"艾丽斯问空气，问森林，问那个在树间移动的东西。

这几个字刚刚离开艾丽斯的嘴唇，那东西就停止了移动。艾丽斯意识到，自己完全清楚它的位置。就在她面前有一棵树，然后，十根黑色尖爪出现，像藤条一样缠在树干上。就像察觉到自己已经被发现似的，那东西闪电一样缩回了爪子。

艾丽斯的耳朵已经听不到任何其他声响，只有她自己的呼吸声。

"我在找那个女孩。你就是那个女孩吗？"

"什么女孩？"艾丽斯问。

"你就是她。你就是那个女孩。"

然后，那个怪物出现了。艾丽斯以前只见过一次这个怪物——在大长老的书里，兽魔。它就站在那里，有两条细长的、鸟儿一样的腿，没有羽毛的翅膀紧贴在它的身躯上。它比艾丽斯见过的最高的成年人还要高出一半。它的双眼——又小又黑又明亮又睿智的双眼——只是两个小点，在短短的吻部之上，巨大的抽动着的鼻孔上方。粉色双唇向后扯开，露出又长又细的尖牙，最长的两根远远超出下巴。一根黑舌头从两排牙齿之间探出，品尝着空气。

艾丽斯抑制住向后退开的冲动。她感觉到心脏在抽紧，就像肌肉工作得太辛苦太长久开始自动收缩那样。

那怪物一步步逼近她，抬起它长长的鸟腿，跨过树根和掉落的树枝，它黑色的脚爪咔嗒咔嗒踩在岩石上。当它接近到触手可及的距离时，它向前弯腰，径直把脸伸向艾丽斯的脸，近到她可以直视对方明亮的黑眼睛。艾丽斯能闻到泥土和皮毛的气息。兽魔的鼻孔不停地放大、收缩，嗅她的气味。它长长的黑舌头从尖牙之间滑出，然后艾丽斯感觉到它舔了自己的左侧脸颊。

"你就是那个女孩。给我点东西。给我那个。"

它向后微微仰身，然后再次弯腰，这次盯住了艾丽斯手里拿的那把锋利的小刀。它伸出一只爪子，敲了下刀刃。叮，叮。

"是的，那个，把那个给我。"

"你为什么要我的小刀？"

它望着艾丽斯的眼睛。艾丽斯回望它，眨眨眼。那东西也眨眼。

"留着，来铭记你。"

艾丽斯的心舒缓了，胸中的痛现在已经消失了。她胳膊上的寒毛竖起，她感觉到温暖的血涌到皮肤下面。艾丽斯几乎不知道这是为什么，但是感觉就应该那样做，她把小刀给了兽魔，刀柄冲前。那怪物稳稳地握住了它，然后侧头，嗅了嗅。

"让我看看你的胳膊。"

这次也一样，艾丽斯几乎不知道自己在做什么，但却没有一丝犹豫。她卷起衣袖，让兽魔看到自己的前臂，上面到处是大长老的戒尺留下的肿起的红色伤痕。

然后，它舔了她的胳膊。

兽魔的舌头触及她身体的瞬间，艾丽斯就已经迷失了自我。或者更准确地说，有那么一会儿，她变成了另外一种东西。她变成了风暴或者气流。她不再有性别。她成了泥土、树木和根须。她嗅到了雨水和岩石中矿物的味道和潮湿感。不，她不是嗅到的。那根本就不是人类的感官体验。那是一种存在的方式。她当时就是岩石。她就是雨水。

然后艾丽斯恢复了自我意识。她感觉到皮肤表面有一阵寒意，兽魔的舌头舔过她的一只胳膊之后，又开始舔另外一只。它的舌头像是一千根柔软的羽毛，轻轻地落在她身上。

就这样，那些伤痕都消失了。

"谢谢你。"艾丽斯说。她已经不再是气流，但她仍能感觉到兽魔体内的气流。她仍能嗅到雨水的气息。

"你见过那两个魂妖。"

"是的，"艾丽斯说，"我见过她们。"

"你将来还会见到她们的。"

艾丽斯回想起兽魔最早对她说过的话——它问过，"她到底是什么"，而不是"她是什么人"。还有，兽魔说过，它在找她。

"你为什么要找我呢？"艾丽斯说，"为什么是我？"

兽魔的头侧向一边："你跟她们很像。"

那么，这就是她的答案了，回答了那个深埋在她心底的问题，从魂妖经过她身旁的那天夜里，这个问题就已经出现了。在那之后，这个问题就不断生长，根深叶茂，现在已经大得像养父母房子后面那棵大树。艾丽斯再次感觉到那种战栗，就像当初魂妖触及她肩膀时那样。她感觉到连接她们两人的那根纽带，也连接了她自己。她跟那两个魂妖有相似之处，而她们杀死了自己的父母。

"那么我……我也是坏的吗？"

兽魔细细打量她。然后它张开嘴巴，似乎要吼叫，但艾丽斯感觉到的只是一阵风。那风吹过她的躯体，艾丽斯感觉到流水、峡谷，还有草叶和花瓣。然后兽魔身体下蹲，继而跳起。艾丽斯听到刮擦声和树叶撞击声。她看到头顶枝叶间有身形闪过。兽魔已经不见了。

# 七

那天晚上，艾丽斯拒绝让母亲看她的胳膊。她根本没办法解释那白白的、毫无痕迹的光滑皮肤。

母亲耸耸肩。"随便你啦。"她给了艾丽斯一些药膏，让她早些上床睡觉，不必帮忙刷洗餐具。

艾丽斯躺在床上睡不着，脑子里能想到的只有兽魔。她想起天气变化带来的感觉，回想起自己变成各种气象。那也是邪恶的吗？那些也不正常吗？但还有什么比风更天然？艾丽斯感觉到风吹透自己的身体，感觉到自己在风中旋转。

几个小时过去了，她还是毫无睡意，这时她听到房门上有轻轻的叩击声。母亲推开门，手拿一盏油灯。"醒醒，孩子，我需要你的帮忙。"

艾丽斯迅速穿上衣服，出了房间，发现母亲已经裹好围巾，站在门口，一手提灯，一手拎着篮子。"走吧。"

村子里黑暗而宁静，不用说，艾丽斯也知道她们要去的是哪座房子。肯定是唯一亮着灯的那座。只有在那里，所有人都醒着。作为一名接生妇，母亲经常在半夜里被人叫走。艾丽斯能确定前一晚有这样的事，因为母亲第二天的脸色更加苍白，眼袋的颜色比薰衣草更紫。但这还是母亲第一次要求艾丽斯一同前去。

亮灯的房子属于普赖斯一家。玛丽·普赖斯昨天刚刚生了一个男孩。母亲没有去接生。玛丽的妈妈请了镇上另外一位接生妇，但现在她们却想让母亲来了。普赖斯夫人的情况一定很糟糕。村民们生小孩时碰到小事情，会比较倾向于某一位特定的接生妇，但父亲之前说过，真碰到特别严重的情况，他们总是会来请母亲的。

那天夜里温度适中，但当母亲和艾丽斯进入那座房子时，里面却特别闷热。壁炉里火烧得旺，而且所有窗户都关得紧紧的。艾丽斯穿着羊毛衫，已经开始出汗。母亲吹灭了她的灯，把它放在厨房桌子上，普赖斯先生就坐在桌旁。他是个相貌平常的男人，有一头稀疏的金发。他看上去脸色苍白，非常害怕。玛丽的妹妹看上去跟伊妮德年龄相仿，站在那里抱着孩子，轻轻摇晃。小婴儿皱着眉头低声哭泣。

母亲犀利的眼睛扫过整座房子。"玛丽在哪儿？"

"楼上。"普赖斯先生说。他的声音有些哽咽。

"我们的妈妈在陪着她。"那女孩说。

"婴儿需要他的妈妈。莎拉，把婴儿交给艾丽斯。我需要你把火弄小点儿，打开一扇窗户。"莎拉犹豫了一下，但艾丽斯已经把婴儿从她怀中抱走。孩子小小的，却挺重。艾丽斯盯着他瞪大的棕灰色的眼睛和张开的小嘴巴。她感觉到小婴儿心里的困惑，他不明白自己怎么就被塞到了这样的境地，他感觉这儿太难熬，也太亮了。

"我妈说，所有窗户都得关着，这样恶魔就不会进来。"莎拉说。她扭着双手，看着普赖斯先生。后者则看着艾丽斯的母亲，但什么都没说。艾丽斯感觉到，普赖斯先生的身体所在的地方有片空白，就好像只留了一座蜡像在自己的位置上，真正的他去了别处。母亲摇头说："这里才没有什么恶魔。孩子，按我说的去做。艾丽斯，跟我来。"

楼上有两个房间，母亲带艾丽斯去了点灯的那一间。这里也生了旺火，所有窗户都紧闭着。母亲放下她的篮子，从艾丽斯那里接过婴儿。她不说话，向艾丽斯使个眼色。艾丽斯不用问就懂了。她把火苗弄小了一些，打开一扇窗户。新鲜的空气吹在她脸上，感觉很舒畅。

母亲之前跟艾丽斯说过，死亡有一种奇特的气味。艾丽斯曾经接近过足够多的动物，死掉的和垂死的都有，她懂得母亲指的是什么。死亡带来的腐朽状态有一种甜腻的气息，就像肉类坏掉的气味那样。但这个房间的气味却不属于死亡。它来自污浊的呼吸和没有清洗过的身体。

玛丽背靠枕头躺着，浑身是汗，脸色潮红。母亲一手抱着婴儿，另一只手扯开玛丽盖着的毯子。她像对待孩子一样轻抚她，从喉咙深处说着抚慰她的话，几乎像在唱歌。"坐起来吧，我的孩子。你要喂一下这个小男孩。"她解开玛丽的睡袍上衣，摸了下她的乳房。"啊，你已经在发奶了，我的孩子，而你的小儿子需要它。来吧。"婴儿似乎已经感觉到母乳就在近处，哭得更加起劲了。母亲刚把婴儿放在玛丽胸前，周围就安静了。玛丽虚弱地抚摸着婴儿小小的额头，艾丽斯竭力避免盯着他们看。她不知道玛丽能否活下来。母亲曾经对艾丽斯说过，发烧不是好兆头。她希望玛丽不要死。小婴儿刚出生就没有妈妈，那真是太惨了。一般来说，当妈妈离世，婴儿很快也会随她而去。

母亲转向琼斯夫人——玛丽的母亲说："老姐姐啊，你看起来累坏了。你把这些交给我，去躺一会儿吧。我不会离开你女儿的。你现在就去休息一下吧。"

琼斯夫人看上去随时都会倒下，但她还是不想离开。玛丽对她妈妈说："没事的，妈妈。我已经感觉好一些了。"艾丽斯不相信玛丽的话，但是琼斯夫人相信。于是她亲吻了女儿的额头，单手抚摸了一下外孙，然后像个游魂一样离开了房间。

"现在，玛丽，"母亲说，"你必须好好听我说。你病了，我可以帮你，但你必须按我说的做。你现在好好喂饱你儿子，然后把他交给艾丽斯。你和我还有事儿要做。"

婴儿吃饱了睡着之后，艾丽斯抱着他坐在屋角的凳子上，观察母亲。母亲给玛丽脱掉汗水浸湿的睡衣，两手轻轻抚过她的腹部，怀孕期隆起的样子还在。艾丽斯已经不再避免盯视。母亲并不需要她在现场帮忙，艾丽斯现在明白了：这些事情，母亲以前已经独自做过很多次。母亲带艾丽斯一起来，是想让她跟着学。艾丽斯服从这个决定，所以保持安静，用心观察。

母亲从篮子里取出一个很小的东西，包在亚麻布里，用一根绳子缠绕好后拍拍玛丽的肩，说："我要给你配些药茶，你要喝掉它。"然后她离开了房间。

这时候玛丽向艾丽斯看过来，艾丽斯向她微笑。玛丽有张可爱的圆脸，她看上去比妹妹大不了多少。

艾丽斯站起来："你要看你的儿子吗？"玛丽点头，艾丽斯带婴儿来到他的母亲身边，把他放在妈妈怀抱里。艾丽斯安放婴儿时，感觉到玛丽身上涌出的热力。不是强大的热浪，更像一小团火。艾丽斯单手触碰玛丽的腹部，就像母亲做过的那样。艾丽斯感觉到那团火在玛丽体内，她感觉到玛丽血管中的血液，还有肺里的气息。她还感知到另外一种东西，一种不协调的东西。那是一个病灶，就在艾丽斯手指下方，艾丽斯有种奇特的感觉，似乎她可以直接伸手进去，把它揪出来，然后玛丽就会康复。

"艾丽斯？"母亲在望着她。艾丽斯不知道自己在那儿已经站了多久，一手平放在玛丽的腹部之上。

"没事的，阿盖尔夫人。这孩子手很轻。"玛丽拍拍艾丽斯的手背。

"那倒是，"母亲说，"她的确是这样。艾丽斯，把孩子抱过去。"

艾丽斯照办了。母亲捧起一杯茶，递到玛丽唇边，告诉她全部喝掉。那茶闻起来像是烂成酱汁的叶子，让艾丽斯感觉恶心。

玛丽表情痛苦，但她还是全部喝掉了。

"现在，玛丽，"母亲说，"让我扶你起来。"

"但是，夫人，我起不来，"玛丽说，"我坐着都吃力。"

"不，你能站起来，而且必须站起来。等到那种收缩开始时，你会想要站起来。我们会在这个房间里绕圈走动，直到你经历之前没经过的那一关。"

母亲看了下艾丽斯："是胞衣害她生病的，孩子。那个也需要被排出来，否则就会烂在身体里。而这就是发烧的原因。"

"你肯定不想要那样的结果，玛丽。所以，让我扶你起来，确保那孩子醒来找你的时候，你还能活着给他喂奶。"

整件事在一个小时以内结束。玛丽咬着嘴唇，用力收腹，同时缓缓走动，有时她会蹲下来。很快，她两腿上就出现了几道血痕，而母亲在收拾某种东西，把它裹进亚麻布里。玛丽在母亲怀里哭。"现在没事了，孩子。一切都会好的。"母亲用眼神召唤艾丽斯，艾丽斯来到她身边。母亲把孩子从艾丽斯怀里抱过来，交给他的妈妈。然后母亲双臂环抱这对母子，就像担心玛丽会让婴儿掉落似的。

艾丽斯一手放在玛丽腹部，轻到几乎没触及她的睡衣布料。她感觉到玛丽体内的血液和呼吸，没有任何异状，一切正常。她抬头看母亲，发现母亲的眼睛在盯着她。然后母亲把自己的手按在艾丽斯手背上。

"听着，"母亲说，"要是有人问你们那茶是什么，你们就说那是春黄菊，仅此而已，仅仅是一种起安神作用的花茶。"

那天晚上，艾丽斯睡得很不安稳。当她醒来帮母亲准备早餐时，已经不太记得前一晚到底梦见过什么。但她知道自己一定做过梦。当时，梦境不断在她头脑中闪回：哭泣的婴儿，有血痕的双腿，还有兽魔利齿咬开的伤口，也有风、雨和树叶，都在她的发丝之间。还有爬上一棵树的感觉——那印象如此清晰强烈，她以为那一定是真实记忆，尽管她意识到那不可能。她这辈子哪里爬上过任何东西？从来没过。女孩们不应该爬上爬下，尤其不能爬树。

早饭有燕麦粥、奶油和蜂蜜，吃完后，父亲像平常一样去了他的木匠铺。母亲让艾丽斯缝补父亲的一件旧衬衣。"艾丽斯，等你做完那个，我们就去森林散步。带上你那把锋利的小刀。"艾丽斯的针举在亚麻布衬衫上空，定住了。

"小刀不见了。"艾丽斯说。以前她特别喜欢她的小刀，说实话，比她留在桂尼斯村的布娃娃还要喜欢。她喜欢把那把小刀握在手里的感觉。完美的重量和大小，刀柄还是父亲亲自削好的。

母亲用她那双乌黑的、富有洞察力的眼睛看着她。

"你这话什么意思，小刀不见了？"

"昨天我一定是把它落在外面了。"这是谎话，又不完全是谎话。艾丽斯越来越擅长说这种话。

"好吧，那我们就回去找找它。"母亲说。

艾丽斯抬头看看母亲，想说她要自己回去找，只要能避开母亲的监视就好，但这时候门开了，父亲出现了。他黝黑的、沾满木屑的身躯，在上午阳光的背景下格外醒目。"我们要被召集到会堂去，"他说，"所有人。"他们去会堂的途中，父亲告诉艾丽斯和母亲，说长老们已经做出了决定，关于村子的未来，以及他们应该如何避免遭遇桂尼斯村的厄运。

村民们挤在会堂里，男人和男孩在一侧，女人、女孩和婴儿们在另一侧。他们挨挨挤挤地坐在无靠背的长凳上。大长老坐在前方一张宽大的座椅上面，其他长老列队站立在他左右两边。大长老是他们中间身材最高大、肩膀最宽的。艾丽斯在纳闷，不知道是不是块头最大的人，才能成为大长老。

等到村民们全都安静下来，两个很像大长老的棕皮肤男孩关闭了会堂大门。然后大长老站起来。"我们长老们一直在自问，"他说，"桂尼斯村的人们到底做过什么，才失去了天上好牧人的眷顾？好牧人为什么抛弃了他们，允许兽魔派它的豺狼孩子们和魂妖吞噬他们？他们到底为什么遭受厄运？"

村民议论纷纷，艾丽斯听到有人嘟囔"女巫"这个词，而且它一遍遍被人重复着，还有"魂妖"。她感觉到人们眯起眼睛，瞪着她和其他桂尼斯村的孩子们。她想起了保尔，还有他永远不要提起魂妖的警告。如果她告诉保尔自己又见到了兽魔，保尔会给出怎样的建议呢？他很可能会从她身边逃走吧。如果那样，就连保尔都会害怕她的。

艾丽斯感觉到绝望。她已经学会了用不撒谎的方式隐藏事实，但她永远不可能伪装到她需要的完美程度，她不可能永远隐藏自己做过的事、看到过的一切，还有坐视发生的一切，不可能永远瞒过所有人。那些秘密会像臭味一样从她身上腾起。它们会爆发，从她身体里流淌出来，就像从里面烂掉的水果那样。

大长老抬起一只手，掌心向外，村民们安静了下来。"我的朋友们，答案就是，我们不可能真正知晓。我们不可能知道桂尼斯村发生过什么。但我们可以在自己的社区里保持警惕。警惕各种诱惑，包括虚荣、通奸、懒惰和饕餮。"艾丽斯开始走神，因为那些词句变得越来越长，在她听起来很难理解。她知道饕餮跟吃得太多有关。她以前不止一次听爸爸抱怨，说桂尼斯村的大长老是个贪吃鬼，而他的确是个又胖又大、体型圆滚滚的人，每当妈妈烤好馅饼时，他总会出现在门口。

妈妈的馅饼……今年不会再吃到黑莓馅饼了，但能吃到苹果，或者说，到时候应该会有苹果可吃。艾丽斯突然一下子回到现实。她完全不知道养母会不会烤馅饼，对这事儿一点儿头绪都没有。

大长老还在讲话。"我们理应感恩，因为那种带走桂尼斯村可怜人的邪恶力量放过了我们。好牧人发现我们值得他眷顾。他会给邪恶者以报应，放过我们。"

艾丽斯心里感觉到一份强烈的、熟悉的愤怒。这些人以为，她的妈妈和爸爸遇难，是因为他们是坏人。但她知道妈妈和爸爸根本不坏，艾丽斯才是那个坏小孩。是她这个小丫头乱跑到荒郊野外，任由魂妖那天晚上从她身旁经过，还觉得她们很漂亮。也是她把小刀交给了兽魔，还刀柄冲前——而不是一下子刺入兽魔的身体，直至没柄，像任何一位迪菲德的良民都会做到的那样。

闻到兽魔带来的雨水气息，她没有感觉到混乱，反而觉得安心，被它的舌头舔过的胳膊甚至还得到了治愈。

"但我们不能仅仅相信好牧人的保护，"大长老说，"我们必须证明自己值得他关心。所以我们要把兽魔的喽啰阻挡在村子外面，为此修建一座高大的木头围墙，建大门，来保护我们的村庄。"

这话说完，人们纷纷小声议论。

大长老再次抬手。"我知道，兄弟姐妹们，我懂。你们不知道该怎样做成这件事。我们已经开始设计了，而且村里的每个男人和男孩都要为它出一份力。迈尔斯长老已经画了一幅地图，描绘有围墙的迪菲德村。你们所有住在围墙范围以外的人，都要搬迁到围墙里。是的，你们将离开现在的家，在村子的围墙以内新建房子。但只要做出这点小小的牺牲，你们就可以回到好牧人慈爱的怀抱里享受安全。你们必须把桂尼斯村的悲剧当作给我们所有人的一次警告。他们把兽魔容留在自己中间，具体细节我们无从猜测。他们迷失了方向。而我们决不能重蹈覆辙。"

大长老的宣讲结束后，村民们全都站了起来，成年人聚集成小群互相询问各种问题，但没有人能回答。艾丽斯抬头看母亲和父亲。"我们不得不搬家，对吧？"

"是啊。"父亲说，"我们得搬家。"

"他们能硬逼我们吗？"母亲问，"我们能不能直接对大长老说，我们的信仰现在就已经足够强大，并不需要逃离家园，躲进围墙里呢？"

"海莱德，"父亲说，这是母亲的名字，"你跟我一样，完全清楚这个问题的答案。大长老已经跟我们说了现在要做什么，我们别无选择，只有按他说的去做。"

艾丽斯替母亲感到难过。她那么喜欢她的房子。就连艾丽斯也已经开始喜欢它的某些部分，尤其是屋后那棵巨大的树。那棵树要比艾丽斯见过的任何其他树木更高、更大。

但她还不能让自己对父亲产生真正的同情，因为有她胳膊上受过的伤作梗。兽魔已经治愈了它们，但艾丽斯仍然可以回想起那份刺痛。尽管父亲可以说，他在那件事情上别无选择，而且艾丽斯也已经想到，他的确没有特别用力地打自己……但他还是那样做了，仅仅因为大长老命令他那样做。所以艾丽斯不会为他感觉到特别难过，而且她暗自发誓，等自己长大了绝对不做任何违心的事，尤其是不会因为某个穿黑白袍子的人下令就马上服从。

# 八

艾丽斯慢腾腾地落在母亲后面，毫无道理地希望，她自己走得越慢，母亲就越有可能把小刀的事情忘掉。但母亲就是什么都不会忘。尽管她对建围墙的事情很关注，也特别害怕离开她的家——但就算这样，也不能让她忘记小刀的事。

"你上次用小刀的时候是在什么地方，艾丽斯？"她和艾丽斯站在森林边缘，她探询地看着艾丽斯。艾丽斯想起她们第一次见面时，母亲并没有正眼看她。现在艾丽斯觉得，母亲当时的态度可能是出于好心。母亲了解她自己眼神的威力，知道艾丽斯被那双眼睛盯紧的时候会有多痛苦。现在，艾丽斯明白了，母亲眼下就是要让自己难受一下。她想让艾丽斯知道，她并没有被骗过。

艾丽斯的眼珠稍微一动，她只是向潮湿的森林中瞥了一眼，就已经泄露了真相。艾丽斯马上警觉过来，直视母亲。但已经晚了，母亲看到了。母亲总是能看穿真相。"你独自进入过森林，是吧？"母亲说，她语调平淡，非常自信。

"啊，是的。"

"那行吧，我们去找找它。"母亲转身，进入森林，并没有回头看她一眼。她动作娴熟地跨过岩石和树枝，就像对这片森林中的每一寸土地都烂熟于心。

她们默默前行，母亲在前面带路。艾丽斯意识到，母亲根本没有在找那把小刀。最后，母亲停下来，看着艾丽斯说："我们以后必须要小心。加倍小心。"

艾丽斯感觉自己在侧耳倾听，就像盖诺尔的老狗一样。"乱逛的事情，艾丽斯。我理解那份冲动，我理解你为什么那样做。如果你觉得自己现在就受到了监视的话……孩子，你都想不到以后会怎样。他们建围墙，并不是要把人挡在外面，而是要把人困在里面，尤其是我们这样的人。"母亲抓住艾丽斯的手腕，"告诉我，艾丽斯。告诉我你明白。"

突然一下子，艾丽斯感觉到了，围墙从四面逼近，把她围困起来的感觉。压抑就好像气息都被挤出了她的肺叶，她感觉到一份绝望，恨不能爬出自己的身体。母亲放开她的手腕。艾丽斯感觉反胃，她只能竭力避免呕吐在母亲的鞋子上。

"我一直都很小心，很小心，"母亲说，"但无论怎样小心都不够。如果他们了解我们的能力，就会把我们当作女巫烧死。不要那样看着我，孩子。我知道你了解真相。我知道你能感应到我对玛丽的腹部做过的事情。我知道刚才你的手腕被握住时你有怎样的感觉。自从你第一次坐到我家厨房餐桌旁，我就看得一清二楚。不要问我是怎么做到的。我就是知道。"

艾丽斯有太多疑问，而且她害怕母亲可能随时不再说话。母亲现在就已经开始沉默了。

"我们为什么是这个样子？我们是坏人吗？"艾丽斯问。

"我们不是坏人，孩子。如果只是把手放在人身上，就知道他身体里有什么病，这怎么可能是坏事呢？"

"但他们为什么会把我们当成女巫烧死呢？"

"因为他们害怕。"母亲说。她耸耸肩。对这件事，她没有更多话好说。

艾丽斯想起母亲对那种药茶说谎的事。

"你给玛丽喝的那种茶，是魔法药水吗？"

母亲从喉咙深处发出不屑的声音："艾丽斯，你不至于那么笨。那茶里没有任何魔法，只是天然的东西有效罢了。我妈妈教过我，哪些根茎可以催生，或者帮助妇女排出胞衣，就像她妈妈教她一样。但长老们不希望我们用这样的方式干预世事。他们认为我们应该听凭好牧人的处置，祸福由天。如果能活就活着，如果要死就去死。"母亲又发出那种声音："你并不傻，艾丽斯。我也一样。所以等我们搬进围墙，我会把我的根茎药室留下，我们再也不谈这件事。你要保证自己的安全，听到了吗？因为一旦我们搬进围墙，就相当于站到了长老们的一边。而他们不会允许我们改变主意。你明白了吗，孩子？"

艾丽斯点头，尽管她一点儿都不确定自己是否明白。时间太短了，不够解答她心里的所有问题。母亲以前从来不会像现在这样长篇大论，在这片幽暗的、滴水的森林里。

"那魂妖是怎么回事呢？"

母亲眯起眼睛端详艾丽斯。

"她们？你想要知道什么？"

"你不害怕她们吗？"

母亲呼出一口气。她的表情缓和下来："我觉得我应该害怕。在他们对你妈妈、爸爸，还有桂尼斯村的其他可怜人做过那些事之后。但我更害怕的是无法消除的咳嗽，或者不管我做什么，都会变得更严重的高烧。那些才是半夜里能让我惊醒的东西。"然后母亲转身往家走。"快跟上，艾丽斯。你父亲会奇怪我们为什么不做晚饭的。"

艾丽斯完全不知道自己是怎么想的，但当时她还是自己说了。"那么，我的小刀怎么办？"

母亲回头看着艾丽斯，翻了个白眼，说："孩子，你明明知道我们不可能找到它。"


就像大长老命令的那样，农场和偏远的住房纷纷被抛弃，村庄收缩到更小的范围。人们蜷成更小的一团，艾丽斯感觉到这份约束就像一根绞索在收紧。大长老向所有人宣布：围墙上的大门将在日落时关闭，直到黎明才重新开启。这样一来，他们将免遭兽魔及其喽啰的伤害。

围墙的建造工作很快就开始了。空气中充斥着锯木的喧嚣声。迪菲德村周围的大片森林被砍光，一棵接一棵的树木轰然倒地，场面很是惨烈。在村镇中央的坚固石屋之间，原来很开阔通透的地方，现在开始有木屋出现，填补了所有空间。母亲和父亲的房子跟原来的住所相比，要狭小很多，只有一层，加上一间存放块根的地下室。这房子只有两间卧室，客厅要兼作厨房，安放壁炉和桌子。一天下午，母亲在很快就得离开的旧厨房削着土豆，对父亲说："夏天热，冬天冷，木屋就是这样。"她在空中挥舞着小刀。"当然，大长老本人用不着搬家。哦，当然不用。他还住在自己的石屋里。"

　　建造新房子和围墙的工作是狂热又紧急的。现在已经是深秋时节，一旦天气转冷，大地结冰，工人就无法在地上打桩，或者开挖地下室。所以现在看来，迪菲德村的建筑每天都在变得更加拥挤，而围墙也日渐增高，凌驾于一切之上，像是一个既危险又有生命力的东西。

　　围墙是三角形的，三个角落都有高耸的瞭望塔。每座瞭望塔的房顶上都有一个粗大的铁钩，用来悬挂一盏灯笼。每座瞭望塔的地上都有一个翻板门和一架梯子，这是登上二十英尺高的围墙的唯一通道。整个围墙上，在低于墙顶三英尺的地方，只有一条狭长且危险的步道。围墙上只有一座大门。两扇门完全打开时，有二十英尺宽，门闩特别粗大，每天晚上关门都需要八个人。

　　村子里的建筑工人和手艺人建造围墙的同时，长老们在讨论如何来守卫它。白天的岗哨安排没有什么困难，因为村里有足够的壮劳力，可以站在门口，检查前来贸易的游商，然后确保他们在傍晚关门之前离开。迪菲德人担心的是夜间围墙的守护问题。他们中有谁愿意冒这样的风险呢？他们在围墙外、田野里看护畜群时，又怎样保证自身安全？他们想到野狼和魂妖，就会不寒而栗。

有一天，所有超过七岁的桂尼斯村的孩子都被叫到会堂，下面就是他们被告知的话。

长老们经过会商，他们认为合情合理的决定，就是让桂尼斯村的孩子们每天晚上守护村子的围墙。孩子们还要在每天晚上走出围墙，去看护野外的牲畜。桂尼斯村的孩子们毕竟已经熬过了一次劫难，兽魔对他们已经没有更多的威胁。所以，还有谁比这些孩子更适合担任围墙的夜间守卫呢？还有谁比孩子们更适合在日落后留在牧场里看护牛羊直到天亮呢？当然，最小的孩子，七岁以下的那些，不需要承担这类责任。但其他人将会被平均分派，负责守卫围墙，或者到野外看护牲畜。就像牧羊犬留下它们的气息，可以吓走狐狸和狼一样，桂尼斯村的孩子们也可以充当午夜的明灯，吓走任何兽魔的喽啰，让它们不敢侵入村子。

此外长老们还同意，每天晚上要安排一名迪菲德男子跟孩子们一起守夜，确保大门紧闭。那人将会待在大门警卫室，围墙以内的安全地带。然后他们给每一名桂尼斯村的孤儿发了一枚苇哨，用皮索挂在他们的脖子上。一旦发现危险，孤儿们就要吹哨，警告熟睡中的村民，以便他们躲进地下室，关上门，免受魂妖和其他妖魔的伤害。就这样，桂尼斯村的孤儿们成了迪菲德村的守夜人。而当一个黑白袍的家伙告诉艾丽斯必须怎样做的时候，艾丽斯也了解了她自己应该那样去做。

## 九

　　艾丽斯一度以为，自己是喜欢半夜醒着的，但那只是一个傻孩子的蠢念头。那时候她每天晚上躺在床上，都可以奢侈地自己决定自己累还是不累。

　　现在，艾丽斯任何时候都觉得累。她还一直觉得恶心，无论白天还是黑夜。她不止一次下巴搭在围墙上睡着，几秒钟之后醒来，就发现有可怕的木刺深深地扎进肉里。不过现在，几根木刺已经不算什么了。在环绕围墙的狭窄步道上，你只要踩错一步就会掉下去——掉落的距离是二十英尺，没有任何阻隔或防护。孩子们守夜已经有几个月了，现在已经有人被摔骨折。马多格对伊妮德咕哝着说，这样下去迟早会有人被摔死。马多格还说，到时候，迪菲德人或许就会理智起来。他们届时会承认这个工作不适合小孩。

后来，真有一个小孩摔断了脖子。遇难的是伯嘉。他跟艾丽斯一样，也是独生子，也只有七岁。那天夜里，艾丽斯被派到了外面的牧场，所以，第二天伊妮德告诉了她，自己在黑暗中先是听到伯嘉的惨叫，然后是身体摔到地面的声音。伊妮德说，她感觉自己一辈子都不会忘记深夜里传来的恐怖的坠地声。

马多格错了。伯嘉的死没有让村里的任何人改变主意。长老们只是叮嘱桂尼斯村的孩子们以后要更加小心。

艾丽斯也有一次险些被摔死。那件事发生在第一次结冰时。步道上有冰，所以更容易打滑。现在，就算闭着眼睛，两手都被绑在身后，艾丽斯也能走完围墙高处通道的全程。但在开始的阶段，每个夜晚都很恐怖——都要死命抵挡睡意，还要注意不被摔死。

孩子们被要求保持距离，不允许互相交谈，或者蜷缩到一起。他们被要求均匀分布在围墙各处，保持警惕。所以，当艾丽斯在冷滑的步道上失足，当她的手在围墙边缘抓挠，却找不到着力点的时候，她本来有可能掉下去摔死，没有任何人能救她。但相反，那天却有人扑过来抓住了她——是个沉默寡言的男孩，名叫德尔文。这孩子紧跟在艾丽斯身后，因为他特别不想独自一个人。不管怎样，两人同心协力，总算重新回到了步道上，而没有掉下去摔死。艾丽斯和德尔文在随后的时间里拥抱在一起，两颗心跳得很快。她轻声对男孩表示感谢，随后两人就各自站开了。

现在，在迪菲德村度过的每一天对艾丽斯来说都是一个样。母亲中午叫醒她，让她吃午饭，干些杂活，学些简单的课程，在日落前让她吃晚饭，然后打发她去围墙上值班，或者去墙外看护羊群。每当太阳出来，值班结束，艾丽斯再次回到家，吃些早饭，然后睡觉，这时候，恰好是其他村民醒来的时间。

本来，这样的安排可能不会让人孤单，因为每天晚上都跟桂尼斯村的孩子们在一起。但他们都太累了，不想说话，甚至也没有兴趣玩。艾丽斯的朋友盖诺尔不堪劳累，越来越憔悴，就像她在艾丽斯眼皮底下渐渐隐身了一样。在桂尼斯村，盖诺尔曾经是个脸颊粉嫩，特别爱笑的孩子。现在，她却面色苍白，两眼下方都有紫色眼袋，像从前自己的影子一样。

艾丽斯估计，她自己一定也是那副模样，所有桂尼斯村的孩子都一样。不管他们的发色是深是浅，个子高或者矮，眼睛是岩石色还是苔藓色，人们从来都不会把桂尼斯村的孩子跟真正的迪菲德小孩混淆。前者的眼袋只有颜色深浅的区别，从绿到灰到深紫。而且桂尼斯村的孩子没有一个高大壮实，大部分人看起来都像是晚间一阵大风就能把他们从围墙上吹下去。当然，有时候，的确会有人遭遇这种厄运。

而迪菲德的孩子们完全不同，他们脸蛋红如苹果，生活无忧无虑。他们常常笑逐颜开，每天在阳光下玩耍，晚上睡得很香。

艾丽斯不喜欢迪菲德的孩子们，也不喜欢他们唱的歌谣。她开始痛恨所有的古老歌谣，尽管在她仍然住在桂尼斯村的时候她也经常唱。但现在，她对那些歌谣的感觉完全变了。那些歌谣充塞在她耳边时，她只想甩开它们，但它们总是会钻入她的耳朵，不肯放过她。

如果你以为它看不到你，

那你一定是大错特错，

尽管藏到你卧室的被单下面，

唱一首壮胆的歌。

它一步步向你爬近时，

会咕咕咕地叫。

抱歉啊小宝贝，你有大麻烦了，

兽魔来抓你了！

　　她回想起自己拿这类歌谣吓唬盖诺尔的那些时候，感觉除了她自己，一定还有其他的孩子做过这样的事。自从妈妈和爸爸被魂妖夺走，而兽魔又在森林里找到艾丽斯之后，这些古老童谣总会让艾丽斯感到恶心。每当有迪菲德没心没肺的孩子唱起一首这样的歌谣，她总会感觉到自己的心在变硬、变黑。她想要揪住其中一个小孩的头发——或许就抓那个宝贝塞雷丝，村里最好看的女孩之一——告诉她，兽魔找上门的时候，它到底是什么样子。它根本就不会咕咕叫，它会在脑子里对你讲话，让你感觉到风的气息。她想看到塞雷丝惊恐地瞪大眼睛，想要把她吓哭。

　　艾丽斯有时候会吓着自己。当她像这样发怒时，她确信没有任何其他桂尼斯村的孩子有她这样邪恶的想法。桂尼斯村的其他孩子都很累，很疲惫，经常很哀伤。但他们并不愤怒，没有怨怼。艾丽斯的怨愤有一种特别刺激的味道，会让她嘴巴发干。不过从表面上看来，艾丽斯跟任何一个桂尼斯村的孩子没有什么两样，而且她发现，别人已经不再用那种怪异的眼光看她了——就好像她掌握着某个别人无从了解的秘密一样。现在的她跟其他人一样劳累。她也跟别人一样，带着听天由命的态度熬过每一天的生活。大家同病相怜。

艾丽斯小的时候，曾经以为自己害怕黑夜，但现在，黑夜已经成了一个真正的妖魔，每一天都带着恶意出现在她的生活里。而那个妖魔的家就是围墙，那座木料建造而成的山，艾丽斯对它越来越了解，甚至超过自己的卧室。她已经渐渐失去了那份想象力，无法记起围墙存在之前的情形。那时候，她的日日夜夜还没有被它主宰。夏天白昼较长，值夜的负担就不重。但到了冬天，似乎他们才刚刚干完杂活，天色就开始变黑，围墙就开始召唤他们。

每个夜晚，桂尼斯村的孩子们爬上高墙，或者走向夜色渐浓的原野，牧羊犬跟在身边。与此同时，迪菲德的村民也聚集起来，最后看一眼紫红的地平线，男人们把大门关紧，然后他们一起唱一首颂歌。


　　好牧人在守护，
　　在天上保佑。
　　我们是您手中，
　　谦卑的羔羊。
　　感谢您，
　　悉心的照料。

吾等羊儿，

将入梦乡。


　　艾丽斯一直拒绝跟村民们一起唱日落时的颂歌。最终，所有桂尼斯村的孩子都不再歌唱。对他们中的很多人来说，最初萌生反抗念头的时刻，都是在第一场雪或第一场风暴中走在高空步道上脚底打滑，或者蜷缩在其中一座哨塔漏水的屋檐下，或者在原野中打着寒噤时。艾丽斯觉得，桂尼斯村的孩子们是否跟着唱歌，原本就无关紧要。迪菲德村的孩子们唱得已经够响亮，其他人无须费力了。

　　于是时间就这样一年年过去，艾丽斯渐渐长大，原来一个矮小的、眼神空洞的孩子，现在渐渐长高了。她回想起初到迪菲德村的日子，会奇怪自己是怎么活下来的。现在十二岁的她懂得的事情，要比她七岁时自以为懂得的多很多，尽管有很多事还是原来的样子。艾丽斯仍然厌恶那些长老，也尽可能回避那些长老夫人。

　　但回避并不总是能做到，因为母亲经常打发艾丽斯做些琐事，尤其是到围墙外的事情。母亲很可能是出于好心——用这样的方式让艾丽斯透透气。但要赢得这样一点点自由，艾丽斯首先需要拜访迈尔斯长老或者他的夫人，请求他们的批准。建围墙之后，大长老把整个村镇分割成楔形区，跟切分馅饼似的。每个楔形区属于一位长老，他们的主管是迈尔斯长老，艾丽斯把这个人看成大长老的跟屁虫。事实上，他跟大长老走得很近，艾丽斯还私下里给他取了个绰号——"掮客"。不管大长老在哪里，掮客迈尔斯总在他身边，探身靠近，在他耳边嘀嘀咕咕。

迪菲德人可以随意进出大门，只有三条规矩需要遵守：第一，他们进出时必须在门岗登记；第二，他们必须在日落之前返回；第三，他们永远不能，绝对不能，回到已经被放弃的旧居。擅自进入那些区域的人，相应的惩罚是被永远逐出迪菲德。艾丽斯觉得，长老们应该心知肚明，如果村民体验到旧居的生活，或者感受到那边自由的空气，他们就再也不会返回这座尘土飞扬、过度拥挤的村子里来了。

桂尼斯村的孩子们如果想要走出围墙，需要遵守的规矩要比迪菲德人更严格。他们必须去拜访主管长老，主管长老会把他们的名字记入一本厚册子。然后他们会得到一个有编号的铁手环，在外面必须随身佩戴，返回之后归还。佩戴并不是关键，归还却很重要。

如果到一天结束，某个手环没有回到长老手中，就意味着有一名桂尼斯村的孩子还在外面游荡。迪菲德村的长老们最怕的就是有人到处乱跑。如果某天早上起来，所有桂尼斯村的孩子都跑掉了，艾丽斯还挺想看看大长老会是怎样一副表情。

但那种事永远不会发生。孩子们清楚自己做了怎样的交易。他们为迪菲德村充当耳目，献出自己的身体和青春，作为交换，迪菲德给他们住所、食物和衣服——还有某种安全的假象。从这里前往任何其他地方，沿途需要担心的都不只是饥寒而已。孩子们之间开始有传言，关于夜间出现的幻象——有人看到像树木一样的女人，她们轻声低语，唱着歌谣，许诺安睡和休息。迄今为止，只有年龄较大的孩子——十六岁或更年长的——才会看到那两个树女。而且没有人听从她们诱惑的言辞。但艾丽斯觉得，早晚会有人听从的。如果可以安睡，他们中有谁不愿意为这样的机会付出一切呢？

桂尼斯村的孩子们无须警告，都知道这些幻象不能告诉外人。对迪菲德人坦白这类事情，会让他们受到鞭笞，甚至更糟的——直接被流放。所以桂尼斯村的孩子们只在同伴之间谈论那些歌谣，只在走向野外的途中小声议论，却不对其他人提起。

艾丽斯有时纳闷，不知道迪菲德人会不会听见这歌声，甚至看到魂妖。但她觉得不会。迪菲德人每到深夜，都安全地躲避在他们的围墙里面，没有歌声会传到他们耳边。在巨大的木门之内，迪菲德人受到了保护。除非迪菲德人明确邀请，没有谁能进入大门。游商获准进入，可以进行贸易，但必须在日落之前离开——门卫严格保证这一点。

艾丽斯每次瞥见游商，都会想起保尔。这些年来，她见过保尔很多次。他和他的妻子贝蒂每次看到艾丽斯都会微笑。保尔每次看到她，都会说同一段话。"就是她，我找到的那个丫头。她多漂亮啊！"他曾告诉艾丽斯，长老们不允许他带艾丽斯回大湖区，尽管他费了很大气力，想要说服他们。而且他坚持说，自己的努力必须要有限度，否则，那些人可能会禁止他来这里卖东西。此外，他还觉得艾丽斯更适合跟自己的同族一起居住，有个安全稳定的家，而不是住在四面透风的马车里。他当初并不知道——也不可能预料到——迪菲德人会迫使孩子们做这样的事。艾丽斯听了他的解释，也知道他每条理由都是出于真心。但即便在十二岁，已经大到足以理解这个世界的基本规则时，她还是希望保尔能比他的理由更勇敢些。她想要保尔抱起她，带她一起回到大湖区，完全不管什么后果。但艾丽斯永远不能再要求保尔拯救自己摆脱眼前的处境了。他们再也不谈他把艾丽斯留在迪菲德的那一天，还有她为他哭泣的事。

那还是她最后一次流泪。

艾丽斯刚刚洗完最后一个午餐盘，母亲说她们必须去一趟大门外。当时是夏末，每一天，太阳落下的时间似乎都要比前一天更早。艾丽斯回到房间，穿上她晚上加穿的羊毛外套，把哨子挂在脖子上。

今晚，她要去牧场看守绵羊。这样的季节在牧场里，还有可能令人愉悦。她可以整晚在高高的荒草间徘徊，牧羊犬也可能带来些安慰，尽管它们对人类完全没有兴趣。它们是工作犬，唯一关心的就是保护绵羊安全，使绵羊免受狐狸和狼的伤害。

但每次走过草地，艾丽斯总会想起当年在桂尼斯村，她和魂妖的那次相遇。自从她第一次从大孩子那里听到歌声和树女的传言，她就一直竖起耳朵倾听她们的声音。有时候，她以为自己听到了，听到有人召唤她，像是温柔的呢喃声，然后她意识到，这只是风儿吹过树叶或者树枝的声音。她不知道自己还要再等多久才会再次跟魂妖相遇，如果遇见了又会发生些什么。她感觉到被她们吸引，同时又惧怕她们，这种矛盾的心情令她非常痛苦。其他孩子或许已经不再用异样的眼光看艾丽斯，不再认定她与众不同。但她自己更了解真相。每天，她都觉得自己是个怪物，走在无辜者中间，感觉她像是被关在一扇紧闭的门外。艾丽斯这种掩藏真我的心态，让她跟所有人都有一种距离感，甚至包括桂尼斯村的其他孩子。她在这些孩子中间，也没有真正的朋友，至少现在没有了。她曾经最亲密的朋友盖诺尔，在她们十岁的时候得重感冒死了。盖诺尔自从来到迪菲德的第一天开始就很虚弱，她生命中最后一周的出汗和咳嗽，结束了她的生命。就连母亲的医术也救不了她。

艾丽斯想着所有这些，周围的迪菲德人在唱他们傍晚的颂歌。之后没过多久，她就已经走出大门，身边带着一条黑褐白三花牧羊犬。

通往牧场的路上，走在她前面的是德尔文。在她只有七岁，还是个黄毛丫头的时候，两人曾在围墙上紧紧抱在一起。他跟自己的两个哥哥走在一起，那两个人分别叫艾本和艾荣，都是十六岁，是双胞胎。德尔文现在十二岁，年龄跟艾丽斯一样大，但艾丽斯要比这个男孩高一头，肩膀也宽很多。他瘦得像根面条，发色特别浅，在月光下甚至会反射白光。德尔文脚步特别轻快，他的哥哥们给他起了个绰号叫"小兔子"。

但是，德尔文今天走路可不快。艾丽斯从他拖着两脚向前挪的样子就能看出，这男孩身体不舒服。她看到艾荣一确定大门关闭，就马上跪下来，把小兔子背起来带他走。艾丽斯想到，德尔文已经这么大了，不用让人背了——她无法想象任何人背着自己走。但德尔文看上去不像十二岁，更像是八岁的小孩子，就好像他拒绝在这个地方长大一样。

艾丽斯跟上他们，问："德尔文身体不好吗？"

艾本看了一下艾丽斯，脸上是很担心的表情。"发烧。"他说。

艾丽斯沉默了。所有孩子都知道发烧意味着什么。你可能在几天之后一觉睡醒，感觉好了很多；但也可能在一周内病情逐渐加重，然后就死了，像盖诺尔那样。

艾荣说："我们要找棵树，让他在树下躺着，留一条狗陪着他。然后我们会替他看守牧场。我们的小兔子要想康复，就需要好好睡觉。"

他们当然是不被允许这样做的。如果长老们发现了，艾本和艾荣就会受到重罚，甚至可能遭到流放。但长老们不会发现的。谁会告诉他们呢？而且没有迪菲德人勇敢到半夜走出围墙来检查他们。

艾丽斯负责的那块牧场四面都设有密集的篱笆，是为了挡住绵羊，以免它们跑得太远。这块地挨着德尔文那块。她对男孩们挥手告别，然后带着她的狗继续前行。艾丽斯在牧场里散步，过了好几个小时。月亮滑过头顶，然后开始西沉，这是艾丽斯可以暂时歇息的信号。她已经在夜晚的空气中受了凉，需要吃点东西才能继续保持清醒。她坐在一棵树下，取出她离家时给自己包好的食物。她吃了一块抹奶酪的黑面包，然后又开始吃一个苹果，等啃到只剩种子和果梗时，她满足地叹了口气。当她把蜷着腿的姿式变成蹲姿时，听到了一声猫叫。

两只月光照亮的黄色眼睛与她对视了，然后一只小小的、有条纹的野猫从草丛里钻出来，小心翼翼、试探性地向她靠近。迪菲德村是禁止养猫的。长老们宣称，它们是好牧人摒弃的动物，不可驯服，鬼鬼祟祟，而且内心极度自私，完全不像那些会照顾羊群的狗。大长老曾说，狼和野猫跟兽魔的关系，就像狗和人类跟好牧人的关系一样。

艾丽斯经常看到野猫在牧场觅食，但它们从来都是在一段距离之外，没有这样靠近过。她继续保持蹲姿。那只猫也定住了身体。然后，经过漫长的几秒钟，那只猫靠近过来，每迈进一步都小心翼翼。终于，当猫儿的距离刚好在一臂之外时，艾丽斯伸出手，掌心向上，等待着。她想知道猫儿的皮毛摸起来手感如何。她感觉到一根指尖发凉而且潮湿，是猫儿在用小鼻子触碰她，然后是几颗尖牙，是猫儿在轻咬她的手，用脸颊在她掌上蹭。接着，猫儿抬头看她，一半是认可，一半是挑战。艾丽斯挠挠它的脸颊和下巴，就像她见过其他村民对待友好的小狗一样。那只小动物喉咙里发出咕噜声，一直延伸到它的全身。艾丽斯感觉到自己被它迷住了。她自己身体里也感觉到了那咕噜声。她感觉身体温热，像是披着一副皮毛。她感觉自己就是一只猫。

然后她感觉到疼痛。那动物用爪子挠伤了她的手掌，然后嘶叫着向后跳开。它的毛都竖了起来，眼睛眯窄，露出参差不齐的牙齿。

血珠从长长的伤口中渗出，刺痛传遍艾丽斯的手掌。坏东西，她心里想。艾丽斯抓起一块石头想要砸它，但那只猫儿已经快步逃走，躲进了高高的草里。艾丽斯还是扔出了石头，尽管知道它不可能击中目标。然后她舔了一下手上的血，站起来，身体在发抖。她又感觉到冷了。

她打了个寒噤，然后想起了德尔文，他那么孤单地睡在自己那块牧场里。也许，艾丽斯想，她可以去看看那男孩。艾丽斯也许可以给德尔文一些她带来的薄荷茶。母亲经常说，发烧会把人吸干，所以你必须不停地给他吃喝来填补。艾丽斯打定主意，站起来，背上背包，走向德尔文的牧场。

她看见了那男孩，他蜷着身子睡在一棵树下，身上盖着羊毛毯，只是小小一团，一端露出浅白色的小脑袋。

然后，艾丽斯就看到了她们。那两个看起来像树木的女孩，那两个实际上是魂妖的女孩。她们正在穿过原野，飘向德尔文。

然后那两个像树一样的女孩看到了艾丽斯。之后她们飘了过来。

她们再次靠近艾丽斯，她们大大的、灰色猫头鹰一样的眼睛是那样美。她们还是比艾丽斯更高，但已经不像上次那样高出很多。她们的头发是黑色的，很长而且凌乱，中间夹着树叶和树枝。她们的衣服看上去也是树叶和树枝做成的，或者就是泥土，如果泥土也能做成衣服的话。现在她们已经足够靠近她，可以说话了。而艾丽斯一直都无法确定，到底是她们向艾丽斯靠近过来，还是艾丽斯自己走向了她们。

她们把两只手放在艾丽斯的双肩上。一边一只手，就像多年以前那次一样。再一次，艾丽斯感觉到那不可见的丝线，从一个女孩的手传导到另一个女孩，中间穿过她自己的身体。

"这是那个女孩。妹妹你还记得她吗？"

"我记得，安杰莉卡。我记得这个女孩。"

"你想要跟我们走吗，丫头？你可以跟我们去休息一阵子。"

那个词，休息，它进入了艾丽斯心里，她用尽力气才能不向它屈服，不让自己眼睑垂下，然后闭合。如果可以沉睡，那就太甜美了。去休息。她想到了德尔文，迫使自己继续睁着眼睛。

"但她的时候还没到，姐姐。她的时候还没到。"

"是啊，但早晚会到的，贝妮迪克塔。不久以后就可以。"

然后她们从她身上缩回两只手，那不可见的丝线断开了，然后她们远离艾丽斯，直到彻底消失。

# 十

　　艾丽斯跪在德尔文身旁，一手放在他的额头上。她能在自己身体里感受到男孩的心跳，而且突然有一阵剧痛涌入她的头脑和关节，一份虚弱感压在她身上，就像一副重轭嵌入她的肩膀。她把手从男孩身上拿开，那种感觉渐渐消失。她打开自己的布袋，取出那壶茶，然后她把德尔文摇醒。男孩瞪大眼睛迷惑地仰视她，就像看不见她一样。然后他的视线似乎变得清楚了。但那只卧在他身旁的牧羊犬还是什么都看不到，它像块石头一样安静。艾丽斯伸出一只手，抚摸它厚厚的皮毛，感觉到它缓慢的呼吸，她自己的呼吸也减缓下来，她的眼皮也开始下垂。她以前也曾见过这样的沉睡，在桂尼斯村。这是一种被魔力蛊惑的沉睡。她赶紧把手缩回。

　　"德尔文，"艾丽斯小声说，担心吓到他，"你一定要喝点茶。"她一只手把茶杯送到他面前，另一只手扶他坐起来。

"艾丽斯，"他说，"我做了一个非常奇怪的梦。"

"梦到什么了？"

"我看到两棵细长形的树，就在那边的田野里飘了过去。"他用细瘦的手指，指向正前方那片牧场，"但那两棵树没有树枝，却长了胳膊和腿，然后我才意识到她们不是树——而是两个女人。她们一直……向我飘飞过来。她们始终没说过一句话，但我感觉她们在呼唤我的名字，就像我能听到她们在我脑子里对我唱歌，而那歌声特别美，艾丽斯。"

"然后呢，发生了什么？"

"就在我考虑着应该站起来，走到她们面前时，她们却停住了……我就记得这么多。"

艾丽斯紧靠着德尔文坐下，尽管她以前没做过这样的事，此刻却把德尔文拉到自己身边，让他的头枕在自己的大腿上。她拉过他的毯子，把两人都盖上，然后她轻轻抚摸德尔文的头发，让他乖乖睡觉。

艾丽斯这样待了几个小时，感觉到德尔文身上不断散发热量。当黎明刚刚到来，天空开始变蓝时，德尔文的高烧退了，他汗湿的头发粘在头皮上。他们该回到大门那里去了，所以艾丽斯摇醒了他。他们两个从毯子底下爬出来。牧羊犬也睡醒了。然后他们一起去找艾本和艾荣。

一开始他们找不到那对孪生兄弟，然后艾丽斯的眼睛注意到田野中的绵羊群在躁动——那里有一块空地，绵羊们环绕着那里，却不肯进入。当她和德尔文从羊群中穿过时，发现两兄弟就在那个圈子中央。他们仰面平躺在地上，嘴巴和眼睛都张得好大。

艾丽斯以前见过这副样子。这模样不仅是死亡，而且是灵魂寂灭。德尔文大声尖叫，他抓起哨子，准备吹响。

艾丽斯把哨子从他手里抢走，用力抓住他的肩膀。"你听我说，德尔文。看着我，看我就好，别看他们。"德尔文的眼睛还是不停地看向他的两个哥哥以及他们可怕的表情，所以艾丽斯拖着他离开了那片田野。她再次转身面向他说："我们待会儿就去找人帮忙，德尔文。但你必须先听我说。你昨晚做的那个梦，你永远都不要对那些长老说一个字，也不要告诉任何迪菲德人。你明白我的意思吗？"德尔文回望她，脸色煞白，看上去很害怕，但还是点头同意了。

"而且你也不要告诉他们，你整晚都在一棵树下睡觉。你就说自己一直在负责的牧场里走动，就像平常一直在做的那样，直到天亮以后，你才来找自己的哥哥们。你就这样说。你必须答应我这样做，德尔文。"

德尔文再次点头，看起来完全是个孩子。不，不是孩子，艾丽斯纠正自己。他就像村里小女孩们的玩具娃娃，某种被做成小孩模样，却毫无生命力的东西。这时她吹响自己的哨子，然后尖声大叫，身后拖着德尔文。马多格是第一个跑来的，艾丽斯讲述了他们看到的情形，也说了德尔文看到的树女。"不要告诉任何人，"马多格说，"你知道这个，对吧？"他看的是艾丽斯，不是德尔文。德尔文像是被关在了自己内心的某个角落，他听不到别人说话，也听不懂别人说的话。

艾丽斯点头。

"现在，你去牧场里等着，我去请长老们来。我只会跟他们说，你们只是从各自的牧场返回大门，路上发现了他们，好吧？"他现在看着德尔文，"怎样，德尔文？说句话。"

德尔文抬起他的眼睛，那双眼睛看上去像是清澈平静的水面。他已经离现实那样远了，艾丽斯心里想。人就在她身边，但灵魂却已经不在。但最终，德尔文还是点点头。"好的。"他小声说。

艾丽斯和德尔文在牧场边缘等待长老们，不想再去看他们宁愿从未看到的惨状。但长老们赶来之后，两个孩子又不得不引领他们，去那两个男孩的尸体旁边。

长老们站在那儿，盯着两个毫无生气的男孩。大长老问德尔文到底发生了什么事，德尔文什么都不说。他张开嘴巴，但不能出声，艾丽斯惊恐地看着他。这太糟糕了，她心里暗想，非常糟糕。长老们绝对不能知道树女的事，还有树女呼唤他的事。任何一个桂尼斯村的孩子，如果承认见过魂妖——然后还能活着讲述这个故事——都会被放逐，或者更糟糕的，被当作妖孽烧死，被看作兽魔的喽啰。

"我们正在赶回大门的路上，刚离开我们各自负责的牧场，"艾丽斯说，"我们没有在前面路上看到艾本和艾荣，于是决定找找他们。然后我们就看到他俩在这里，像现在的样子。我们没有碰过他们。"

"我问的是这个男孩，不是你，艾丽斯。"大长老对她说。

他浓黑的双眉下压，眉心攒在他可怕的鹰钩鼻上端。

其他长老们保持沉默。

"这是魂妖们干的，"大长老说，"都怪兽魔的喽啰。"

其他长老们点头。

大长老继续说："邪恶总会被邪恶吸引。"他告诉在场的人。

"物以类聚。这两个男孩不听话，证据就在我们面前。他们为什么没有待在各自的牧场里，却一起出现在这个地方？这两个不听话的孩子以前骗过我们多少次？好牧人只能守护那些乖乖跟随他的羔羊。"

"您说得太有道理了，大长老。"这是掮客迈尔斯在说话。他两臂交叉放在腹部。"这两个男孩的行为，招致兽魔来到他们身边。更糟的是，他们还把兽魔的喽啰引到了我们大门附近。"

听到这话，有几个人在倒抽凉气。艾丽斯并非第一次感到惊讶，这些深夜里躺在高墙后面的人，到底有什么好怕的！

"这两个男孩的噩运是咎由自取，"大长老说，"所以，对迪菲德村好牧人的追随者来说，情况没有任何变化。生活应该继续维持常态，我们理应又一次学到教训：好牧人只能保护虔诚的追随者们。"

艾丽斯那么用力地咬嘴唇，以致她尝到了血腥味。她有那么多的话想说，词句都已经拥堵在嘴巴里，她只能勉强咽下这些话。她看看德尔文，看到的只是昨晚那个在自己安抚下入睡的男孩残留的影子。这孩子只是那个男孩的镜像——单薄，冷漠，表象的背后空空如也。

# 十一

那天下午，当艾丽斯熬过几个小时连续噩梦、动辄惊醒、毫无休息效果的睡眠之后，她请求母亲给她个出门跑腿的活儿。

"你眼里有那种神情，艾丽斯。"母亲说，"那种不安分的感觉。我知道现在强留你在家没意思。但你真的以为迈尔斯长老会放你出门采药吗，在昨天那两个可怜孩子的遭遇之后？"

艾丽斯抬头看母亲，说："是的，他会同意，只要我们让他为此得到点东西。"

母亲挺直身体，两手叉腰。"那么，你让我贿赂他点儿什么呢？"

"蜂蜜，母亲。你知道他有多喜欢蜂蜜。他和他的肥肚皮都喜欢。"

母亲示意艾丽斯闭嘴，动作很快、很严厉，就像担心有人会听见似的。"我跟你说过多少次了，艾丽斯。不要再说这种话。"

"可是这话你也说过。"艾丽斯说。

"好吧，那个，我说就是我的错，"母亲摇摇头，伸手到架子上取下一罐蜂蜜，它浓稠到几乎呈现为褐色，"如果你想贿赂他，那就要让分量足一些。"

艾丽斯差点就笑了。但随后她想起，今天完全没有什么值得笑的事。

随后，母亲把篮子递给艾丽斯。"去采蘑菇，"她说，"我们总是能用到蘑菇。你还可以告诉迈尔斯太太，你会把收获的一半给她。这应该会让她开心。但说到那个女人什么时候才会真的开心，真的是只有鬼才知道，我反正搞不懂，"她扫了一眼艾丽斯的方向，"现在可以走了。"

在用撒谎骗过迈尔斯太太和她的长老丈夫方面，艾丽斯和母亲都已经非常有经验。通常，她们不会直接撒谎，而只是隐瞒一部分事项。比如，她们或许会告诉迈尔斯太太说，这次出门是为了采集浆果。或许她们的确也会去做这件事。但或许她们也会采集一些草药，用于让某位女性暂时停经，或者减轻难产过程中的疼痛。这些类型的草药都是长老们严格禁止的。他们说，任何跟月经和生育考验有关的事情，都要交给好牧人去裁决。对这件事，母亲的诊断是：长老们对这两件事不了解的方面都很多。但母亲很谨慎。她这类疗法不会告诉任何人，也从来没有再次提及过那天晚上她给玛丽喝的那种茶。

母亲和艾丽斯当然不是村里唯一有事情瞒着长老们的人。所有村民都有这类隐情——也会在提出请求时送上一块奶酪，或者一罐腌菜。因为所有这些礼物，艾丽斯能想象迈尔斯太太的食物柜会有多么拥挤。

　　走进外面直射的阳光下，艾丽斯痛苦地眯起眼睛，一时什么都看不清。她站在那儿，一手遮在眼睛上方，直到透过眼睑的阳光感觉不再像是刺入脑髓的尖针，然后才一点点睁开眼，直到她能辨识周围的世界。干旱已经持续一个星期，尘土随着人的脚步、马车和马蹄飞扬起来。如果艾丽斯向右转，她就会在不到五分钟的时间内出现在大门口。如果她不需要得到允许就离开，她就可以径直走出那两扇门，去森林里。相反，她转向左边，走向迈尔斯长老的家。长老们住在村里最好的房子里。他们的家并不高大华丽，但那些房子上的白漆永远都鲜亮，门窗的维护状况也是最好的。艾丽斯敲门时，迈尔斯太太一定就在厨房门后，因为她马上就出现在门廊里，身着黑色长裙和浆洗过的白围裙。她是个威严的女人，身材高大，肩膀很宽，有一对黑色浓眉，像在脸庞上画了两根粗粗的直线，还有炭黑色的头发，绾成紧紧的发髻。

　　"有事就赶紧说，孩子。今天总是不停地来人，我都没法好好干活儿了。"

　　艾丽斯递给她那个装有蜂蜜的篮子，说："母亲让我去采些蘑菇来。一半给您。"

　　"我会去问一下长老。"迈尔斯太太一直都称她的丈夫为长老。她关上门，留艾丽斯在外面等着。

门再次打开。"长老允许你出门了。他已经把这件事记录在案。不过你要注意时间。如果你耽搁了，他会知道的。"迈尔斯太太把篮子交还给艾丽斯时说。现在里面已经没有蜂蜜，她又给了艾丽斯一副沉重的铁手环，上面有个数字"九"，刻在内侧。

艾丽斯把手环套在手臂上，点头，然后转身离去，把迈尔斯太太肥大的裙子抛在身后。

艾丽斯走向森林的路上，她回想起自己值夜结束之后的梦境。她并没有梦到死于田野的艾本和艾荣。那很可能是好孩子会梦到的内容。那些孩子对这类事情更为陌生。她甚至没有梦到魂妖。相反，她梦到的是兽魔。距离上次见到它，时间已经过了五年。五年间，她一直纳闷，不知道自己将来还会不会再次看见它。但在她的梦里，她感觉时间就像一点儿都没流逝。那些天象变化是兽魔的精髓，在她的感应中还是那样强大有力。成为兽魔一部分的那种感觉，还有它是任何事物一部分的感觉——岩石和溪流、山峦和树木，如此强大，以至于艾丽斯可以感觉到她体内的风。她上次见过兽魔之后的这些时间，她一直都在思考：她到底是母亲那样的好人，还是魂妖那样的坏人？艾丽斯个性里有一个部分想要做好人，但还有另外一个部分的她——这个部分在她的脑子里一直存在，那样执拗、那样吵闹——却在质疑为什么会有那么无聊的想法。做好人对她来说有什么好？得到一条干硬的围裙吗？还是一辈子守夜，防着怪物出现？

她回想起自己跟那两个树女在一起时的感觉——她是如何来到服从睡意的边缘，又是如何宁愿放弃一切，来得到片刻休息。

如果她们再问一次，她或许就会随她们而去了。她也回想到自己接触到其他生物时的感触——不再是她本人——无论是兽魔，皮毛松软的野猫，还是德尔文发烧的额头。这些跟她触及玛丽腹部时的感觉并不相同。在玛丽那边，艾丽斯可以置身于她感应到的疾病之外。而在其他时候，却没有那么清晰的分野。或许有一天，当她触及某种东西，或者某个人，然后就完全失去了自我。这就是魂妖最初的遭遇吗？艾丽斯想问母亲这些问题，但如果她朝那个方向迈出一步，母亲就会发现所有的秘密。她会看穿艾丽斯所有的谎言和隐瞒，她会知晓艾丽斯做过的一切。艾丽斯也就无法继续瞒着她了。母亲会知道艾丽斯曾经任由那些怪物带走她的爸妈，然后母亲就会用不同的眼光看待艾丽斯，或许她会完全不再看艾丽斯。艾丽斯无法容忍这样的结果。

艾丽斯进入森林，被绿色和潮湿的土壤环绕。在干燥的、尘土飞扬的村庄之后，拥有这份清凉是一种解脱。艾丽斯感觉到她背上和肩上的某种压迫在减轻，随着她越来越深入林中，被潮湿的苔藓和带有泥土气息的腐叶环绕。这里才是属于她的天地，她心里想。不是在村子里，也不是在围墙上，或者牧场里。只有在这儿，艾丽斯才会感觉她在朝着某个目标行进，而不是绕着圈子，始终无法靠近关于她自己的事实真相。

她继续向前，越来越深入密林。没有方向，只是更深。

当她在脑子里听到它如今已经变熟悉的声音——这声音出现在她身体里，但不属于她本人——她感觉到一种高度的兴奋。这是错的，她知道，大错特错。但这正是她来森林的原因。这一直都是她来森林的动机所在——来找到它。

"你又看到了她们，她们也看见了你。"

"是的，"艾丽斯说，"两个一起。"她环顾周围，然后看到了兽魔，正在用它膝部弯曲的长腿在树木间穿行。艾丽斯打量它革质的翅膀，想知道用它飞过空中时，会是何种模样。

它靠近了，越来越近。然后它开始嗅艾丽斯周围的空气，鼻翼张开，露出尖牙和黑舌头。艾丽斯闻到它的气息，喷在自己脸上，就像落叶。

它用长爪敲击她手腕上的铁手环。

"给我那个，给我那个。"

艾丽斯把它取下来，递过去。兽魔用一根长爪接过它，举起它。

"你看到她们做的事了吗？你有没有看到她们取走不该被取走的东西？"

"没有，"艾丽斯说，"是后来才发生的。"

跟从前一样。

跟从前一样，跟她自己的妈妈爸爸遇害时一样。当然，事情就是一样的。她们放过了她，却害了其他人。而她也任由她们那样做。她完全没有出手阻止过她们，没有说过一句警告或者威胁的话。她甚至从来没想过要这样做。她真的就是个邪恶的女孩。也许这就是她不会受到魂妖伤害的原因。她们只会吃掉好人的魂魄。"为什么？为什么她们不取走我的灵魂？"

"她们不伤害小孩。"

"为什么？"

"她们还不恨小孩，暂时不恨。"

"暂时不？"

兽魔没有回答。它侧头看她。

艾丽斯看着它湿漉漉的黑眼睛，她周围的森林淡去，她感觉自己在跌落。就像地面上突然出现一个大洞，她跌入其中，并且不断下坠。

这个洞里什么都没有。洞本身什么都不是，不再有天象，不再有风，也没有泥土和水的气息。这个洞围绕在艾丽斯周围。这儿没有声音，甚至听不到她自己的尖叫，那声音也变得模糊，困在她自己的胸腔里。

然后艾丽斯再次回来，森林在她周围重新出现，她听到水珠从叶子上滴落的声响，闻到苔藓的气味。

"你感觉到了那个洞。它越来越宽，越来越深，她们每吞噬一个灵魂，那洞就会变得更大、更黑暗。"兽魔说。

艾丽斯摇头，试图驱除那种印象——那种感觉——那个可怕的黑洞引发了一段可怕的回忆。"我看过一幅图画，"艾丽斯说，"那幅画画的是你。你坐在一个很大的黑色洞穴底端，把受诅咒的灵魂吞到嘴里。"

"我不做那样的事。"

"当然不。"艾丽斯说，她意识到，自己当然不相信兽魔会那样做。她面前这个生物或许看起来跟书里的图画很像，却完全不是同一种东西。艾丽斯回想起保尔在前往迪菲德的路上对她说过的话：长老们讲的，关于兽魔和魂妖的故事都是用来吓唬自己手下人的。大长老的书里写的也是故事，不是吗？这个故事大长老讲给自己听，也讲给周围的人，用来让他们保持正道，为了让他们守规矩，以免有人进入森林，到没有浆硬围裙和白色衣领的地方去，那儿没有会堂，没有繁文缛节，没有铁手环和登记册。

艾丽斯看着兽魔。"你到底是什么？"

"我就是兽魔，仅此而已。我一直都是这个。"

"那个洞，它威胁到你了吗？"艾丽斯问。

"那个洞是对我们所有一切的威胁，危及一切事物。"

"你不能关闭它吗？你不能阻止魂妖吗？你可是兽魔。难道你什么都不能做？"

兽魔默然不语。于是艾丽斯做了她唯一能想到去做的事情。她触摸了它。她把一只手直接放在它多毛的胸部正中央。她的第一感觉是，兽魔好脆弱，她就像摸到了一只鸟儿——尽管毛羽蓬松，却没有多少肌肉。

然后她就已经在飞。她在长大，她在游泳，她在长出新叶、落叶。走兽在她身体里筑巢，甲虫和爬虫在她体内蠕行，卵在她体内孵化。她成了土地、水和空气。

然后她明白了。兽魔并不能阻止魂妖，就像风不能阻止她们一样。雨也不能，一片绿叶同样不能。

"你是那个女孩。跟她们是同类的一个。你必须关闭它。"

艾丽斯曾经想要彻底解决关于兽魔的谜团，搞清楚它为什么只能被自己看见。现在她了解了真相，却感觉到内心涌起的恐慌，就像一群受惊的鸟儿乱飞那样。"你想让我去关闭那个洞，"她说，"什么时候？怎样去做？"

"等你准备好了，到时候你会知道该怎样做。"

兽魔下蹲，跳跃，然后就消失了。

# 恐惧正是由此而生

两姐妹俯视两个男孩的尸体，他们再也不用辛苦，再也无须畏惧任何东西。安杰莉卡嗅了一下他们周围的空气，什么都没有，她和贝妮迪克塔已经取走了一切。

然后从这份虚无中，将会滋生出更多恐惧。那将是两姐妹的一场盛宴。早晚会是。

贝妮迪克塔握住姐姐的手。"姐姐，"她说，"下次我们不应该再留下尸体了。我们应该先把他们带到密林深处，然后再让他们安息。"

"为什么，妹妹？"

"想想其他人。他们永远不会知道走丢的人下落如何，只能等待、观察。你能尝到他们那份恐惧吗？"

安杰莉卡抚摸妹妹的脸庞，在妹妹眼中看到自己的形象："对啊，妹妹。是该这样。"

绵羊们在一旁呆望，嚼着草料，空洞的眼睛嵌在空洞的脸庞上。两姐妹在羊群之间飘过。羊儿们避开姐妹俩，就像风中飘散开去的雪花一样。

两姐妹现在要返回森林。她们将会造访羊群和湖泊。她们会飘过另外某个村庄的牧场，招呼某位昏昏欲睡的游商。想到世上还有那么多的灵魂，两姐妹再次感觉到了饥饿。

然后她们察觉到另外一个男孩，比她们刚刚带走的那对双胞胎更小，小很多。这男孩躺在一棵树下，身边有条狗。那孩子没动弹，但是狗动了，耳朵竖了起来。

"睡吧，狗。"贝妮迪克塔说。然后它就睡了。

"醒来，男孩。"安杰莉卡说。他也就醒了。

"姐姐，"贝妮迪克塔说，"他还只是小孩。他的时间还没到。"

安杰莉卡嗅了下空气。"的确，他还没到时候。你嗅到他的气味了吗？他闻起来像雨水。其他男孩都有一股酸臭味。这个却是新鲜的、洁净的。"

贝妮迪克塔嗅了一下，同意。

"我们要不要带走他，贝妮迪克塔？让他跟我们作伴，永远不让他变酸臭，不让他害怕？"

贝妮迪克塔还没来得及回答，就又出现了另外一个孩子。一个女孩。是那个女孩。那个跟她们相像但又不一样的女孩。她们飘向她，然后触摸她，流过她的身体。两姐妹感应到这女孩身上绿树的气息。

她们提议让她休息，但这女孩犹豫了，两姐妹也开始犹豫。她的时间也没有到。她现在只能是很小量的一餐。两姐妹凝望夜色，然后把那女孩和男孩留在了被发现的地方，男孩现在睡着了，正在梦见树女，梦见两姐妹。

两姐妹把他留在原处，但并不太久。那男孩体内有一份渴望，他心里欢迎某种变化。两姐妹并不需要回来寻找这男孩。他会去找她们，而且很快。

那份渴望会引领他。

PART

3

听，
它在挠响
你家门

# 十二

　　母亲把九号手环丢失的责任揽在了她自己身上。她告诉迈尔斯太太，这件事都是她不对，不该那么早就打发艾丽斯去森林，明明她还没有睡够。也难怪那孩子会丢了它，她说。然后母亲把她最后一罐腌黑莓送给了迈尔斯太太。

　　艾丽斯和德尔文发现艾本和艾荣尸体之后的第二天，德尔文失踪了。长老们说他逃出了村子，但门卫坚持说他们都没有看到过他出去。艾丽斯想象着矮小的德尔文，把一顶帽子扣在浅黄的头发上，躲进一辆农夫的大车后面神不知鬼不觉地溜出去。他当然会在白天离开。他会选择其他孩子想不起要寻找他，也不会阻止他的时间。他会选择同伴睡着的时候行动。

　　后来，三兄弟的迷失成了一个警示他人的故事——这故事会在睡前讲给迪菲德的孩子们听。"不听话的代价可是非常惨重的。"他们被告知说。少了三个桂尼斯村的孩子之后，迪菲德所有人都恢复了原来的生活，但也有些许区别。因为德尔文只是第一个出走者——在他离去之后，又有八名桂尼斯村的孩子逃离。不像德尔文，后来离开的所有人都已经年满十六岁。他们某天晚上出去看护羊群，跟平时一样，然后就再也没回来。第一名十六岁男孩离开之后，村民们纷纷咂舌，居高临下地审视其他桂尼斯村的孩子们。村民们谨记大长老曾经说过的话：物以类聚。这些桂尼斯村的孩子显然是有污点的。他们小声议论这些小孩。

然后又有一名十六岁孩子离开。接着又一个。村民们开始隐藏他们的不满。他们不再公开谈论自己担心的事，但艾丽斯还是能感觉到村民们的恐惧开始升级。这气息弥散在风里，有时会传到艾丽斯的鼻端。她完全清楚这些村民在想什么。如果所有桂尼斯村的孩子都走失的话，谁来守护我们的围墙呢？

迪菲德的村民暗中低语和担心的同时，桂尼斯村的孩子们闭紧了嘴巴。只有在日落时分走向牧场时，他们才会偶尔谈到那些逃离的孩子。有些孩子希望那些逃离者在其他村庄安身，安然无恙。那些设想过其他结局的人不会公开说出来，尤其是在跟逃离者的弟弟或者妹妹谈话时。他们很小心，不会同时谈论逃离者和树女们。伊妮德给他们所有人分发了紧致的羊毛球，告诉他们：如果听到歌声，就把耳朵眼儿堵上。艾丽斯注意到，大孩子们听到这番话，往往会翻白眼，然后把羊毛球丢掉。他们说，就好像这么一团羊毛就能救了艾本跟艾荣一样。所以现在的局面就是：一旦某个桂尼斯村的孩子年满十六，就像一个巨大的沙漏被倒置，等待开始了。

德尔文消失之后的几个月，当艾丽斯本应该在地平线上或者羊群中，寻找邪恶力量冒头的征兆时，她却在寻找德尔文浅色头发反光的迹象。她在围墙高处的岗位上，或者田野里的守望处，每个晚上寻找那男孩。当村庄大门在每个清晨打开，她总希望能看见他偷偷溜进来，苍白，沉默，敏捷又狡猾。但他从未出现。

在他离开之后，艾丽斯开始认真留意所有桂尼斯村的孩子，绞尽脑汁回想每个人的名字，甚至包括那些还没学会几个字就已经夭折的小孩。在只有她本人才会看到的一条衬裙上，艾丽斯缝上了每一位桂尼斯村孩子的姓名，按照家庭把他们分成小组。那些死掉的孩子，她会在名字中间用一条细线画去。那些出走的，她会在名字下面缝一条线。

德尔文出走之后的第三年，艾丽斯已经长高，那条衬裙变小了，但她还是从上面剪下一块规整的亚麻布，正好足够容纳那些名字。她把这块布藏在她衣服上的一个兜里。有时候，在宁静寒冷的夜里，她会用一个指尖摸索那些名字的凹凸线条。她最经常找出的是德尔文的名字。

现在，十五岁的她站在围墙上，犀利的眼睛扫视外面她早已熟悉的地貌，艾丽斯允许自己再次找出那个名字。如果德尔文还有机会幸存于世，那么他也已经不再是个小男孩。他跟艾丽斯同龄，几乎是个成年男人了。艾丽斯不知道自己是否还能认出他。深夜的寒气包裹着她。他一定是已经死了。

她感觉到在自己内心深处，有根纽带已断。这是一根细线，把她跟德尔文联系在一起，自从很久以前他在围墙上救了艾丽斯开始就一直存在。现在那根线软软地垂下，飘在空中，断成了碎缕。她的朋友已经不在人世。魂妖已经得到了他，就像最终会得到他们所有人一样。艾丽斯感觉到安杰莉卡和贝妮迪克塔在外面某处等待着时机，一个接一个除掉那些孩子，抢走了迪菲德村的守护者们。每夺走一个人，也在迪菲德人中间播撒下恶臭的恐惧。

她可以想象她们嗅着空气，吸入那恐惧。

艾丽斯经常想起上次见面时魂妖说自己的话——她的时间还没到，但将来会的，用不了多久。艾丽斯十六岁生日到来只剩了几个月时间。她的沙漏也将被倒置。她上次见到兽魔已经是三年之前，那次它向艾丽斯展示了那个需要她来填补的洞。时间——无论怎样——都在流失。

一声低沉的呼啸，仅仅响亮到足够被她听见，从最近处的哨塔上传来，艾丽斯转过头去，看到埃利德正在示意日出。这是这个男孩的特殊才能，他总能在第一缕阳光扫过地平线之前一瞬间产生预感。埃利德仅有的姐姐，格伦尼丝，两年前出走了。也许这件事让他变得特别警觉。

艾丽斯走到哨塔，埃利德在她下围墙之前对她点头。迪菲德禁止使用镜子——它们会招致兽魔侵袭，大长老说过——但艾丽斯不需要镜子，也知道自己现在看起来是什么样子。她的脸，长，瘦，阴沉，跟埃利德一样。


"醒醒，孩子。"

艾丽斯已经醒了。她也听到了母亲的脚步声。但她一直等到母亲开口说话，才睁开眼睛，看见她卧室粗糙的木质房顶。艾丽斯现在不像小时候那样，睡觉特别不安稳。现在的她仰面朝天躺着，一躺下就跟死了似的一动不动。她醒来得也同样快。

母亲在她卧室门口逡巡，停顿了很长的时间，确定艾丽斯不会再次入睡。当然艾丽斯从来不会那样。艾丽斯下了床，把小床上的羊毛床单扯平。她穿上编织袜、硬实的系带长靴以及一套鸽子灰色的长裙——以前能垂到鞋子上，现在只能勉强到脚踝。她很快就需要一条新裙子了。她还有一条棕色裙子。那条更长一点，但是她不喜欢。那条裙子太瘦，如果迈开大步行走，就会被它妨碍。她还有一条蓝裙子，那条还成，但今天不是穿蓝裙子的日子。艾丽斯从她床边的小桌上拿过木梳，把头发梳在颈后，然后绾出发髻，用一根细皮革扎牢。

最后，她挂上自己的哨子。

天气晴朗凉爽。透过紧闭的百叶窗，她能听到孩子们在村中广场上欢笑。迪菲德人的孩子们，小一点儿的孩子早上在学校上课，很快他们的妈妈们就会叫他们回家吃午饭；大一点儿的孩子，十四岁以上的那些，此前的时间应该是在学习手艺，照料牲畜，跟妈妈们一起缝制或浆洗衣物，或者跟父亲们一起收庄稼或者放牧。

桂尼斯村的孩子们才刚刚开始他们的一天。在村庄各处的房子里，他们正在穿戴多层羊毛衣裳。午饭后他们会处理日常事务。那些到了上学年龄的小孩能上一个小时左右的课。不像迪菲德孩子们那样多——没有时间那样做——而只够教会他们认些字，做些简单的加法。然后就到了晚饭时间。然后是守夜。艾丽斯昨晚在围墙当班，今晚要去看守绵羊。

艾丽斯坐在饭桌前，母亲已经摆好了午饭。父亲也在场，两手放在大腿上。他的平沿帽挂在墙面的钩子上，铁灰色的头发是湿的，贴着头皮向后梳整齐。艾丽斯能看出他的梳子上留下的痕迹。他的衬衫是干净的。他总会在午饭前换一次。到晚饭时，衬衫又会被撒上一层锯末。锯末还会钻入他脸上每一道皱纹里，积聚在他耳朵里。

"你好，父亲。"

"嘿，艾丽斯。"他说。

母亲在两人面前放下沉重的餐盘，然后拿来她自己那份。酱汁羊肉、烤土豆，还有一堆炖烂的青菜，外加黑面包抹黄油。

父亲闭上眼睛。艾丽斯和母亲也一样。"好牧人啊，我们感谢您赐予丰盛的食物。"他睁开眼睛，拿起餐叉。

"迈尔斯长老路过时找过你。"母亲说。

"哦？"父亲说。

"他在木匠铺那边也找过你。但没找到。"

"我不在那儿。"

母亲看着他，等着。艾丽斯知道，她等不了太久。母亲有点好动，缺乏耐心，尽力克制也很难成功。也许这就是她和艾丽斯能相处这么好的原因。这是她俩的另一个相似之处。"那个我知道，但我也不知道你当时在哪里。大家总想知道别人都在哪里。"

"是啊。大家都这样。"父亲说。他把一大块羊肉放进嘴巴，不紧不慢地嚼，咽下去，喝了些水。艾丽斯险些笑出声，然后赶紧吃。

母亲的眼角纹变得更密集，她放下自己的餐叉。"埃尔德雷德。"这是父亲的名字，也是母亲发出的信号，表示她的耐心已经耗尽。父亲抬起他那双灰眼睛，跟母亲的棕色眼眸相对。"我当时在帮洛伊德修补他的屋顶。"

母亲看上去像是缩进了椅子里。她眨眨眼，快速朝艾丽斯扫了一眼，然后当艾丽斯回望时，她迅速移开视线。

"在村里吗？"

"在外面。老地方。"父亲抬眼看看她，然后又低头看自己的餐盘，"上次暴风雨期间，有树枝掉落在洛伊德家屋顶上，砸了一个洞。不太严重，但需要修补。"

"你跑那么远，得到允许了吗？"母亲问。

母亲肯定已经知道了这个问题的答案。去老房子那边是不可能得到允许的。这种行为被严格禁止，没有例外。母亲瞪着父亲，盯着他的脸，还是等着他回答。艾丽斯发现，母亲一点儿饭都没吃。母亲一直都饭量不大，她瘦得筋骨突出。

父亲看着母亲，还在咀嚼食物。

"埃尔德雷德。"母亲说，声音那么轻，也许她只是做出了对应的唇形。艾丽斯嗅到了恐惧，强烈、刺鼻的恐惧。

"我知道，海莱德。我知道。"父亲的眼睛移向艾丽斯，然后回到母亲的方向。母亲点头，拿起她的餐叉，开始吃饭。

艾丽斯出门的路上，经过校园，迪菲德的孩子们吃过午饭，又回到这边来玩了。她看见七岁的阿伦靠在围绕校园的篱笆上。他是马多格和伊妮德最大的孩子，正准备开始执行夜间守卫任务。

艾丽斯停在他身边，循着他的视线望去。

迪菲德的孩子们聚在一起，围成一个圆形，一个壮实的男孩绕着他们走，边走边唱。

> 兽魔也是动物，
> 你最好关紧门户，
> 否则一到天黑，他就会来抓你，
> 叫你追悔莫及。

> 兽魔也是动物，
> 听，它在挠响你家门，
> 它吸走你的灵魂，把你舔个干净，
> 然后吸着鼻子去找下一个人。

> 兽魔也是动物，
> 下巴尖又翘，
> 你睡着了，它来咬你，
> 只剩一张皮，别的全吃掉。

说完最后一个字——掉——那男孩碰了一名金发女孩的肩

膀，然后就开始绕着圆圈飞奔，那女孩在后面追赶。周围的孩子全都带着紧张又欢快的心情大声喊叫，男孩冲向女孩留出的空位。艾丽斯曾经记得所有迪菲德小孩的名字，但她年龄越大，就越不关心这种事。她认出了这个男孩，他是大长老的孙辈之一，是个狡猾的小坏蛋，名叫维恩。他是那种擅长在成年人背后使坏的孩子。他轻易赶在被抓到之前抢占了女孩的位置，现在她成了新的"妖怪"。艾丽斯摇摇头。如果找不到更小、更慢的孩子来欺负，这可怜的丫头整个下午就得一直做"妖怪"了。

小孩子和他们的游戏，艾丽斯无法想象，她自己也曾着迷这类东西。也许是游戏变得更邪恶了。她回想起从前，自己曾经那么喜欢捉弄盖诺尔。

艾丽斯垂头看阿伦。他的下巴搁在篱笆上。"你妈妈呢？"

"照顾小宝宝。"阿伦说。他的眼睛还盯着那群小孩。伊妮德和马多格刚刚生了一对双胞胎，一男一女。艾丽斯觉得，伊妮德现在一定很忙。她认真观察了一下阿伦。他现在有些消瘦，不像以前那样面色红润，双眼有神。她把手掌搭在男孩的棕色头发上，在自己体内感受到男孩的那份疲惫。她还感觉到另外一种东西——一份渴望。它不断延伸，延伸，让艾丽斯感觉到一丝眩晕。阿伦抬头看她，有些吃惊。她把手拿开了。

"原来你在这儿，"一个女人的声音在他俩后面响起。是伊妮德。"我刚哄双胞胎睡着。你，跟我来。"伊妮德现在已经二十五岁，开始显出岁月的痕迹。"我们正在让阿伦为守夜做准备。"她说，"他正学着在白天睡觉呢。"

由于较大的孩子纷纷出走。长老们已经开始指望桂尼斯村孩子们的下一代来看护他们的牧场和围墙。八年前，共有五十个小孩从桂尼斯村来。现在只剩下二十五个——他们中整整一半人死于意外、疾病或走失。阿伦是下一茬中的第一个。

"哦，"艾丽斯说，"我刚才就觉得，他看起来有些疲累。"

"没错，是累。那个，我们不都一样吗？"伊妮德受到了特别许可，在怀孕期间不必守夜，但等到她的婴儿满周岁之后，她还要回到围墙上，而双胞胎就将每天交由一户村民照顾。艾丽斯觉得，如果全家一起当值，马多格和伊妮德至少可以留意阿伦的安全。

"他们会让你带阿伦在身边吗？"艾丽斯问，"当你们值班的时候？"

"这个，马多格已经问过长老们了。"伊妮德紧张地笑笑说，"我们等等就知道了。来吧，阿伦。"

"我可以帮忙。"艾丽斯想都没想就这样说。她想到了德尔文，第一个冬天，他如何救了自己的命。"我也可以照看着他。"

现在，伊妮德是真心对她微笑了——没有露出牙齿，但脸上的线条变柔和，脸颊鼓起。她甚至握住了艾丽斯的手，很短一会儿，艾丽斯感觉到伊妮德手上的老茧。然后伊妮德转身离开，把阿伦也拉走了。那男孩恋恋不舍地把视线从那帮小孩的方向挪开，艾丽斯目送这对母子离开。她注意到阿伦的裤裆特别肥大，用他爸爸的一根旧皮革勒着。他的裤管被卷起好几道。准备以后长高的，她想。她几乎不能相信，自己以前也曾这样幼小。而且就在阿伦的年纪，她也第一次爬上了围墙。

# 十三

　　艾丽斯的靴子踏着脚下泥土上的寒霜咯吱作响。她腰间的篮子很重，尽管她已经拧过父亲的亚麻衬衫，让它们不再滴水，但她还是能感觉到湿气透过羊毛外衣侵入。午饭时间刚过，但太阳看起来已经虚弱劳乏，就像它疲倦的头已经仰得太久，几乎无法承受那份辛劳。

　　通常来说，母亲会在太阳刚刚升起的时候把洗完的衣服挂好。但今天她身体不好，所以要艾丽斯来洗父亲的衬衫，然后把它们挂起来晾开。艾丽斯完成这件任务，用的时间比母亲多一倍，而效果大概只有一半。艾丽斯估计，等到晚饭时间收衣服的时候，它们恐怕会结冰，而不是被晒干，最终只能在炉火前滴水，成为冒着烟的、乱糟糟的一团。

　　规划迪菲德村时，长老们宣布衣服不能到处乱挂，因为那样显得杂乱，不成体统。衣服要接触皮肤，而皮肤是私密的。所以女人们被要求在自家厨房和庭院里洗涤衣物，然后挂在村子南侧角落的公用晾衣绳上。那里只允许女人进入，以免有男人看到女性内衣软软地挂在绳子上。而女性被认为有足够的自制力，看到男人肥大的短裤也没有问题。

晾衣绳被固定在高大的立柱之间，每个家庭有专用的一段绳子。有长有短，因为每家人口数量不同。母亲那段绳很短。最靠近她的那段绳子属于苦瓜脸丹妮尔夫人，更远一点的属于哈迪夫人。艾丽斯带着她那堆衣服来到时，两个女人都在。两家最小的孩子都可怜兮兮地跟在两位妇女腿边，抽着鼻子，哭闹着要求回家。在所有其他晾衣绳旁边，同样的场景无聊地重复着。脸色灰暗的妇女弯腰站在篮子旁边，身边缠着流鼻涕的小孩。

丹妮尔夫人和哈迪夫人都没有向艾丽斯点头或者说话，她也没指望过她们这样做。反正，两女人也正忙着议论今天早上刚来到村里的游商，没空多理会艾丽斯。

艾丽斯来晾衣绳这里的路上，并没有时间去游商篷车那里闲逛，所以还没有看到过他们。她想知道来人是不是保尔和贝蒂。他们也该来了。

"你觉得，那男孩会不会是他们的儿子？"哈迪夫人一面说，一面把她老公的一条肥裤子夹到绳子上。

儿子？好吧，来人肯定不是保尔和贝蒂了。尽管她一直希望来人是他们。

"我觉得，对他们来说没什么区别吧。"丹妮尔夫人说。

她停下自己挂衣服的动作，压低嗓音："你知道的，他们游商会跟自己的兄弟或姐妹结婚，对吧？"哈迪夫人手握一条湿围裙，瞪大了眼睛："不可能吧？"

"就是这样的。"丹妮尔夫人说，"儿子，外甥，女儿，侄女，对他们来说都是来者不拒。一群肮脏东西。我还听说，他们的男人会跟男人上床，女人也会跟女人乱搞。"

"为什么呀？"

丹妮尔夫人瞪了一眼哈迪夫人，后者因此显得愈加困惑。

"但我不明白的是，"哈迪夫人说，"好牧人为什么会让这样的野蛮人平安无事呢？"她一手捂住女儿的左耳，把小孩右耳朵压在自己身上，直到那女孩开始挣扎。"他们怎么会自由自在到处旅行，却不被那些魂妖抓走呢？"

"游商是兽魔邪恶的养子，这就是原因。"丹妮尔夫人短促地点头，艾丽斯发现自己不由自主地放慢了手上的动作，花了明显更长的时间来处理那些衣物。这些女人讲的那些蠢话，她们所有人都在传播的谬论，就好像她们对魂妖的真相的，还有游商，或者其他任何事物有一丝了解似也难怪母亲会说哈迪夫人和丹妮尔夫人为聋瞎二人组。

"不会吧。"哈迪夫人说。她的眼睛瞪得那么大，那么渴望听到更多。艾丽斯觉得它们或许会挣脱眼眶，从她脑袋里完全掉落下来。

"就是的。"丹妮尔夫人说，"迈尔斯夫人告诉过我，他们会把头生子献祭给兽魔，直接把他们的头砍掉，然后用亲生子女的血向兽魔敬酒。"她现在每句话都恶狠狠的，没有发觉她儿子已经不再哭泣，瞪着她，嘴巴张开，鼻涕流得又多又黄。"而且，之前还会光着身体在月亮下面跳舞。"

"好牧人保佑我们啊。"哈迪夫人说，"你觉得，他们事后会怎么处理人头呢？"

丹妮尔夫人皱起眉。"什么人头？"

"小孩的头啊，艾格尼。他们砍掉的小孩头。"

就在这时，尖叫声开始响起。男孩和女孩发出那么刺耳的尖叫和哭号声，艾丽斯险些把她的衣服篮子弄掉。

"臭孩子，你瞎叫唤什么？"丹妮尔夫人把男孩的手从她裙子上拉开，用一条亚麻布手绢擦擦脸，说："你怎么不跟你姐姐学学？她安静得像个小耗子。"然后她抬头看见艾丽斯："死丫头，你看什么看？"

艾丽斯回头看自己的晾衣绳，把自己那堆衣服中最后一件衬衣挂好，说："我什么都没看，夫人。"

艾丽斯走开时，丹妮尔夫人放开嗓子，用足以超过她家小孩哭喊声的音量说："那丫头跟游商们是一路货色。在她面前要看紧你们家孩子，黛拉。记住我说的这句话。"

# 十四

艾丽斯穿过村子，回家的路上，太阳已经斜斜下滑，沉向地平线，投下长长的冷冷的影子。

艾丽斯没有径直穿过村庄，而是把空篮子挎在腰间，绕到大门那里，想去看一眼游商们。

来的就是保尔和贝蒂。她到哪儿都能认出他们那四匹强壮然而丑陋的马儿。当然，看到那头红发就能认出保尔——尽管现在跟八年前初次见面相比，其中的白发显然更多了。这些年来，艾丽斯也逐渐喜欢上了贝蒂。她从来没见过那么爱笑，笑点那么低的女人。贝蒂的强壮程度和肩膀宽度几乎不输于保尔，说她不修边幅，已经算是客气了。事实上，贝蒂就是邋遢，她不注重外表。

跟他们同行的，的确还有一个男孩。或者准确地说，已经不是孩子了。他比保尔还要高半头。晾衣处的女人们是无知的傻瓜，这丝毫不让人意外。就算艾丽斯不知道保尔和贝蒂没有儿子，任何人都能看出这孩子不可能是保尔和贝蒂亲生的。他的皮肤是荞麦蜜的颜色，而保尔和贝蒂的面孔，却跟艾丽斯一样苍白。这男孩的亲生父母一定来自山区。迪菲德村民对游商存有戒心的原因之一，是他们的肤色种类太多。迪菲德居民的肤色，只有深浅程度不同的牛奶白。但大湖区来的游商除了同样的肤色之外，还有其他各种情况。拜德世界各个角落的人，都被吸引到那里。

艾丽斯试图避免盯着那男孩看，但是发现她还是在那样做。那男孩的眼睛是最深的棕色。艾丽斯吃了一惊，发现自己细细打量的那双眼，也在直愣愣地看着她。

艾丽斯避开视线，望向一边，装作自己从来没有看过，然后她把注意力转到他们在向村民们出售的东西上。货品中有来自塔伦的马鞍和鞋子，还有成袋的冬季硬麦面粉、匹兹戈出产的草编筐篮和咸鱼。匹兹戈村在河边。那些货品并没有那么有趣，值得艾丽斯长久观察，装出来的兴趣也没啥意义。她又一次扫视年轻的游商，发觉他嘴角有极浅淡的一丝笑容。

"我们的姑娘！"保尔从一辆篷车里探头出来，冲过来抱住艾丽斯的腰，把她举了起来。

"哦，我们一直在找你呢，孩子。"现在轮到贝蒂，她也同样轻易地举起了艾丽斯。艾丽斯感觉到对方发髻上散开的头发刮在自己脸上，有点痒。

"现在看看我们带来的东西吧，艾丽斯。"保尔说。

"不是坛坛罐罐，不，这次我们带来一个帅气的大男孩。你觉得他怎么样？"

艾丽斯感觉自己脸涨得通红，当她抬头，视线停在男孩嘴巴的高度，在那里，她再次发现此前已经注意到的略带嘲讽的微笑。

"艾丽斯，他是个帅小伙，不是吗？"

"哦，行了，保尔。"贝蒂说着，在他胳膊上重重来了一拳，足以让他稍微失去平衡。"你别再逗她了。要是你再这样逗下去，她会逃走的。"

"我是锡安。"高个子男孩说，"而你就是保尔和贝蒂说起来不住嘴的、美丽的艾丽斯？"

"嗯，"艾丽斯说，"就算是吧。"她甚至无法忍受朝锡安的方向看一眼。她脸上发烧的感觉已经蔓延到了肚子上，这让艾丽斯感觉自己很想逃走。"那个，我该走了，母亲应该已经在等我回家。"她扫了一眼保尔和贝蒂，"而且我今晚要去牧场，所以需要收拾一下包裹。"

"哦，这样的话，我正好有东西适合你。"保尔说，"这东西我一直留着，等你年龄长大、个头长高。"

他冲进一辆篷车，然后拿了一件羊毛外衣回来。妈妈的外衣。这是艾丽斯八年前落在保尔车里的。

艾丽斯抚摸那件外衣，看看保尔，险些张开双臂拥抱他，但没有。"妈妈的外衣。你一直替我留着吗？"她把脸贴在衣服上，但上面已经没有了妈妈的气息。抱这样的希望，本来就挺傻的。

"是的，姑娘，我一直留着它。我记得当时的事，就像发生在昨天一样。你还那么小一点点，而你妈妈就只留下这么一件东西。我直到离开迪菲德一两天的路程之后才发现它在我这里。然后我就在想啊：保尔，那姑娘总有一天会长大，能穿起这件衣服。然后你就把衣服还给她。现在我做到了。"他呵呵哈哈不停地笑，一面抹眼睛。

贝蒂轻拍他胳膊，自己也在抹眼睛。"行吧，我的好姑娘，你就赶紧回去吧。"贝蒂说，"这事儿真可耻，让你们这些孩子在这么阴冷潮湿的深夜待在野地里。这外套能帮点儿忙，不是吗？我们明天早上再找你，好不好？"

"好的。"艾丽斯说，然后她真的拥抱了保尔，很快，很用力，然后快步离开。她很喜欢自己温暖面颊上凉凉的感觉。

当她转过弯走向家门，看到伊妮德从母亲和父亲住所的前门出来。伊妮德停顿了一下，左右张望，似乎不知道下一步该怎样去做。当她看见艾丽斯，就向她走来，垂着头。伊妮德回归夜班已经有一个月时间，她的双胞胎每天晚上交给村里某个女人看管。阿伦现在也当值了，有他陪伴，本来可以给她妈妈带来些许安慰，但长老们却已经拒绝了马多格让孩子跟父母一起值班的要求。

马多格平静地接受了这个结果，但艾丽斯却感觉他最近有些变样，他的下巴总是紧绷着，以前她可没察觉到这模样。而且每次靠近他，都会嗅到一丝潮湿的金属气息。

"艾丽斯，"伊妮德靠近到小声说话也能被听见时说，"我想求你帮个忙。"伊妮德迅速捏了一下艾丽斯的手掌。艾丽斯感觉到伊妮德粗糙的手指摩擦着自己的掌心。"是阿伦。他现在身体不好。"她意味深长地看着艾丽斯。

当桂尼斯村的孩子在守夜的第一年染病，他们通常难以恢复。"他今晚要去牧场里，而我和马多格都在围墙当班。你以前曾经说过，会帮我们照看他，我现在就请求你今晚这样做。你能帮我留意他吗？"

"好的，"艾丽斯说，"我会照顾他的。"

伊妮德点头。"好。我会告诉马多格。他会很感激你的，我也一样。"

日落时他们走向牧场，阿伦嘟着嘴唇，呼出的热气飞散在寒冷的暮色里。他仰头向后，看那成团的、温热潮湿的空气先是变白，然后消失在他的头顶上。一开始，他呼气时长而且缓，后来变得短而且急。

怎么会玩这种东西。艾丽斯心里想着，一面看阿伦边走边喷气。他应该知道的，看到自己呼出的空气，意味着一个漫长、寒冷的夜。桂尼斯村的孩子们不应该在寒冷中找到乐趣。

呼，呼。阿伦蹦蹦跳跳地走在她身旁，时不时地用手背抹过鼻头，拿开时带上好长一根鼻涕。艾丽斯从她衣兜深处找出一片亚麻布，递给他。"你那样做很快就会累的。"

阿伦蹦蹦跳跳。"哪样做？"

"就是那样跳上跳下的。你不需要跳。走路更好。"

那男孩又一次不作回答。

反正他很快就会累。艾丽斯心想，然后她开始思考自己到时候该怎样做。她不可能背着这男孩。整晚背着肯定不行。"我们会先在你的牧场里巡视，然后再去我的。我们需要走快一点，这样就不会长时间离开任何一块牧场。还好我们负责的地块挨着。"

"爸爸也这样做过，不过他是让我跟雷尼斯换了地块。"

"他真聪明。"艾丽斯说。她轻轻推着阿伦走向他的地块。他们俩的牧羊犬已经远远落在后面，无疑是在规治羊群，完成阿伦和艾丽斯本该做的事。阿伦走得很快，他跳得很欢。夜幕已经迅速降临，漆黑一片，浓云遮住了本应该照耀他们的圆月。野草和寒霜在他们脚下，像玻璃一样咯吱作响。艾丽斯的鼻子里的湿气结成了晶体，她两眼灼热，嗅到了雪的气息。"冷吗？"

阿伦从他过大的帽檐下面抬头看她。他点头。艾丽斯扯下自己的无指手套给他。"戴上它们。"然后她把自己的双手伸进衣兜。男孩没有微笑，也没有回答，但他戴上了手套。

艾丽斯注意到他已经不再蹦跳。她抽出一只手，触摸他的额头。里面有热气，像是火炭被装在罐子里。"感觉不舒服吗？"

他耸耸肩。艾丽斯握起男孩一只戴手套的手，拉着他向前走。阿伦的手指在她手中变松弛，两人就这样默默向前。每隔一小段时间，风会吹起，刺痛她脸颊，让眼泪涌上她眼眸。还有一次，风把阿伦的帽子吹掉了，她不得不去追，拿回来给阿伦戴上。把帽子放回他头上的时候，她感觉到热气从男孩身上腾起。这样下去是不行的。她已经答应过伊妮德要好好照顾他。

人们给桂尼斯村的孩子们提供了帐篷，以便他们在深冬时节使用。他们不能在帐篷里睡觉，但可以在天气最糟糕的时候，在里面短暂休息。如果艾丽斯可以把阿伦安置在其中一座帐篷里，然后她就可以看管两块草场，让男孩好好睡觉了。艾丽斯掉转自己背包的方向，让它垂在身体前方，然后她蹲在阿伦前面，把他背起来。她两臂稳稳地伸到男孩的膝盖下面，感觉到他的手臂抱紧自己的脖子。他比艾丽斯预期得更重些。帐篷不会太远的，她告诉自己。

但实际上还是挺远的。等他们到了帐篷，艾丽斯的两臂已经感到灼热，开始发抖。她松了一口气，跪瘫在地上。

她解开帐篷门扣，把男孩拉进去。

帐篷里的地面上铺了兽皮，有股潮湿气。侧面和顶上都是涂过兽脂的皮革，仅能挡风、隔断大部分雨雪。但只要躲在这些兽皮下面，阿伦就可以足够温暖，而且保持身体干燥。

她摘下阿伦的帽子，脱掉他的靴子，并且把无指手套塞回自己的衣兜。然后她用自己的羊毛毯子裹紧他，把他安置在兽皮下面。她在黑暗中看不到阿伦的脸，但能感觉到他在发抖。然后他的一只瘦弱的小手抓住了她的手腕，不肯放开。

"你会没事的。"艾丽斯说，"我一早就来找你。"

男孩抓得更紧，他的手劲还挺大，艾丽斯完全想不到他瘦小的身躯里有那么大的力量。他的指尖嵌入艾丽斯前臂的筋脉里。

她当然有能力挣脱，但她只是叹了口气。"阿伦，如果我留在这里被他们发现的话，我会受到惩罚。"

阿伦放开了她，蜷起身体。她触摸自己手腕上被男孩握住过的位置，犹豫着。现在马上离开，她告诉自己。然后她会在黎明时回来，正如她承诺过的一样。她会说晚安，然后离去。这是她要做的事。

她用手四下摸索，找到男孩丝滑的头发，仅从皮革下面露出一点点。她一时有些迷茫，不知道马多格和伊妮德生下这些孩子，到底算是勇敢还是愚蠢。如果阿伦是艾丽斯自己的孩子，她无法想象派他一个人到这荒郊野地里来。但话说回来，她现在不也是孤身一人吗？在这个问题上，艾丽斯还有机会做出选择。

然后她就下定了决心。她转身朝向帐篷门，从里面把它系牢。她脱下自己的靴子，然后钻进皮革里。她之前从未跟任何其他人一起睡过觉，除非算上那次跟德尔文一起彻夜醒着。但那次，她自己根本没睡着。她把阿伦拉到自己身边，用手臂抱着他，近到足以在自己身体里感受到他的战栗。她把皮革向上扯，只让两人的鼻子和额头露在外面。"睡吧。"她说。

"我不想睡。"男孩说，"如果我睡着了，你就会离开。"

"我不会。我答应你不离开。"

阿伦的身体放松了，他把两手放在艾丽斯的手的下面。她闭上眼睛，不知自己能否真的睡着。

"艾丽斯。"男孩说。

"嗯，怎么了？"

"你曾想过要逃走吗？"

艾丽斯吸了一口气，感觉到当自己呼气时，白雾在周围腾起。"想过。"她说。

"那你为什么没逃呢?"

"因为害怕独自离开吧,我猜。但如果我能去任何地方,又不怕路途遥远的话,那么我猜我会去大湖区。"

"我想去住在海边,爸爸说站在山顶就能看到海。他说,在山顶能看到好几英里之外,能看到整个拜德世界,还有外面的海,而且山上长年有积雪。他说我们可以全部都去那里,他会给我们建一座房子,然后我们就再也不会感觉到累,因为双胞胎宝宝和我可以整晚上睡觉,每个白天尽情地玩。但每次妈妈说我们该离开了,爸爸都说时机没到。我们应该等到双胞胎大一点,他说。但我不想等。我想现在就走。"

阿伦一直在说个不停,他以前从未一次说过这么多话。艾丽斯一动不动地倾听。她没有大声吸气,也没眨过眼睛:"你爸爸妈妈谈过逃离的事?"她感觉到男孩的身体在自己怀里绷紧。"我不该把这件事说出来的。"

"我永远不会告诉别人,阿伦。永远不会。"

他再次放松。"你应该跟我们一起走。爸爸说过,他会带我去看海。"

艾丽斯听到,忍不住在笑。大海。她以前也听说过这样的东西存在,听说拜德世界在各个方向,都被巨大宽广的蓝色边界包围,比任何湖泊更深、更广。只要想想,如此广阔的一大片蓝色水体。她突然感觉到一份渴望,想自己去看海。

也许她会去那儿,她心里想。将来某天。

也许保尔和贝蒂会与她同行。想到这两人她就在微笑。然后想到那个棕色眼睛的男孩，还有他浓密的黑发，黑得就像没有星星的夜空一样。然后，他像夜空一样黑的头发，还有她在自己身体里感受到的那份渴望、向往和希望，所有这些想法中的某些部分，促使她想到了那个洞。

时间渐渐流逝。艾丽斯个人的沙漏被倒置。艾丽斯最近几乎不再做梦，但当她做梦时，梦到的总是那个洞，那个无底的需要修补的裂痕，她能感觉到，那个洞一直都在扩大，边缘磨损，撕开更多。她闭上自己的双眼，努力去想所有那些空虚。

"现在睡觉吧，阿伦。别再说话了。"

# 十五

　　她醒来时，周围只有模糊的微响。阿伦已经在深夜离开她的怀抱，现在仰面平躺在一旁，手脚伸开，鼾声响亮。他的头发湿漉漉地粘在额头上，他也不再打寒战。

　　艾丽斯解开帐篷门，雪撒起来盖在她的脚面上。夜里下了至少一尺的雪，外面的世界一片银白。黎明刚刚让地平线变成绯红。他们险些就睡过头了。她摇醒阿伦，把他的靴子丢给他。她现在只能希望那些羊儿没有遭遇什么不幸。如果有事发生，她宁愿冻死在森林里，也比回迪菲德的结局好一些。

　　当她和阿伦踏雪行进，牧羊犬来陪伴他们。看到它们，艾丽斯心里的担忧缓解了。狗儿们都很平静，晚上应该没什么麻烦。她和阿伦或许能安然躲过这一劫。

　　她用下巴向狗儿们示意，又捏了下阿伦的手掌。"看看那些狗儿，"她说，"它们多平静啊。这就是说绵羊没有问题。这是好事儿。"

阿伦点头，哼着歌儿，踢开积雪，并没有显出什么兴趣。艾丽斯发现灰色的野兔皮毛，在他们前方不到二十尺的雪地上闪过。她拍拍阿伦的肩膀，指向那边。野兔沉入雪地，不见了。"今天以内，它就会成为某只猫头鹰的美食。"艾丽斯说，"而野兔永远不会听见猫头鹰冲过来的声音，也不会看见它。"艾丽斯伸开双臂，静静地呼出一口气，让气息冲过自己的唇间，然后她用闪电一样的速度抱住阿伦，把他举向空中，直到他笑个不停。她把男孩放下，看到他的脸颊泛起红晕，虽然冷，却很开心。男孩再次握住她的手，他们一起向前走。

"我昨晚做了一个梦。"阿伦说。他踢起更多的积雪。

"梦里我在看羊，当时感觉太累，已经没办法保持清醒。我就坐在那边那棵树下。"他指向一棵常绿树，它的树冠有房子那么大，就在牧场边缘。"梦里是夏天，到处是绿色，温温软软的。然后有位女士走过来，说我应该跟她走，然后就能痛快地睡觉了。"

艾丽斯停下脚步。"是什么样的女士？"

"比较奇怪的那种，我觉得是。而且她是飘在空中的，那么静。我以前也梦到过她。"

"那是什么时候？"

"我上次来这片牧场时。"阿伦眯起眼睛，努力回想。

"我就在那片牧场，那棵树下，像我刚才给你讲过的。我以为那位女士是真人，因为她看起来那么真实。然后我就醒了。"

艾丽斯俯视阿伦。伊妮德和马多格看来是决定了不给他讲魂妖的事。但如果这孩子不了解真相，他又怎么来保护自己呢？然后艾丽斯又责怪自己，不该那样质疑别人的决断。关于做父母，艾丽斯又懂多少呢？这孩子就算受到警告，又有什么用？如果魂妖想要得到他，她们肯定能成功。

"那位女士有没有告诉你她叫什么名字？"

阿伦微笑。"这次没有。但上一次，她说了。"

艾丽斯停下来，让阿伦面对自己。"她的名字叫什么？阿伦，你记得吗？"

"我当然记得。是安杰莉卡，她还告诉我不要忘记。她说我应该去找她。"

艾丽斯那么用力地握紧男孩的手，他开始叫疼，艾丽斯道歉。"那个梦，永远不要告诉任何迪菲德人。如果你以后再见到那些浮在空中的女人……"艾丽斯按住他的肩膀，"如果你见到她们中的任何一个，阿伦，答应我，到时候一定要逃跑。"

他们靠近大门时，艾丽斯最先看到的，就是伊妮德担忧的身影。看见她，阿伦小跑着向前。伊妮德看上去也想跑向孩子，但随后艾丽斯看见马多格一手搭在她肩上，然后她就站在了原地，等阿伦来到面前。然后伊妮德试了他额头的温度，之后弯腰张开双臂抱住他，在阿伦肩膀上方看艾丽斯。马多格弯腰抱起阿伦，带他回家。

"我回头再去找你。"伊妮德对艾丽斯说。

"好啊。"艾丽斯说。她必须告诉伊妮德阿伦做过怎样的梦。

当艾丽斯到家时,迎面碰上父亲,他正要到围墙外面砍伐木柴。厨房又冷又空。"你母亲今天不舒服。"他说,然后就出了门。

艾丽斯本来以为自己应该睡不着,但她还是睡着了,尽管不安稳。她发现自己梦到的不是洞,而是飘在空中的女人。在雪中,在泥泞里,身体由落叶组成,或者由羽毛组成。而就在梦中,她感觉自己被摇醒。但时间太早了,还不到该醒来的时候。

艾丽斯感觉就像有一种重物压在自己身上,让她的肢体向下坠。与此同时,另外一种力量在把她向上扯。她挣扎着睁开眼睛,这样才能开口说话。

"醒醒,孩子,我需要你。"

艾丽斯感觉到一只手握着自己的肩膀,她仰面看到母亲,或者说,她从未见过的新面貌的母亲。她还穿着睡衣,她平日里冷静、淡定的表情,现在非常痛苦。她的头发,艾丽斯印象中一直梳得特别整齐,紧箍在头顶的,现在披散在肩头,又长又乱。

"现在时间还早,孩子,但我生病了,需要你帮忙。你穿好衣服,到厨房里来。"母亲离开时,扶着门框站了好一会儿,才继续向前走。

艾丽斯以为母亲需要自己承担当天的家务,所以她穿成了要干活的样子,还套了几层袜子来抵挡积雪。她险些忘记了哨子,但最后一瞬间还是把它挂上了。

母亲坐在厨房桌子旁,面前空无一物。

在艾丽斯的位置,她放了一杯浓茶和一个餐盘,里面有一片黑面包，抹了些奶酪。"没什么好吃的，孩子，但你会需要它们。现在快点吃吧。"她短促而且干脆地向艾丽斯点头，像平时一样。但艾丽斯可以看出，母亲有某些方面特别不对劲，她胸中感觉到一份恐惧。她这辈子还没想过要为母亲担心，因为母亲从来不生病。但现在，母亲却捂着肚子，就像努力让自己内脏保持正常一样。"我需要你去趟老家。"

艾丽斯停止咀嚼，愣了一会儿，但她没有笨到要去问马上会被解答的问题。

"有件东西，我需要你到根茎室里取来给我。那东西放在这边不安全。"母亲把两手放在桌上，迫使自己站起来。她去了自己的卧室，回来时拿了一个用几层旧布片包着的小包裹。她从厨房一个钩子上取过一个篮子，把布包放进去。艾丽斯一面吃，一面观察母亲的举动，并没有真的感知到食物的味道，不管是咸味奶酪，还是隔夜的面包。然后母亲坐下来，把篮子放在她面前的桌面上。"老家房后有棵老橡树，你应该记得那棵。我想让你把这包裹埋在那棵树下。"

艾丽斯本来可以说很多，问很多问题，但她仅仅提到现实问题，因为她知道，母亲就希望她这样做。"地面会很硬的。"

"没错，"母亲说，"但你能想办法解决。从厨房门那里进入老房子，给自己找一把铁铲。你父亲还在那边存放着工具呢。挖个深坑，以免让狼把它扒出来。然后我想让你进入根茎室。你会发现那儿有个架子，上面有些坛坛罐罐。我需要的那种，在底下有个标签，上面做了线条标记。要六根线的那种。罐里面有些根茎。疙疙瘩瘩放了很多年的那种。我想让你把一根这样的老根包在亚麻布里，裹好了，随身藏起来，不要把它放在篮子里，甚至也不要放在衣兜里，放在私密的位置。你明白吗？”

艾丽斯明白。不管这东西是什么，母亲绝对不希望迈尔斯长老的长鼻子凑过来探到。

母亲打了个寒噤，艾丽斯险些向她伸出手，但她没有。母亲一直都不喜欢别人碰她。她的皮肤现在有些泛黄，艾丽斯不喜欢这色调。如果艾丽斯在村里看到任何其他人是这副样子，她会认定那人快要死了。那个可怜人可能染上了寒热症，或者更糟。

“母亲。”艾丽斯说。

“好的，孩子。”母亲抬头看艾丽斯，眼里显出痛苦。

“你确定自己一个人待在家里可以吗？我是不是应该找个人来陪着你？”

母亲闭上眼睛，缓了一小会儿，吸气，呼气，说：“不用了，孩子。现在没人能帮我。除了你，没有其他人可以帮我。”

# 十六

艾丽斯出了门，走进被昨晚的积雪覆盖的村庄。天空是灰的，但光线还不错，光亮从各个平面反射回来。艾丽斯用戴了无指手套的两手遮在眼睛上方。这是上午，她心里想着。真正的上午，不是她习惯于见到的黎明时分。在她周围，村民们忙于早间日常事务。女人们把洗好的衣服带去晾晒区。较大的女孩拎着水桶去井边。周围没有一个桂尼斯村的孩子——他们都还在床上睡觉。

艾丽斯的篮子里有一罐浓稠的蜂蜜。艾丽斯要去掩埋的包裹还在母亲那里。她不能去敲开长老家的门，然后说母亲让她把某件神秘物品埋在老家那边。相反，艾丽斯要说的是母亲生病了——这是事实。这就是艾丽斯早起的原因，她要去找些能让她痊愈的东西——这也是事实。但真实情况到此为止。艾丽斯还要告诉迈尔斯夫人，她要找的是黏榆树皮。

房门打开的时候，出现在门口的并不是迈尔斯夫人，像艾丽斯预料的那样，而是她最小的女儿塞雷丝，艾丽斯曾想用她关于兽魔的故事去吓唬的那个女孩。塞雷丝跟艾丽斯同岁，个子没艾丽斯那么高，但她的身体凹凸有致，很有成熟女人的韵味。

艾丽斯平常只要几秒钟时间，就可以完成穿脱衣服之类的事情，也没有太多时间观察自己的体形，但她对自己的整体轮廓还是很熟悉的，现在还是直上直下，跟以前没什么区别。塞雷丝身上那件蓝裙子要比艾丽斯的任何一件衣服都精美，但并不足以解释它在塞雷丝身上显出的魅力。甚至以迪菲德村孩子的标准来说，塞雷丝的脸色都算是特别红润的。艾丽斯脑子里浮现出成熟这个词。塞雷丝的嘴唇红得像大长老家的苹果，她的脸颊也是特别粉嫩。她的鼻尖有些浅浅的雀斑，头发是金凤花一样的亮黄色。金色卷发从发髻边缘和发际线那里垂下来。

塞雷丝微笑，露出牙齿。"哦，是艾丽斯。"她说，"我没想到这时候还有人来。我正打算去见迈伊。"迈伊是塞雷丝特别要好的朋友，村里另一位长老的千金。艾丽斯没有回应这句话，因为没什么可聊的。然后塞雷丝笑起来，眉头微蹙，她看艾丽斯的样子，似乎不知道该如何应对她的来访，就好像艾丽斯站在长老家门口的原因不是那么显而易见似的。

终于，迈尔斯夫人的身躯填满了女儿背后的门廊空间，艾丽斯向她讲述了黏榆树皮的事。她从艾丽斯手里接过篮子，然后看着她的女儿说："不要回来太晚，耽误了吃午饭。"

"当然不会的，妈妈。"塞雷丝大笑，挥挥手冲出家门，她的裙子在雪中飘舞。艾丽斯目送她好半天，然后才回头看迈尔斯夫人毫无吸引力的那张脸。她有些好奇，不知道多久以后，塞雷丝就会变成她妈妈这副模样。

"你等着。"迈尔斯夫人说，然后关了门。之后又过了几分钟，门打开了。迈尔斯夫人把一副铁手环塞给艾丽斯。这个上面刻着数字"1"。"迈尔斯长老说了，你必须快去快回。你要在午时钟响之前回到大门。不能更晚。否则他就会派出骑手去找你。"

艾丽斯咬咬舌头。"谢谢您，迈尔斯夫人。这真是很仁慈的决定。"

她回到住所时，母亲已经在等着艾丽斯，她一看清艾丽斯还挎着那篮子，马上就转身回到自己卧室，没说什么多余的话。

艾丽斯本来可能会告诉母亲，她的时间完全不够用，要回老家，埋好包裹，取到药物，然后还有那么长的路，却要在中午之前来。她正常需要的时间大约要长一倍。但艾丽斯能看出，母亲已经完全顾不上这些。她身上有股酸臭味，还有另外某些东西，某些艾丽斯不愿去想的征兆。说了也没用——艾丽斯只有这么多时间。她只能希望自己不会在这段时间里被人发现。她会走远路，穿过旷野，需要的话穿过森林，她会故意扭伤脚踝，这样在万不得已时，就可以有理由解释自己为什么那样慢了。

艾丽斯到达门口时，看到她最不喜欢的门卫的身体下半截，从保尔的一辆篷车下面露出来。这个门卫的名字叫福特，他是一帮讨厌鬼中间最讨厌的一个，这人从他自己那点可怜的权威中间得到了太多满足，尤其喜欢刁难游商和桂尼斯村的孩子们。他的上半身钻到了车里面，显然是在检查里面的东西，或许还在偷拿一些私吞。贝蒂坐在一辆篷车前面，看上去有些吃惊，因为这么早就看到了艾丽斯。她挥手，微笑。锡安坐在另一辆车上，艾丽斯感觉到怒火从他身上升腾。看上去，他像自己一样反感福特。

与此同时，保尔站在福特身后，两手叉腰，等着福特完事儿。保尔朝艾丽斯的方向看看，跟她对视，挤挤眼睛，坏笑，做出要踹福特屁股的样子。艾丽斯本来想笑，但只能微笑，挥挥手，继续向前走。她对母亲的担忧在心中涌起，有如洪水泛滥。

出了大门之后，艾丽斯径直走向那排通往禁地的榆树——那里的边界，是任何桂尼斯村的孩子们和迪菲德村民不得越过的地方。她摘下无指手套，感觉到指关节发冷，但是坚持着扯下几条黏榆树皮。她一面忙碌，一面听着周围村民的动静。雪野中万籁俱寂。母亲之前警告过她，要当心村里的猎鹿人。他们会比其他村民更加深入旷野，而且习惯了轻手轻脚地行动，这些人可能会在被艾丽斯发现之前看见她。

有一条路，从迪菲德村通往旧农舍和更远的地方，艾丽斯避开了那条路。她让那条路保持在自己右手边，自己躲在树木后面行动。这样她会走得更慢，但能保持隐蔽。经过一段时间的跋涉，跳过小溪，钻过树枝，她开始感到热，羊毛衫下面开始出汗，尽管天气那样寒冷。终于树木变少，前方是草地和微微起伏的田野，以前是被耕种的，但现在却已经长满了荒草。现在，艾丽斯像她指给阿伦看的那只野兔一样，完全暴露出来了。

她到达的第一座农舍就像一头哀伤的、病弱的走兽，匍匐在地，灰暗，死气沉沉，窗板都东倒西歪。第二座也是那样，第三座也不例外。然后终于到了那座艾丽斯初到迪菲德村时住过几个月的房子。母亲说过让她找白漆房门，以防迷路。不是剥落的白，也不是开裂的白，或者油漆化成灰的惨白。那道门会是正白，纯白，而且房顶不会是塌的。

而这座房子就在前方。艾丽斯不会说它看起来很好，但足够好，而且能住人，尽管已经空置了那么多年。所有窗板都端正、均匀，关得紧紧的，可以抵挡任何试图打开它们的力量。艾丽斯不知道父亲有多少次偷偷回到这里。看来应该有很多次。她最后一次长久地环顾周围，确定整个世界都很安静，除了有几只鸟儿飞过。然后她才绕过房子，看到那棵树，就像她记忆中的一样巨大。树干粗大得像牲口棚的门，还有那么多枝条，全都朝着不同方向伸展，像是想要裂开的样子——如果能够。艾丽斯离开大树，拧开厨房门钮，进入房子。这里潮湿阴冷，正如艾丽斯所料，而且没有什么家具。窗板紧闭，把光亮也挡在了外面，所以艾丽斯让门开着。房间早已被搬空，炉膛里没有一根柴，也没有什么灰烬。父亲很小心，但也不是没有漏洞。一面墙边就有一堆工具，没生锈，而且经常使用——各种不同尺寸和形状的锯子、锤子和斧子。艾丽斯拿起铁铲，带着它和篮子，去了外面的大树下。

艾丽斯让铁铲竖直，在雪下土壤里寻找柔软的地方。大树的根须和它的枝杈一样密集交错，但艾丽斯很快就找到了一块还算松软的位置，她铲开一片雪，探到一片土，大致是适合的形状和大小。她开始挖掘，用脚把铁铲向下踩，挖透冷硬的土壤。

在地面之下大约一尺，就在艾丽斯可能会埋下母亲包裹的位置，那里已经有了一个包裹，裹在亚麻布里，布料已经变成了跟周围土壤一样的棕色。如果再用铁铲多挖一下，艾丽斯就可能把它割破，但她正好及时住手了。

艾丽斯跪在雪地里，盯着看，她第一次允许自己问出那个显而易见的问题，在这个没有人能回答的地方。母亲让她埋在树下的，到底是什么？

雪在艾丽斯膝盖和小腿下面融化，很冷，泥水溅在她靴子上。艾丽斯告诉自己，她应该把这个洞重新掩埋，另找一个地方埋下母亲的包裹。这将是明智的选择。但相反，艾丽斯从她挖出的洞里取出那个硬挺的小布包。把它放在自己腿上，然后小心地打开老化的亚麻布。在里面，她发现一副小小的、婴儿形状的骨架，小到足以放在她的手掌里，轻得像一只鸟儿。

艾丽斯重新把它包好，然后把它放回了安息之处。然后她把母亲今天早上给她的包裹从篮子里取出来，跟另外一个包裹并排放置。她不需要打开新的包裹，就知道里面会是什么。不管是兄弟还是姐妹，他们都可以一起安息。艾丽斯站起身，把雪从腿上掸掉，把两个包裹一起掩埋。等填回浮土，艾丽斯用雪把土堆埋起来，踩平整。她环顾四周，四面一片雪白。只有鸟儿和她本人的脚印是生命活动的迹象。但在雪下，一片银白的掩护之下，艾丽斯想象着一大团杂乱的树根，抓取着，卷曲着，延展着，每条树根都缠着一个亚麻布的小包裹。

这就是母亲总也不会微笑的原因。

艾丽斯不知道母亲已经忍受过多少次流产。母亲曾经多少次偷偷走出村庄大门，偷偷来到这里，在这棵树下掩埋一个又一个新包裹。难怪她会对这些包裹保密，难怪会把它们埋在任何守规矩的村民都不可能发现的地方。如果知道母亲失去了多少个亲生儿女的话，没有任何新妈妈会让母亲为她们接生的。

但这却不是母亲对此保密的原因。不，母亲从不对任何人说起这些包裹，因为如果他们发现的话，一定会说她是女巫。长老们会说她自己促使这样的结果出现，因为一个懂得如何引领幼儿降生的女人，一定知道如何实现相反的结果。如果长老们知道母亲在这里做的事，他们会说她是兽魔的新娘。他们会指责她使用黑暗魔法。他们会烧死她，或者用石头砸死她，或者先把她丢进水里面，看她会不会浮起。如果她浮上水面，那些人就会烧死她。

艾丽斯想起母亲需要的根茎，还有今天早上母亲泛黄的皮肤，痛苦的眼神，她身上的腐臭气息和血腥味。她想起多年之前母亲为玛丽做过的事。她为玛丽烹制的药茶，让她安然度过产后的考验，从热病中康复。艾丽斯现在需要为母亲做同样的事。她转身回到房子里，把铁铲放回原处。她打开一组窗户挡板，让更多光线透射进来。然后她掀开通往根茎室的翻板门，这门就在厨房地板中央。湿气和土味儿升腾起来，冲到她的鼻端。她顺着梯子爬下，进入一个比她臂展略宽一点的小房间，这儿的高度仅够成年人站立。地面是拍实的泥土，周围是众多置物架，多数都是空的，只有一个架子上放满了密封罐。艾丽斯开始寻找母亲需要的那一个。

在黑暗中，这件事并不容易。这里的狭小空间似乎能隔断所有光线、空气和声音。艾丽斯很快就感觉到窒息，心脏在胸口跳得太快，让她很难集中注意力。她对时间的流逝过于焦虑，也害怕迈尔斯长老真的派骑手出来找她。这让她两手发抖，吓到膀胱发紧。她不得不把每个罐子拿起来，放到厨房透下的细细的光柱里看。这里一定有二十种不同类型的根茎。所有的都是疙疙瘩瘩，而且放了好多年。多数都标了名称。少数是在罐底画了几条线。终于，她找到了六条平行线标记的根茎。然后她取出一条根，用一小块亚麻布把它包上。她解开外衣，然后解开裙子前面，把那块亚麻布塞到内衣里面，贴肉收藏。然后她再次扣好衣服。

终于，她向上爬回厨房，大口吸入新鲜空气。她抹了下额头，那里全都是冷汗。有一会儿，她坐在根茎室旁边，两腿下垂。她的心跳声响在自己耳朵里，但两个新的声音刺透过来，让艾丽斯抓紧了厨房地板。

脚步声和欢笑声。两者都在她的头顶，就在这座房子里。

# 十七

艾丽斯脑子转得很快。穿过草地回去的路很长，而且毫无遮蔽。她需要安静，安静得像只小耗子，在不被听到的情况下逃离这座房子，然后祈求不管谁在楼上，都不要想起打开窗板，或者在她逃跑的中途向外看。

她看了一眼打开的地下室入口。母亲的根茎类药物都在下面。如果她想保守母亲的秘密，就必须关闭这道门。艾丽斯努力回想，打开时折叶有没有咯吱响过。她完全想不起来。当时她的目标里面没有安静这一条，只有快速。现在，她两者都需要。

上面传来高亢的大笑声，然后是较低沉的私语声。脚步摩擦着经过地板，然后停住。更多的低语，咯咯娇笑，轻微的撞击声。然后是寂静。不要，艾丽斯心想。不要停止移动啊。她需要对方发出声响。但她更需要的是尽早离开。她触摸自己胸部中央，感觉到她藏起根茎处的轻微突起，再次想到母亲憔悴的面容，还有她身上浮起的死亡的气息。她两手撑地变成蹲姿。然后站起身，没有发出一点声音。

她伸手握住地下室翻板门，向上抬起。折叶发出尖厉的声响。艾丽斯丢下板门，弃了母亲的篮子，沿着她的来路跑回。

在她身后，她听到靴子踏在木板上的声音，但现在没时间回头看是谁从母亲和父亲的旧房子里跑出来了。这显然不是父亲，她只需要知道这个就够了。她的裙子拖在雪地上，她把裙摆提起。冰冷的空气刺入她的胸膛，有股烧灼感。

然后她听见马蹄声，她知道自己正在被追赶，知道已经没有了逃脱的希望。但她还在跑，一直跑直到马蹄声在她耳中变得异常响亮，让她感觉自己会被踩倒，一只手揪住她的发髻，让她脸朝下跌倒在雪地里，本能地挣扎。

马蹄声停止，她被拉扯起来，发现自己盯着的是大长老的幼子里斯那张涨红的脸孔。他又高又壮，尽管只有十七岁，冷酷的个性却跟他的父亲毫无二致。他以前从来没跟艾丽斯说过话，甚至都不会正眼看她，但即便如此，艾丽斯也早知道他的眼睛是通透的蓝色。那双眼睛里的某种东西，一直都令她不寒而栗。那眼神后面似乎是一片虚无，就像跟岩石对视。他用两只粗大的手掌控制住艾丽斯，一只手把她胳膊扭到身后，另一只手卡住她喉咙。自从上次她和德尔文在大门口拥抱以来，这是她第一次跟自己年龄相仿的男孩如此接近。但之前那次她还只是个孩子。里斯身上有股刺鼻的、兽性的气息，艾丽斯试图避开，但他只是更用力地扭着她的胳膊，卡紧她的喉咙，感觉就像他一定会把艾丽斯的胳膊扭成两截。

但他还是没有开口说话。他审视艾丽斯的脸庞，就像在寻找什么。然后他把女孩推开。"你都看到什么了？"

一旦离开他，艾丽斯短暂地考虑过再次开跑，但里斯的马就在旁边待命，艾丽斯知道跑也没用。她仅有的希望，就是设法通过谈话脱险。

"我迷路了。"艾丽斯说，"转错了一个弯，然后就闯到了这里。"

他用鼻子长出了一口气，然后就打了她，很用力，反手一耳光抽在她头部侧面，把她打了个趔趄，险些摔倒在雪地上。她的身体茫然地扭转，头晕，立足不稳。地面在变倾斜，母亲和父亲的房子也偏转了一些角度。然后整个世界重新纠正方向，艾丽斯看见一个穿蓝衣服的身形从那座房子里出来。一个女人的身形，金发，玫瑰红色的嘴唇。塞雷丝。不会是其他人。

艾丽斯转身回来看里斯，她的眼睛瞪大。她回想起之前的娇笑和低语，脚步摩擦声，轻柔的撞击声。塞雷丝和里斯，在一座他们以为没有别人的房子里。塞雷丝，迈尔斯长老最小的女儿。还有里斯，大长老最小的儿子。他们没有成婚。他们根本就不该在一起，更不要说出现在这个地方，所有人都不该来的禁地。艾丽斯嗅嗅周围的空气，奇怪此前自己怎么可能没有发现这种气味。恐惧的气息。里斯被吓坏了，甚至比她自己还要害怕。

"我什么都没看到。"艾丽斯说，"如果你放我走，我什么都不会说。"

现在，他身上涌起的气息变得酸涩。艾丽斯还没来得及做准备，里斯就又一次打了她，这次她直接倒地。她两耳充斥着尖啸声。然后是寂静。

"她还没死。"塞雷丝说。

这是艾丽斯醒来时听到的第一句话，这时她侧身躺在自己倒下的那片雪地上。

"我也没当她死了。"里斯说。

"好吧，你没理由凶我。"塞雷丝说。

艾丽斯摸了下被里斯打到的地方。她能感觉到皮肤，但那块皮肤本身却没有知觉。

"你起来。"里斯说。

艾丽斯爬起来，先是两膝着地，然后站起，她肚子里的东西先是涌入口中，然后倾泻在里斯脚边。他向后跳开，而她一直呕吐，直到再没有什么可吐。她用衣袖抹了下嘴巴。"我发誓，我什么都没看到。我不应该来这里，这个我知道。我只是需要回家。"

艾丽斯抬头看天。太阳已经偏西。"我本来应该在正午钟响时到家的。"

里斯摇摇头。"现在说这个已经晚了。你跟我走。我会告诉父亲，我抓到你到处乱跑。"

艾丽斯头皮发麻，感觉有些晕。"求你。你不要那样做。我答应你们，什么都不说。"

里斯的眼睛像雪一样惨白、冷酷。"关于什么，你不说啊？"

艾丽斯看看他和塞雷丝。那女孩手足无措，像一只被追踪的鸟儿。"你不能相信她。"塞雷丝说。

"你回家。"里斯对塞雷丝说。

塞雷丝回望着他，粉红的嘴唇张开成圆形，很震惊。"全程走回去？我一个人？"

艾丽斯特别想扇塞雷丝粉红的脸颊。"你是害怕神神鬼鬼之类吗，塞雷丝？"

塞雷丝两眼收窄，上唇线变细。"不许你跟我说话。你是坏蛋，所有人都知道。"

艾丽斯嗅到燃烧的气息，像炭火，就像她自己的皮肤已经着了火一样。

"你坐视魂妖杀死你的父母。"塞雷丝说，"你请他们进入家门，替他们开门，给他们带路。"

"这是诬蔑。"艾丽斯说。尽管，假如塞雷丝了解真相，她同样会觉得艾丽斯邪恶。而那种情况下，艾丽斯无法反驳。

塞雷丝两臂交叉放在胸前，艾丽斯突然发现了她和她母亲的共同之处。她将来会如何变成方块脸，适合那种死白的围裙。艾丽斯一下子看透了塞雷丝的本质。薄而透明，像一块玻璃。她看透了她的虚荣。她渺小的自信心，以为自己有人关爱。她以为自己是个重要人物。塞雷丝过去的一切，塞雷丝将来的一切，都展现在艾丽斯面前，像一桌摆好的饭菜。艾丽斯吸入它，而这个会让她感到温暖——先从内在开始，从她血管里的血液开始。然后温暖延伸到她的皮肤，像一阵红晕那样蔓延。

塞雷丝像玫瑰花蕾一样的嘴唇由粉转白。她的脸颊也一样。她抓挠自己的胸膛，像是被噎住一样的声音从她嘴里发出，现在，她的嘴角已经开始变蓝。

"塞雷丝？"里斯叫道。他的马儿立起来，尖声长啸。

冷气突然灌到艾丽斯身上，像是突然踏入没有被加热的浴缸一样，她打了个冷战。她踉跄后退，远离塞雷丝。塞雷丝的脸颊和嘴唇迅速恢复了原有的颜色。她嘴唇扭曲，呼吸急促到无法说话。她直挺挺地举起一只手臂，指向艾丽斯，她的手指停滞在空中，她挣扎着，却说不出话。然后塞雷丝恢复了语言能力，艾丽斯发现，她没等对方开口，就已经料到她会说什么。"魂妖。"塞雷丝说，"魂妖。"

这次，整个世界变暗之前，艾丽斯没有感觉到她遭受的打击。

# 十八

当艾丽斯再次醒来，她已经被绑住了，两手在身前，还有长布片紧紧缠在她的嘴巴上。

她侧躺在雪地里，身上的羊毛衣物已经湿透。光线是横向的，来自惨淡的午后的太阳，它可能一小时之后落山，或许更快。母亲和父亲的房子在远处矗立，在她前方。房后，是他们所有婴儿被掩埋的地方。

"起来。"里斯说。

她的双脚未被捆绑，所以艾丽斯还能先跪起，再站立。里斯跟她保持足足十尺的距离，艾丽斯发现他用一根长绳牵着自己。他害怕艾丽斯。如果靠太近，他怕艾丽斯可能做出的事情。"我们现在要带你回迪菲德，你必须跟我保持这么远的距离，听到没有？"里斯急于表现出威严，但色厉内荏。艾丽斯还是点头同意。事实上，她也只能听任对方摆布。

回迪菲德的路上，艾丽斯跟在他们后面，跋涉在雪地里，塞雷丝偶尔会回头看她。她骑上了马背，里斯走在她身旁，紧握着艾丽斯那根绳子。一开始，他们俩总在小声交谈，具体内容艾丽斯听不清楚，只能猜想，其中应该有各种算计。后来，他俩安静了。

很快，艾丽斯就已经忘记了时间。天空已经变成铅灰色，非常阴沉。大片的雪花开始飘落，积雪越来越厚，前方的道路变得更加模糊，艾丽斯觉得她像被带入虚无之境，渐渐融入虚空。跟回到迪菲德，等到里斯和塞雷丝告诉长老们艾丽斯做过什么之后的结局相比，那样倒是好事了。

空气非常寂静，雪迅速落下，直直下坠，悄无声息，让他们两边的树木都披上白白的一层。当他们走出村庄与废弃农舍之间那片茂密的树林，艾丽斯听到远处隐约有马蹄声传来。

艾丽斯听到人声，然后看见两名骑手。其一是大长老的另外一个儿子，另一个是村里的铁匠。艾丽斯跟这两个人说过的话都不超过两句。

"出什么事了？"铁匠先叫嚷起来，"你们都没事吧？"两人开始显出困惑，随后有些惊惶。他们的眼睛先是看到前面的里斯，然后是马背上的塞雷丝，最后是艾丽斯，被里斯用绳子牵着。

里斯的哥哥是个高大的男孩，大约十九岁，沙砾色头发。艾丽斯想起他的名字是亚历克。"天啊，里斯！你这是跑到哪里去了？迈尔斯长老和他太太都要急疯了。村里所有男人都出来寻找塞雷丝了。"

"好吧，是我找到了她。"里斯说，"把她从那个人手里救了出来。"

他用下巴指向艾丽斯。

"她又做什么了？"铁匠问。他在宽檐帽下面眯起眼睛打量艾丽斯。

"我回头告诉你们。"里斯说，"但我要先提醒你，小心自己身后。她可是狡猾得很。"

亚历克看了一眼塞雷丝，然后又看他弟弟，皱起眉头。

"别那么白痴。"里斯说，"我说的是艾丽斯。现在我们快走吧，争取在天黑之前到家。"

他们全都默默地向大门进发。不久以后，他们就见到了第一批前去夜间牧场值班的桂尼斯村的孩子。艾丽斯在远处看到他们，感觉他们越来越接近，但她让眼睛盯着前方脚下的雪。她觉得，那些孩子应该也在这样做，她不会因此怪罪他们。当大长老的儿子用绳子捆住你的时候，完全没办法可想。

然后她听到细小的声音。"艾丽斯？"

她循声望去，出声的果然是阿伦。他不止是跟她说话了，还停住了脚步，盯着她看。她向男孩摇头，动作短促而坚决。"不要，阿伦，"她想要说，"你绝对不能这样做。"

然后她就已经走过了男孩身旁，希望他也能继续向前走，忘掉自己。可怜的阿伦，她心里想。要是没人管这个小家伙，他就完全不懂得怎样保护自己。

当他们走到通往迪菲德村的最后一段长路，天空已经暗如烟霭，也不再有桂尼斯村的孩子前往野外。大门已经关闭。

艾丽斯又冷又怕，已经有些恍惚，但如果她没被捆绑的话，这时候可能会笑出声。这些男人和塞雷丝，此前半辈子都不知道被关在大门之外的感觉，没发现自己被防卫城墙拒绝，出现在错误的一侧。大长老并没有给他的儿子们留门。她想知道掮客迈尔斯对此作何感想。当大长老下令关门时，他的小心脏会不会有一点加速，当时他的小女儿还在野外，无人保护。

里斯和另外两个男人一起放开嗓子叫门。马多格站在一座瞭望塔上方，对看门的人喊话，告诉他们开门，说有人找回了塞雷丝。他一句也没有提到艾丽斯。艾丽斯觉得，自己的处境，是难以描述的。

# 十九

　　大门一旦开启，现场就乱作一团，随着消息传开，人们指指点点，纷纷惊叫。村民们举起灯笼凑近来看塞雷丝，然后又毕恭毕敬地退开，因为大长老到了现场。艾丽斯估计，如果他们中有任何人知道真正发生过什么，他们应该就不会凑这么近了，因为害怕艾丽斯尝试把这些人的灵魂也吸出来。

　　塞雷丝被人从里斯马背上搀扶下来，交到迈尔斯夫人宽大的怀里。在艾丽斯看来，塞雷丝完全没有任何问题，但她还是让别人搀着她，就好像随时可能晕倒一样，现在又紧靠在她妈妈身上，后者姿势僵硬地揽着她。迈尔斯长老让她带塞雷丝回家。艾丽斯可以看出迈尔斯夫人咬紧牙关，抑制住维护自己地位的冲动，她显然也想趁机站到长老们的行列里。她狠狠地瞪了丈夫一眼，然后跟塞雷丝一起转身离去。其他妻子们把这个看成信号，也随后离开，一面走，一面回头看艾丽斯，眼神凶狠又好奇。

艾丽斯有一种奇特的距离感。声音变得模糊起来，甚至连她最近处的人和东西都显得要比实际距离更远，就像这世界正在从她面前退开。她眼看着男人们聚集在里斯周围。他讲话的同时，那些人看她，手捂胸部，扬起眉毛，大张开嘴巴。大长老是唯一没有乱动，也没做出反应的人。他是宁静的核心，里斯讲话的同时，他的视线转向艾丽斯，盯着她。

"砸死她！"

"烧死她！"

"淹死她！"

"打死她！"

这些话从人们的低语声中传来。

"我们将在青天白日下审判她。"大长老说。

"在此之前，把她锁到地下室里，让她没机会危害其他人。"

人们面面相觑，终于有一个人开口了。说话的是叶兹长老，在场最年老的一个。"我们把她锁在谁家的地下室呢？肯定不能选择有孩子的人家，以免她对孩子们下咒。而且，其他桂尼斯村的孩子可能会鬼迷心窍，偷偷把她放走。"

古奇长老说："为什么不关在她养父母家呢？她是那两人的罪孽，不是我们的。让他们关着她。"

其他长老们点头，咕咕哝哝。

"关在哪里都可以。"大长老说，"只要有人看着她就行。叶兹长老，你处事稳重可靠，这事儿就交给你了。"大长老冲这些人点头，然后离开了。

里斯目送他的父亲离开，然后朝艾丽斯的方向看看。"明天这个时候，你就已经死了。"

艾丽斯感觉到他特别一厢情愿，就好像这话说出来就一定能成真一样。

"最好不要跟女巫说话。"叶兹长老说。他明显驼背，就像被时光压弯了腰一样，头越来越靠近下半身。他透过乱蓬蓬的白眉毛打量艾丽斯。"亚历克，你先去，告诉她父亲发生了什么事。让他打开地下室做好准备。古奇长老，你去找沃甘和希尔。今晚他们两个看守她。"

沃甘和希尔是白天值班的门卫，迟钝粗鲁，但并没有特别残忍。艾丽斯觉得，谁来看守她都是一样。他们会在地上，而她将在地下。很快，她就会被审判并被定罪。而这个想法关闭了她心里的某些感觉，让她不再惊惶。她什么都感觉不到了。

里斯把她向前扯，走向她的家。路上挨得很慢，需要跟在叶兹长老后面。艾丽斯只想要暖和一点，把她嘴上的布片去掉。

他们前方有一道黄色光柱刺破黑暗，从母亲和父亲的房子里射出。叶兹长老首先进去，然后退出来，给他们让出空间进入。里斯进门时撞上了沃甘和希尔，然后他们后退，又挤到亚历克。除了叶兹长老之外，在场的其他人看上去都很不自信，手脚都不知道该放在哪里。本来熟悉的房间，现在却让艾丽斯感到陌生，太多人，到处都是皮革和羊毛衣服的气味。父亲站在那儿，身着长袖衬衫和工作裤，头发没梳，背向壁炉。那儿的火苗太弱，显然没曾烹煮过任何食物。母亲不在。通往他们卧室的门紧闭着。母亲啊，艾丽斯想。那根根茎还藏在她裙子里。父亲就在面前，母亲就在房门后面，艾丽斯却没有办法把母亲最需要的东西给他们。经历过所有这一切——所有痛苦、所有希望——之后，还是无可奈何。如果艾丽斯把根茎交给父亲，那么只能把他也连累进来。即便父亲可以声称他一无所知，拥有违禁根茎这件事，就足以证实艾丽斯是女巫。也许还能证明母亲也是——如果他们想到去追查艾丽斯根茎来源的话，如果他们想到打开母亲的根茎室翻板门，下去翻找所有的坛坛罐罐的活。

艾丽斯心中那个阀门再次松动，她同时感觉到害怕、悲恸和愤怒。父亲站在那里，看上去就像是目睹了过于可悲的事情，以致无话可说，也无事可做。艾丽斯那么绝望地想要跟母亲说话，那么想看到她，告诉她自己曾经那么努力尝试过。

地下室的门开着，湿土气息从黑黑的孔洞升腾到房间里。叶兹长老告诉亚历克取掉艾丽斯嘴上的布条。亚历克看了叶兹长老一会儿，张大了嘴巴，但叶兹长老只是说："去做。"

布条取掉之后，艾丽斯马上感觉松了一口气。她感觉只要能顺畅呼吸，自己就能承受其他的一切折磨。

叶兹长老就站在地下室入口后面，下巴向那个方向一点。"女孩，你下去。里斯，握住绳子。沃甘和希尔，你们等她下到底下之后，就把梯子撤上来。"

艾丽斯爬下梯子，用绑在一起的双手扳住每一个梯级。她站在地底，仰头看厨房里的光亮。五个脑袋，有里斯、亚历克、叶兹长老、沃甘和希尔，都直勾勾地俯视着她。然后梯子被抽上去，叶兹长老亲自从里斯手中接过皮绳，把它拴在地下室门板上，高于艾丽斯的头部几尺。没有梯子，是不可能够到的。

板门在艾丽斯头顶关闭，她被埋没在黑暗、寂静的湿气里。她继续向上看，那些人的脚步在上方绕圈、踏地。伴着的低沉的对话声，太模糊，艾丽斯听不出内容。她听到椅子腿划过地面，想象他们坐下来，面前放着热茶，盯着脚下的地板，不知道魂妖有没有什么法力能够穿透木料和空气。艾丽斯用麻木的手指和被绑着的手腕挣扎着解要打开身体前侧的衣裙，取出那条根茎。她把这东西藏在架子上，土豆箱的后面。也许，如果他们允许她跟父亲对话，她就可以告诉他东西藏在那里。又或许，如果母亲告诉他自己派艾丽斯去取什么，他也会想到来这里寻找。

艾丽斯听到自己在哭泣。现在没什么希望了。

她感觉那么冷。她再次扣好衣服。现在身上的衣服沉重地垂着，特别湿，融化的雪水吸入周围的寒气，又传导到她皮肤上。皮绳的长度足够让她在站立时两手下垂，但当她坐在硬实的泥土地上，却被扯得无法躺倒。她在黑暗中四处摸索，找到一篮苹果，然后是一块硬奶酪。她完全不知道自己为什么还会饿。但她还是用牙咬那块奶酪，然后咬下咸咸的一大块，几乎是整个吞了下去。她吃了三个苹果，都只剩果核，然后又吃奶酪，直到肚子饱胀起来。

她瘫倒在地板上，靠在一侧板架立柱上。她把膝盖蜷起放在颌下，两臂抱膝。吃的东西让她感觉暖和了，不再战栗，但只停了一会儿，她就又打了一个寒噤，这种哆嗦似乎从她的心脏开始，然后传导到胆囊。她穿的衣服够多，她告诉自己。她在外面牧场和围墙上的时候，条件偶尔会比现在更艰苦，但也撑了过来。至少这里没风。

"我死定了。"艾丽斯心里想，"所以我才发抖。"

战栗停止，艾丽斯感觉平静又空洞。

其实也没什么。明天会来，然后她就将知道自己的未来要面对什么。每个人都会知道她的本质。也许这预期包含着某种奇特的安慰。从她七岁以来，第二次，艾丽斯终于有一个晚上能闭上眼睛安然入睡，安静得像一块石头。

# 二十

　　第二天，那些女人来找她了。艾丽斯已经醒了几个小时，瞪着周围的黑暗，解读头顶上的声响：椅子摩擦木地板声，壁炉周围的脚步声，低沉的对话声。然后有人敲门，声音毫无必要地过高，更多人声，更多双脚。一会儿之后，脚的数量减少到一半，然后是一段漫长的宁静。再之后又是敲门，这次来的是女人们，然后是她们的脚步声和尖厉的说话声。

　　艾丽斯已经站起来，准备面对她们。这时，地下室门被向上扯开。尽管她很想知道是谁在俯视她，但她还是两手捂住眼睛，以阻挡那刺破黑暗的强光，突然出现的光线让她头顶刺痛。她透过指缝去看，一开始看到的是四个锥形，然后那些身影渐渐清晰，变成肥大的裙子和粗糙的围裙。梯子在她面前下降。

　　"上来，巫婆。"其中一个女人说，然后她感觉到皮绳被人用力一扯。艾丽斯攀爬过程中，看到迈尔斯夫人攥着绳子另一端。她身旁是费根夫人，她挎了一个篮子，上面覆盖着亚麻布。艾丽斯爬出地面时，丹妮尔夫人和哈迪夫人向后退开。

厨房空空的，很冷。桌上什么都没有，炉膛里也没有火。父亲不在，尽管艾丽斯看见他的帽子和外衣挂在墙上。当艾丽斯环顾房间，她发现沃甘和希尔已经被两名新的守卫福特和恩里克取代。艾丽斯确定她自己一定是疯了，因为发现恩里克避开自己，回避目光接触时，她竟感觉到一丝愉悦。福特倒是直勾勾地瞪着她，但始终站在宽大的餐桌后面，而且他抓住父亲的椅背时，指关节都已经在发白。

父亲从他和母亲的卧室出来。他看上去情绪低落，身体像是缩小了，皮肤也很苍白，他脸没刮，开始长出灰胡茬。

"母亲怎么样？"艾丽斯抢在任何人想到阻止她之前问。

父亲看着她，脸上的表情是痛苦掺杂着抱歉和难以置信。"她身体不好，我也没本事帮她。她发烧，睡着的时候还在呻吟。我已经两次找人帮忙，但没人肯来。"

哦，母亲。艾丽斯想起前一天，在她身上涌起的气息，像是从身体里面发出的腐臭味。艾丽斯垂头盯着地板，希望父亲也朝那个方向看，知道她留了东西在下面。但父亲受到的打击太大。而且艾丽斯很确定，像溺水时的绝望一样确定，母亲的热病已经太重，任何根茎都已经帮不到她。母亲已经教会了她，当妇女产后发热的病状侵入血液时会发生什么。一旦发生那种事，就已经没有办法可想。

费根夫人瞪大眼睛，咂舌感叹："噢，天哪，天哪。可怜的海莱德！"

迈尔斯太太的眼睛始终盯在艾丽斯身上，就像她只要移开视线，艾丽斯就会马上消失一样。"这个村子里的正派女人怎么可能愿意来这座邪恶的房子？你怎么可以对她们提这种要求？她们还得照顾自己的家人呢。这里反正也没什么可做的。这是个被诅咒的地方，这里住着的所有人都一样。"

费根夫人一手按在迈尔斯夫人前臂上。"我丈夫让我感谢你昨晚在会堂所做的工作，阿盖尔教友。你为我们建造的设施非常棒，我们不会忘记你的功劳。"

父亲泄了气，身体显得更矮小了。"那我的海莱德怎么办？你就这样忘了她吗？她哪里做过什么坏事？这么多年不都在照顾你们大家吗？她医治你们的创伤，治好各种病症。她把你们的孩子带到人世，几乎从未失去过一个新生儿。"

"没错，但她本人从未生养。而这个并不正常。"丹妮尔夫人跟哈迪夫人对视了一下，下巴向艾丽斯点一点，"现在我们知道这件事的原因了。那个妖孽待的地方，没有任何受孕的可能。"

费根夫人叹了口气，摇摇头。"丹妮尔夫人，请把窗板关严。哈迪夫人，麻烦您，点亮几盏灯。"她看看父亲。"阿盖尔教友，你应该陪着海莱德。我们女人们有事情要在这里做。"恩里克和福特对视，恩里克使劲儿揉鼻子，就像他觉得很痒似的。

"什么样的事情呢？"父亲问。

"这个与你无关。"迈尔斯夫人说。

"啊，其实有关系。这是我家，那个是我的女儿。"

"巫婆受审的时候，我们会记得这些事。"迈尔斯夫人说。

费根夫人嘴巴变成圆圆的"O"形，用皮肤平滑的胖手捂住。"哦，我的天。天哪，天哪。阿盖尔教友。我确信海莱德现在需要你。快去陪她吧。"她瞪大那双褐色眼睛看他。

艾丽斯感觉到，父亲离开房间时仍在看着自己，但她现在已经无法忍受看着他。她觉得如果自己再看，就会崩溃掉。她两眼盯着哈迪夫人，后者正在点亮第二盏灯，同时丹妮尔夫人关严窗板，把冬天的太阳挡在外面。阳光还能从窗板缝隙和边缘照进来，但房间已经浸入黑暗。艾丽斯听到卧室门打开又关上，当她转身回来，父亲已经离开。迈尔斯夫人背对前门站立，面向桌子。"坐下。"她一手牵着皮绳，把一张沉重的椅子从桌前拉开。这是艾丽斯自己的椅子，她每天都坐在上面吃午饭和晚饭。

艾丽斯坐下，感到内心的恐惧在增加，心跳也快了一些。她背向迈尔斯夫人和其他女人，她面向对面冷冷的炉膛。里面没有点火，所以，至少不会有火烧类型的折磨，她这样告诉自己。除了被火烧，她可以面对任何东西。她以前帮助母亲处理过烧伤。母亲当时说，世上再没有比这更大的伤痛了。如果你没被烧死，就会疼得宁愿去死。

恩里克和福特站在她右边，他们背对通往艾丽斯卧室的房门。恩里克嘴唇闭得那样紧，感觉像是马上要哭出来，或者开始呕吐。福特已经不再紧握父亲的椅背。相反，他手里拿着一段粗绳做成的圆圈。艾丽斯的心又快又痛地跳着。她的眼睛移向费根夫人紧紧抱在怀里的篮子。她不知道这里面放着什么。

"捆上她。" 费根夫人说。

福特俯身靠过来，那样近，如果艾丽斯想要咬他耳朵的话，完全可以做到。她想象这人血液的味道，撕扯他肌肉的感觉，还有最重要的，他的恐惧和痛苦。她沉浸在这些想法中，甚至把自己也吓到了。

这就是邪恶在她体内蔓延生长的方式吗？一旦它提升到特定水平，然后就会泛滥，失去控制。兽魔现在会怎样看她呢？然后她意识到，这些都已经无关紧要。艾丽斯现在对那个空洞已经无能为力了。也许她从来就没有任何办法可想。这个她正在成为的异类——这个才更加符合她的天性。

艾丽斯保持安静，任由福特把她捆在椅背上，绳子在她肩上绕了一圈，然后又绕过她的腰，然后再绕过两侧脚踝，把她捆在椅子的两只前腿上。福特还没结婚。艾丽斯想起这件事。她能闻到这人身上的早餐味，羊肉和奶酪，还有穿了很多次的衬衫的汗臭味。他捆完之后，仰头看艾丽斯，显出他那张芜菁一样的脸，还有那对小小的鼠眼。她嗅到了这人的恐惧，简直恶臭袭人。

或者并不……根本就不臭。它甜美如蜜，而且温暖。艾丽斯已经冷了那么久。她把福特的恐惧一饮而尽，感觉热力充满了自己的胸膛。

艾丽斯意识到原来这就是食魂。这个就发生在她面前。她感到温暖，血液上涌，情绪激昂，这种感觉让她心花怒放。如果她能做到，为什么不去做呢？

福特挣扎着从她面前退开。他剧烈地喘息，用手指着她，捂住自己的胸膛，他的嘴巴在动，但说不出话来。哈迪夫人叫嚷起来，跑到房间的另一头，丹妮尔夫人很快跟了过去。"魂妖！"她叫道，"她就是这种妖魔。我们应该烧死她，在她杀死我们所有人之前彻底消灭她。"

艾丽斯感觉到她的头被人向后揪，发髻被扯住了，她仰面朝天，看到迈尔斯夫人颠倒的那张脸。"我们早就知道她是魂妖了，你们两个笨蛋。现在过来帮我们，别蜷在那角落里。"

"我觉得这局面完全可以控制。"费根夫人说，她弯腰俯视艾丽斯。"只要有这个头套就够了。"她专注地噘起嘴唇，在艾丽斯脸部上空举着一个小小的、人头形状的铁笼。铁笼前侧有个平平的凸出部，大约三英寸长，指向内侧。迈尔斯夫人用力把艾丽斯的发髻向下扯，让她觉得自己脖子都要断掉了，费根夫人把艾丽斯整个头套进铁笼，把那个凸出部分硬塞进艾丽斯嘴里。艾丽斯呼吸困难，用尽力气推撞，却没有任何合理的用力方向。那东西只有更加深入她口中。她的脖子如果不想断掉，已经无法再向后躲避。她左右摇晃，只会让舌头划伤。她听到铃声响，意识到这笼子上挂了铃铛，前后和两侧都有一个。"咔嗒"一声，笼门关闭，在她脑后上了锁。

"好了，"费根夫人说。"一切就绪。现在没什么好怕的了。姐妹们，兄弟们。她已经被降伏了。"

迈尔斯夫人放开艾丽斯的发髻，艾丽斯抬起头，因为铁笼重量和铃声的影响，有点左摇右晃。

"这个呢，"费根夫人说，"就叫作巫婆头套。我们已经有好长时间用不到它了。但它非常适合她，就像为她定做的一样。你们看到了，铁器卡住了她脖子，纵向立柱离她的头部很近，所以她无法摆脱嘴里的铁块。笼子在后面锁紧，唯一的钥匙在我手里。她不能说话，她也不能自己摆脱头套，哪怕我们把她的绳子解开。现在，请把她从椅子上放开吧，迈尔斯夫人。"

艾丽斯本可以挣扎着反抗迈尔斯夫人。但是避开这个恶女人的冲动，却被头部的剧痛遏止住了，现在是一动就疼。艾丽斯发现，如果她完全不动的话，嘴里的铁块带来的痛苦还勉强能承受。即便是头部略微一偏，也会让铁块深入更多，令她呼吸困难。恐慌也会让她感到窒息。只有平静下来集中精神，她才能在舌头不动的情况下，顺利咽下自己的唾液。

"站起来，巫婆。"丹妮尔夫人扯了一下拴在头套上的绳子，艾丽斯跳了起来，铃铛在她耳中轰响，铁块撞击她口腔上部。

费根太太点头示意福特打开前门。

"现在，你将受到审判。"她说。

# 二十一

　　尽管所有窗板都已关严，持续的轰鸣声还是从房间外传进来，嗡嗡地震响在艾丽斯的身体里。当福特打开门，艾丽斯看到这声音来自大群聚集在外面的村民，他们等着，盯着。福特和恩里克先出来，两臂交叉在胸前，做出一副威猛又警觉的样子。人群发出的声音升高，像雷声一样震耳，而且他们像浪涛一样上下涌动。有些人看到艾丽斯就向后畏缩，也有人向前欠身。当费根夫人出现，他们都向后退开，为她让出一条通道。迈尔斯夫人从丹妮尔夫人手里抢过绳子，她拉扯艾丽斯向前，跟在费根夫人后面，带她走入雪地。看到艾丽斯和她的巫婆头套，人群发出惊恐的尖叫声。通道加宽了。

　　艾丽斯现在不能闭上眼睛，否则就会摔倒。相反，她紧盯前方，聚焦在迈尔斯夫人宽大的黑色肩膀上。她每走一步，头套上的铃铛都会丁零作响。她听到周围所有小孩的哭声。尽管她拒绝向左右两边看。她两侧的所有村民，在她看来都结成了一坨，没有任何面孔比其他人更加突出。

艾丽斯内心突然有一种熟悉的悸动，尽管她也说不清具体是什么感觉。它像一段记忆一样扰动她。她突然向右看，让铃响声突然加剧，人群意外地尖声大叫。站在雪地中间，挤在好奇村民腿脚的丛林里的那个人，是矮小的阿伦，他脸色煞白，瞪大双眼。这次他没有叫艾丽斯，当她跟男孩目光相对时，他转身跑开了。

现在，会堂已经矗立在她前方，人群在丹妮尔夫人和哈迪夫人后面重新合拢。这两人牵着后侧的绳索，绳子也都连在头套后侧，两人动作都很夸张。会堂前的庭院里，有更多村民来回逡巡，福特和恩里克冲向前去，迅速推开会堂大门。费根夫人加快脚步准备进入。迈尔斯夫人扯着艾丽斯向前走，以便跟上费根夫人的节奏，艾丽斯险些跌倒，但在最后一瞬间保持住了平衡。铃声喧嚣地在她耳边响起。

走进入口，艾丽斯看到九名长老面对着她，他们坐在会堂初建时艾丽斯父亲为他们打造的橡木椅子里。在他们身后，宽大的壁炉里燃烧着熊熊烈火。它带来的温暖在到达艾丽斯身边之前，早就已经消散。

长老们面前几尺的地方，有一件艾丽斯从来没见过的东西。那是个木笼，仍然散发着锯末和新鲜松木的气味。它大概比艾丽斯高一尺，有三尺宽。这一定是大长老要求父亲昨晚打造的设施。

费根夫人走向它，打开笼门。"姐妹们，把绳子都交给恩里克。福特，你把她放进去。"

福特在后面用力推她，艾丽斯本可以反抗他，但自己两手被绑，耳边那讨厌的铃铛响个不停，她觉得反抗毫无意义。又被推了一次之后，她已经进入木笼。笼门在她身后关闭，用铁锁锁牢。连着头套的那几根绳子现在自然下垂，堆在她脚边。

大长老向福特点头。"现在，你可以召我们虔诚的信徒进来了。"

艾丽斯能够听到大门在她背后打开，然后是杂沓的脚步声和嗡嗡的议论声，越来越响。入座的村民越来越多。再一次，艾丽斯感觉整个世界都在自己的感知中抽离，就像她本人和周围事物之间的距离越来越大，那鸿沟过于宽广，就算放声大叫，也无法听闻。她感觉到自己即将坠落，两膝都在打弯，她只能勉强让自己挺直双腿。她靠在木笼侧面，铃声摇响。身后传来嘶吼声和惊叫声。

村民进入之后，大门再次关闭，房间里暗了下来。照明灯被点燃，悬挂在房间各处的钩子上。尽管生了火，但空气还是又阴冷又潮湿。

大长老站起身。"兄弟姐妹们，我们今天被召集到这里，因为在我们中间，发现了可怕的邪恶力量。恶势力非常强大。这份邪恶力量如果不加以遏止，就会在我们中间蔓延，玷污我们每一个人。"在他讲话期间，艾丽斯感觉到他的声音在自己胸腔里回荡。他的脸貌似已经解体，部件移位，重新组合，艾丽斯又一次觉得自己有可能倒下。她前额刺痛，感觉两颊在发烧，尽管身体因为寒冷而战栗。

"对于这种邪恶，我们听过很多不同的名称。"大长老停顿了一下，环顾周围。"巫婆。"他说。

惊恐的吸气声，被抑制的尖叫声。

"魂妖。"他说。

低低的议论声，人们的吸气声。

"但是好牧人早就教导过我们，不管我们如何称呼，世上其实只有一种邪恶势力。那就是兽魔。正如我们的教众追随好牧人，由他引领我们走上正义之途，得到他的宽宏仁善的守护一样。兽魔的孩子们也跟随它，走在作奸犯科，永世遭受诅咒的邪路上。"

艾丽斯盯着大长老身后噼啪作响的柴火。她还是感觉不到任何热力。她在流鼻涕，感觉嘴唇发痒，尝到了铁味儿。

"有一名兽魔之子在我们中间长大。我们一直以善意对待它，养育它，给它栖身之处和保护。这妖孽很狡猾。它一直在暗中耻笑我们、嘲弄我们。而我们尽管心怀赤诚，却不够明智。我们没有看穿它狡诈的伪装，揭露出它内心暗藏的兽魔。

"不过，现在，我们已经看清真相。我们再也不能在真实面前自蒙双眼。好牧人在召唤他的牧群，我们必须听从他的召唤，追随他。只有他能引领我们走上正途，远离邪恶。

"我们现在已经识破了这种邪恶。它就在这个房间里。而我们必须摒弃它。"大长老坐下来，两手交叠放在大腿上。他用灰蓝色眼睛盯着艾丽斯，艾丽斯毫无感觉，内心毫无触动，就像只是在跟岩石对望。

你不可能看透顽石。

屋子里一阵喧闹，声音大到屋宇都在震动。

叶兹长老站起来，打开一份卷轴，清了清嗓子。"女教友塞雷丝·迈尔斯，请你站到前面来，指证这妖孽。"

塞雷丝坐在她母亲身旁，会堂中女教众的一侧。她身穿一件灰布长裙，头发绾成特别紧的发髻，一丝不乱。她仰面看叶兹长老，然后垂头起立，还轻轻把身体摇晃一下，就像她两脚还是不太稳一样。

迈尔斯长老向前探身："你身体没事吧，我的孩子？"

"是的，父亲，我还好。"塞雷丝说。她挺直身体，深呼吸。

大长老盯着那女孩，他的眼睛高深莫测，面无表情。

然后艾丽斯不再看他的眼睛，而是看穿他本人——窥视他冷酷的内心。他早就知道，艾丽斯心里想。他了解自己养大的那个儿子，他和塞雷丝在搞些什么。他当然心知肚明。艾丽斯能够看穿他隐藏的谎言，就像他的胸膛完全被打开了，展现在她面前一样。

如果艾丽斯离他足够近，她确信自己一定能嗅到那些谎言的气味。它们会像醋一样酸。

"事情发生在昨天。"塞雷丝开口说，"我在外面采摘苹果，想要给母亲和父亲一个惊喜。"她快速看了艾丽斯一眼，然后又迅速把视线移开。"艾丽斯告诉我某处有一棵苹果树还没有被摘完，而且苹果还都是好的。她告诉我那棵树在什么位置，所以我就去了那里。"

叶兹长老皱紧眉头，直到两道白眉变成了连贯的一条。"这个季节去采苹果吗，孩子？"

会堂中女人一侧响起议论声。艾丽斯不知道哪件事让她们更震惊——雪地里的苹果，还是塞雷丝居然会干活儿。

"这孩子容易相信别人。"迈尔斯长老说，他没有看叶兹长老，而是看着靠近自己的大长老。"而那个邪恶的人很狡猾。"

"是啊，"塞雷丝说，"她果然是在骗我，我没能找到那棵苹果树，所以我就掉头回家。然后突然一下，她就出现了。我没听到她发出声音，那之前也没看到过她。"塞雷丝看看自己周围。"就像她是一下子凭空出现的。"费根夫人一手捂住自己张开的嘴巴，整个房间里到处是惊恐的吸气声。

"于是我说，'艾丽斯，你吓到我了！'然后那件事就发生了。就像她一下子深入到我身体里。我无法呼吸，我无力呼救。如果里斯教友没有碰巧遇见我们的话，她会把我的灵魂撕扯出来，我知道她一定会那样做。"塞雷丝倒在她的位置上，把脸埋进母亲的怀里。

艾丽斯闭上双眼。塞雷丝在无关紧要的细节上一直撒谎，但她在最关键的一点上讲了实话。艾丽斯的确曾经试图吃掉塞雷丝的灵魂，她自己也无法否认这个，而且她在这个过程中感到满足。她记得那份热力涌入身体的感觉，还有那种蔓延到皮肤的红晕。她这辈子从未感觉到如此清醒。而现在，她已经无法回归此前那种昏昏欲睡的状态，她还没有学会嗅出别人灵魂时的那种懵懂，已经不可能再回来。她现在已经不仅仅是跟魂妖相像，像兽魔早就说过的那样。她现在已经是她们中的一员。艾丽斯看向窗户。天空正在变得暗蓝，黄昏已近。其他桂尼斯村的孩子将会走向原野，登上围墙，保护这座村庄，免受她这样的生物损害。

"里斯·费根教友，"叶兹长老说，"请你来指证这妖孽。"

里斯从他的前排位置上站起身。"我是在猎鹿途中遇见她们的。"里斯说，"当我看到那个妖孽在对塞雷丝女教友做的事，我就把她打倒了。然后我把她捆绑起来，带回了这里。"他再次坐了下来。艾丽斯注意到周围的人都很失望。村民们本以为可以了解到更多的细节。

在随后的寂静中，丹妮尔夫人跳起来。"魂妖，"她指着艾丽斯叫嚷，"巫婆！在她害死我们所有人之前烧死她。"她望着长老们。"我们必须自问，她已经在我们中间导致了多少疾病？她已经给我们带来了多少不幸？有多少女人因为她不能生育？她自己的养母就一直无法受孕。为什么呀？我请问你们大家。我就可以告诉你们答案。那妖女在她睡觉时，就会把胎儿吸出体外。阿盖尔女教友在家里收留了那个妖孽之后过了这么多年，如今已经瘦得皮包骨头。我们都知道，那个可怜的女人已经活不过今晚。"

"唉，这是真的。"哈迪夫人说，"而且，这巫婆还曾试图吸走福特的灵魂。"她用下巴指向福特，后者咕哝着点头，环顾周围的人们，挺起胸膛。

房间里人们议论纷纷，交谈声在艾丽斯耳朵里嗡嗡作响。她感觉到整个会堂都在倾斜、变形，她已经无法分辨自己到底做过什么、没做过什么。现在这些都已经不再重要，她在脑子里做这类区分也没有意义。结局反正都是一样。她瘫坐在她的木笼底板上。这是父亲为她打造的囚笼。父亲。父亲为她打造了一副木笼。他别无选择，但毕竟这件事对她的伤害，超过其他一切。

更多声音响起，压过其他议论。

"魂妖袭击桂尼斯村时，她不就是唯一醒着的人吗？"

"我听说，她当时在村里蹦蹦跳跳，就像什么都没有发生过。"

"我听说她当时还在唱歌。"

"那是召唤妖怪的咒语吧！"

有人尖叫，有人在哭。先是某个女人的声音，然后是某个男人。人们来来回回议论。艾丽斯闭上双眼。

"她杀死了亲生父母，还围着他们的尸体跳舞。"

"她吃掉了他们的灵魂！"

"是啊，所有灵魂都是被她吃掉的！"

"她为什么会让那些孩子活着呢？"

"要把他们变成魂妖，让他们变得跟她本人一样邪恶。"

"她不是一直在这样做吗？桂尼斯村的孩子们不是一直都在

抛弃我们，一个接一个消失吗？"

"是啊，用不了多久，她就会把他们全部带走，然后我们就没人可以派去看守围墙了。"

"到时候她就会把魂妖带回来，消灭我们所有人！"

那么多人一起说话，但艾丽斯却能分辨出其中每一个人的声音，就像每一根钢针刺透她的皮肤。

艾丽斯听到玛丽在说，当年母亲给她治病的时候，艾丽斯曾经怀抱她的婴儿。她听到教过她算术的埃利斯教友也在说，她听到埃琳和弗洛尔也在议论——这两个女孩跟艾丽斯年龄相仿，但这辈子都没有被迫攀爬过结冰的围墙。

大长老提高嗓门儿，压过所有的议论声。"安静，男女教友们。"现场还是有议论、有质疑，但声音变小了。

"野狼已经在我们周围聚集，但所有好牧人的追随者，都会在他的关爱中获得安全。兽魔的孩子只是对我们虔诚之心的考验而已。它只是一匹狼，威胁着我们的羊群。等我们消灭了它，我们的羊群就会重新在好牧人的怀抱里安全地生活。"

更多低语声像波浪一样涌到远端，然后又蔓延回来。

"烧死她！"

"你疯了吧。要是整个村子都着火了怎么办？"

"淹死她！"

"要是她浮上来呢？然后你们怎么办？话说回来，最近处的池塘现在还结冰呢。"

"用石头砸死她！"

"嗯。这办法可行。或者压死她也行。"

大长老举起双臂,掌心向前,周围终于安静下来。灯火把一条条的光亮和黑影投射在他脸上。"这妖孽想要吓坏我们。所以我们将会用这类妖孽最害怕的方式消灭它。用火。明早天一亮,所有身体健康的村民都来出力,我们将装满三大车的木柴。然后这妖孽将被带出村庄大门,到西北方向的空地。我们将在那里燃起火堆,为我们彻底清除这邪恶的东西。而在大火的光芒里,我们将会一起吟唱感恩和赞诵之歌。"

艾丽斯觉得冷,非常冷。她蜷缩在地上,寒气涌上她的衣裙,爬上她的皮肤。她试图想象火苗在身体周围腾起,舐舐自己的身体,但发现自己想象不出。村民们鱼贯离开会堂时,艾丽斯感觉到木笼在她周围晃动。她观察身边经过的那些脚、裙边,还有沾了灰泥巴的靴子。她对明天毫无期待。那份阴冷,还有她心中巨大的空白,就是她现在所知道的一切。

# 二十二

　　村民们早已离去，环绕会堂的灯渐次熄灭。窗板关严，阻挡室外严寒，蓝色月亮从木板缝隙里照射进来。

　　除此之外，会堂内一片昏黑。但艾丽斯敏锐的眼睛还是能分辨出她的守卫者粗笨的身形。沃甘和希尔被留下来，在夜间看守她。他们蜷缩在冷冷的壁炉前，盖着毯子，那里的火在几小时之前就已经熄灭了。

　　一开始，两个人还小声对话，时不时紧张地朝艾丽斯的方向看。然后他俩安静了下来，时不时发出鼾声。当艾丽斯微微挪动身体，铃铛响起，两人会跳起来，各就各位，抓起弓箭。艾丽斯不知道，魂妖会不会被弓箭这么原始的东西杀死。她对此毫无头绪，而且怀疑沃甘跟希尔也同样毫无头绪。

　　会堂大门被捶响。艾丽斯转头看去，铃铛响起。沃甘和希尔咕哝着挪动身体，坐在各自位置上，瞪目观看。"喂。"希尔说，然后他站起来，走向门口，一路都顺着墙根，小心地绕开艾丽斯的木笼。他静听门外声响，门是从内侧用长长的木闩封死的。"谁在砸门啊？"

"我是阿盖尔教友。"父亲说。

希尔回头朝沃甘看看，扬起眉毛，尽管艾丽斯觉得，沃甘应该没办法在黑暗里看清他的面部表情。

"那么，他想来干什么呢？"沃甘说。他声音低沉，传过凄冷静滞的空气。

"那么你想来做什么？"希尔透过大门问。

"我给你们带了生火用的木头。"父亲说。

"让他进来。"沃甘说，"我都快要被冻死了。"

"你真的确定要这样吗？"希尔回头问沃甘，"他可是这个妖孽的父亲。"

"在我看来，"沃甘说，"这妖孽在桂尼斯村就杀死了她的亲生父亲。你跟我一样，都了解阿盖尔教友这个人。让他来给我们生个火。他不可能伤害我们。不管怎么说，我们也是两个人对他一个。"

希尔耸耸肩，从门后摘掉门闩。门打开，冷风从门洞里涌进来，闯过艾丽斯身旁，强烈到让她牙齿生疼。希尔在阿盖尔进来之后马上关门，把门闩放回原位。

阿盖尔背了一大捆木柴，斜挎在肩上，沿着过道走来，经过木笼，但没有看艾丽斯。他经过时，艾丽斯握住牢笼的木条，那么用力，以致木刺穿透了她的皮肤。

父亲在壁炉前放下他背负的东西，开始生火。他把一个沉重的罐子放在脚边，扯下手套，两手放在罐子上，似乎是要暖手。希尔和沃甘坐下来，把毯子一直围到下巴。

"那个，是茶吗？"沃甘问。

"是啊。"父亲说，他在堆放小木片，排列得很小心。

"热的吗？"

"嗯。"父亲说，"随便喝。"他堆好了木片，取出几块燧石，打出火星，引燃一点小火，然后开始吹气。

沃甘和希尔的头凑在一起，艾丽斯听到倒茶和嘟囔声。"哦，这个真棒。"其中一个说。两人快活地感叹着，坐回他们的椅子里。时间慢慢过去，他们饮着茶，火苗越来越大，变成橙色，热到连艾丽斯偶尔也能感觉到一丝温暖，虽然仅够让她时而打个寒战，意识到自己有多冷。父亲静静坐着，蹲在火苗前，看着火焰。

"阿盖尔女教友她怎样了？"希尔的声音，粗重中带着困倦。

父亲没出声。

希尔看似已经不想听到答案，因为他也没有再问。艾丽斯听到金属杯掉落在地的声音。然后又一下。父亲站起来，把杯子扶正，捡起他的茶罐和他的背囊，朝艾丽斯方向看。"哦，孩子。"他说。

艾丽斯这才知道，他是来救自己的。她发出一声呻吟，自己都无法辨认这算是什么。这是哭泣，她意识到。也是时候了，她觉得。上次已经是八年之前。

父亲用一把刀的尖端插进木笼门上的铁锁孔里，用力扭动。然后他用力一扯，把锁撬开。他用同样的办法打开了头套上的锁，然后把它从艾丽斯脸上卸下，用同一把刀割断她手腕上的绳子。她的双手重获自由。父亲又取出塞在她嘴里的铁块。艾丽斯用衣袖抹了下她的鼻子和嘴巴，咳了几声，吐了痰。"母亲。"她说，她的声音像是被烧伤后的低语，只能从喉咙后部发出。

"海莱德死了。"他说，"现在跟我来。快一点。我不是配制安眠药的专家，我必须在这两人醒来之前送你出去。"

母亲。艾丽斯甚至没能向她告别，或者感谢她教会自己的那些东西……或者告诉她，自己已经有多爱她。她没能告诉她，自己知道她隐秘的痛苦，并且因此更爱她。她还想告诉母亲，艾丽斯觉得她是整个迪菲德最勇敢、最真诚的人。

艾丽斯想象母亲的面孔，那么安静，同时又那样躁动。她已经学会了通过母亲眉毛极其轻微的上扬或者下巴微微一点解读母亲的表情。她不知道母亲现在会是怎样一副表情。如果她还活着，并且知道艾丽斯刚刚做过的事。艾丽斯感觉到羞耻，强烈的羞耻，然后那羞耻感自行耗尽，一块沉重的巨石坠入她身体中的某处——寒冷，死气沉沉——那是她的心脏和肚腹应该存在的地方。她现在仅能让自己继续坚持行进。但她需要继续行动，哪怕只是为了不辜负父亲。

父亲扛起背包，她跟在后面出了会堂大门，到了外面寂静的迪菲德村里。月亮照亮房顶的积雪。围墙上三座瞭望塔上的灯闪亮在北方、南方和西方。他们向西走，朝向村镇大门。艾丽斯用两臂抱紧身体，感觉到冷风吹进她粗糙的棉布上衣和羊毛布裙。她感觉心脏紧绷、冻结。她无法回想起父亲燃起的那堆火带来的温暖，或者当她被释放时的那份解脱感。

当他们走到家门口时，父亲停住脚步。

他说话时直视前方，没有看她，实际上像是没有看任何东西。"去大门口，伊妮德会在那里等你。她有衣服和食物给你。然后你就必须离开，尽可能远，远走高飞。"

艾丽斯盯着他，好半晌。"跟我一起走吧。"

父亲向前倾身，把干燥、颤抖的嘴唇吻在她额头上。她深深吸气，嗅到湿羊毛和木刨花的气息。然后他离开艾丽斯。"走吧，孩子。现在要安静，要快。海莱德要求我把她埋在老房子后面的树下。我明天一早就带她去那里。"

"他们不会允许你这样做的。"艾丽斯说。

父亲推开门，里面是他们家黑暗的厨房和空空的炉膛。"他们不能阻止我。"他回手关了门。

# 二十三

　　艾丽斯靠近围墙大门时，她看见伊妮德手里拿着一个口袋，还有一个深色包裹。风卷起艾丽斯的裙裾，像鞭子一样挥舞，她低头迎风前进，加快脚步，两眼感到灼热。伊妮德的脸惨白，蓝灰色的嘴唇紧紧闭着。在伊妮德身后，艾丽斯看见马多格，还有些年龄较大的桂尼斯村的孩子，他们正在举起那根晚间用来关闭大门的巨大横梁。她看了一眼门房，意识到不管是谁当值，他一定也喝了催眠茶。

　　当艾丽斯靠近到可以触及的距离，伊妮德伸手握住她的手腕，把她拉得足够近，以至当她说话时，艾丽斯可以感觉到她的呼吸暖暖湿湿地弥散在自己脸庞周围。"去匹兹戈。告诉他们你的家人都是游商。就说他们被魂妖害死了，你是唯一幸存者。这已经非常接近事实真相了，不是吗？"

艾丽斯没有说出显而易见的困难，也就是匹兹戈人完全没理由接纳她。她已经不算是小孩子，他们不会觉得自己有任何义务。最好的情况，那些人也无非会给她吃顿饭，然后打发她走人。

伊妮德捏了一下艾丽斯的手腕，让她回到当前。"只有这条路了。现在走吧。"但她并没有马上放开艾丽斯，反而把她拉近，紧紧拥抱她。她小声在艾丽斯耳边说："你绝对不要再回这里来，艾丽斯。我们会去找你。然后我们又会在一起了。"艾丽斯不敢紧抱伊妮德，担心如果这样做了，就不可能再放手。她在伊妮德怀抱里，会感觉自己又成了小孩子，想要妈妈，想要爸爸。

伊妮德把那只口袋放在她脚边，打开包裹，里面有一件艾丽斯的羊毛裙，还有妈妈的那件厚外套，一条围巾，还有她的手套。伊妮德帮着艾丽斯穿上它们，她说话时，呼吸在夜间寒气里变成白白的云团。"躲在森林里，沿着河道走。我不认为他们会派任何人去追你，但如果派人的话，大路就不安全。河道会带你一直走到匹兹戈。一直走，不要停。黑夜里绝不能在野外休息。"

伊妮德不用明说，她和艾丽斯也都知道那种危险。哪怕艾丽斯只是在雪地里坐一会儿，闭一下眼睛，她就肯定会被冻死。然后她就会成为野狼的食物。夜间气温太低，艾丽斯两眼刺痛，眼泪都会在脸颊上结冰。当她用鼻子吸气时，鼻涕也会结冰。这不是好兆头。

她们身后有口哨声。是马多格，他在看天，天空依然一片漆黑，但他的信息很明白：现在没时间聊天，她必须马上出发。

艾丽斯走出大门时，向马多格和其他孩子点头。她回头看了足够长的时间，对伊妮德挥挥手，她还站在那里目送她。然后大门关闭，迪菲德变成了一堵黑墙，在她面前紧紧关闭。她抬头看最近处的瞭望塔，那里的灯闪着橙色光芒，她看到一只手的形状。她举起自己的手做回应。

然后她转身，看她面前的世界，一片冰雪世界，死气沉沉的原野，还有黑色枪阵一样的树木，排列在天空与大地的边界线上，南面，北方，西边，都是一样。她朝南面看，看匹兹戈方向，她估计是在几天路程之外。她以前从未去过那个地方，但她知道没人去那里的原因——只有游商例外。因为从这里去那边的路上，你将不得不在野外宿营。那片原野里野狼肆虐，又有魂妖出没。

艾丽斯在靴子里弯着脚趾，用脚踏地，让它们恢复知觉。她以为会听到被踩实的积雪发出回响，雪被人的脚步、兽蹄和车轮压实。但相反，她的脚跟踏进了烂泥里。她低头看到一圈积雪在她两脚周围融化，就像她在大地上烧出一个黑色圆圈。然后那个小点向她右侧延伸，在白色雪原里形成一条长长的黑色道路，通往北方森林。她再次向南方的匹兹戈方向张望，那里是她本来要走的路，风却在此时加剧，呼啸着，把冰雪卷成暴烈的螺旋阻挡着视线。风像是尖牙咬在她脸颊上，让她视线模糊。艾丽斯跟跄后退，她的两脚再次踏入烂泥。她转身背向寒风，哪怕只有一会儿也好，至少能喘口气。风还在她身后吼叫，但仍在推动她向北，态度强硬，目标明确。

但北方什么都没有。北方是荒原，还有一座村镇的残骸，那里曾被称为桂尼斯村。

风仍在吹，在艾丽斯耳边尖啸，像一个人的哀号。寒冷用它冰凉的手指伸到她的外衣下面，用指甲挠过她的皮肤，径直插入她的心脏。她打着寒噤，身体发抖。这样僵持下去是不行的。她必须行动起来，离开这个地方。然后她可以重新寻路返回，找到前往匹兹戈的路。她走上那条黑色的融雪之路，循迹向北。至少，她告诉自己说，迪菲德村的任何男女村民，都不会想到往那个方向追她。

# 两姐妹将以那份恐惧为食

　　两姐妹穿林而行，雪花像绵羊一样在她俩前方分散开去。她们互相对视，在冰灰色的双眸之上，眨动水晶一样的睫毛。

　　一个发色浅黄的小男孩在她俩之间飘行。

　　某种东西吸引了这三个人。那是一种气味。他们的渴望跟这道气息一起在增加，很快，他们已经不再飘行。他们疾驰。他们飙飞。

　　"那恐惧，妹妹，你嗅到了吗？"

　　"我嗅到了，安杰莉卡。"

　　"这不是我们的恐惧。"男孩说，"我们没有发出这种气息。"

　　"的确不是。"贝妮迪克塔说，"是另一个人发出的。那个绿色树林中的女孩。"

　　姐姐对妹妹点头。那个绿色树林中的女孩。她们嗅到的是她的气息。这女孩已经留下了她的印迹。

　　"艾丽斯。"那个男孩说，"这是她的名字。艾丽斯。"

　　"她现在跟我们一样了。"贝妮迪克塔说。

　　"更像我们，但还没有成为我们。"安杰莉卡嗅了一下风的气息。

　　"她现在离开了他们。但也让他们心生恐惧。他们关门闭户。他们在祈祷。"

三个人一起停住，他们已经到达。他们站在雪地里，在黑暗中。灯火在他们头上的高塔上闪烁。三个人一起看那座巨大的木质围墙，那堆柴火棍儿，村民们堆起来保护自身安全的东西，用来限制他们的恐惧。但现在，那份恐惧已经强烈到无法抑制。它渗流出来，翻过了围墙，它像迷雾一样弥漫在周围的旷野里。它充斥在魂妖的鼻端，而那气息极为甜美。

　　"那么，时机到了吗？"男孩对他的姐姐们说。

　　"是的，"两姐妹说，"时机已到。"

它将
吸走
你的灵魂

# 二十四

　　艾丽斯循着那条黑色缎带一样的融雪线进入荒野。她去过南方森林很多次，但之前却从未来过这片森林。这是一片荆棘丛生的土地，把迪菲德周围的安全区域跟桂尼斯村周围的死亡之地隔离开来。那里曾经是她的家。

　　这里就是父母经常警告儿女小心的那种森林，所有故事都发生在这里，这里是噩梦孵化之地。但也只是一片森林而已，艾丽斯告诉自己，这里跟其他任何森林没有区别。但不知为何，这里还是比她此前见过的任何森林都更加幽暗。头顶树枝交错，脚下盘根错节。她周围的树干看似不断扭曲，引诱着她、威逼着她。进入这片森林，就像在被它吞噬。

　　风声也变得模糊、虚弱。她还是能感觉到冷气直入骨髓，但现在更像是持续的隐痛，而不是此前剧烈的刺痛。冰雪覆盖着林中空地，月光在平滑的白色表面反射回来，艾丽斯能够隐约分辨出前方通道，那条路一直保持着湿润的深黑色，不管周围如何保持着大片的白色冰雪。她回头看，通往迪菲德的黑色线条却已经消失，再次被冰雪覆盖。

艾丽斯打着冷战，浑身发抖，那份寒意从她内脏开始，一直向整个身体蔓延。她上下牙齿在打战，脚下不止一次踩空，因为她感觉不到自己的双脚。

这处境令人绝望，她知道。天太冷，路途过于遥远。如果她能一直走到桂尼斯村，她或许可以在那儿找到藏身处。她甚至可以在某座没有完全倒塌的房子里给自己生一堆火。但她现在已经走了好几个小时，无法想象自己还能继续跋涉几小时。她走不到一半路程就会死掉的。而这还是假设她知道路线的情况下，问题是她不知道。她现在已经感觉到那份可怕的诱惑，只想倒在地上，在树根旁边蜷起身体，沉沉睡去。也许那些树根会包裹住她，把她扯入地下，到土壤仍然温暖的地方去。

她听见一只狼悠长的嗥叫声，辗转不绝。声音在她左方，但一点都不遥远。之后又一声狼嗥，回应前者，在她右侧。她望向荒野。但尽管她眼神很好，也只能想象它们的身体的轮廓。两种不同的嗥叫声，两只狼。如果有两只狼出现，那么一定会有六只，甚至更多。

现在逃跑，对她来说完全没用。狼想要的就是那样，然后它们就可以咬她的脚后跟，从后面扑倒她。

艾丽斯胳膊上寒毛竖起，胸中掠过一阵战栗。她听到了狼爪踏在雪地上的脆响声和摩擦声，皮毛擦过树皮的声响。那声音两侧都有，围绕着她。她站住了，等着。

踏地声和摩擦声在她周围成形，弓着背的动物身影从树林里出现，有的白，有的灰，有的黑，有的带斑纹。总共有六只狼。不对，八只。它们低吼、吠叫，既兴奋，又不太有把握。

其中一只比其他狼更大一点儿，更勇敢，距离更近。它的两眼盯紧了艾丽斯。

她以前从未如此靠近过一只狼。它们跟狗毫无相似之处，它们体内没有狗的个性。它们身上根本就没有任何艾丽斯能够辨识的东西。艾丽斯从未感受过这样的恐惧。她被吓得有些神志不清。

狼的嘴唇后龇，露出牙齿，狼鼻抽动，嗅着气味，狼舌舔着空气。狼背和臀部的毛竖起。狼不会感觉到寒冷。

现在艾丽斯感觉不到寒冷。她不再有任何关于严寒的记忆。她只记得血、雪中燥热的尿味儿、狼群。她嗅着空气，喘息，低吼。她感觉到腹中饥饿，十分难熬。她已经很久没有吃到食物了。她感觉到自己背上的毛竖起，探向空中，又兴奋、又警觉。她流着口水。狼的气息充斥她的胸膛，狼的血流经她的脉管，她用狼爪踏过雪原。她把狼引入内心。狼就是她。她在鼻子里嗅到它，嘴里尝到它苦涩的味道。然后她发现自己喜欢那份苦涩，这味道让她整个人都要燃起来了。

然后她就不再是狼，她又成了艾丽斯，但是更敏锐，更强壮，也达到了前所未有的清醒程度。她是艾丽斯，但不复疲劳，不再有疑问。她是艾丽斯，但不再伤心。她感觉自己从地上站起来，满心欢喜。她周围的夜一片浓黑，但她能够看透夜的黑暗。严寒扫过她的皮肤，却不能侵入。她的脚趾仍踏在地上，但已经不需要休息。

那只大狼已经倒下，像被放了气，被掏空。它躺在雪地上，像一张去除了肉体的毛皮。其他狼吠叫，哀号，然后退入黑暗的森林，逃得无影无踪。

它们的叫声让艾丽斯回过神来。寒气刺痛了她的鼻孔。她的两脚沉入积雪，她剧烈颤抖，就像所有羊毛衣物都已经被脱去了一样。

就在她面前的雪地里有一只死去的狼，她知道是自己杀死了它。恶心感从她两脚涌起，进入她的肚肠，然后是胃，最后涌进嘴里，之后艾丽斯双膝跪地呕吐。吐出来的东西弥漫着死亡气息。它冒着热气，沉入她面前的道路里。

艾丽斯看着那只大狼，朝它伸出手，一手放在它的鼻端。她用另一只手抚摸它的腹部和脊梁。艾丽斯以前见证过死亡，很多次了。但以前从来都不是她导致的。她吸取了让这只狼得以存活的东西。不是它的血，也不是它的肉，而是另一种东西，某种更加重要的东西。雪地里这只死去的东西不再是一只狼，它已经不再是任何东西。那个仅仅几分钟之前向她露出獠牙的生物，它曾看上去比人类更强壮、更大，当前在她的抚摸下，却显得那么瘦弱，就像她轻易就能捡起这堆东西丢掉一样。

比杀死这只狼更可怕的，是另一种感觉，它让艾丽斯感到羞耻，想要远离自己：她享受这个过程。她现在还能想起血液和皮毛中蕴藏的热力，那感觉让她忘记了何谓严寒。

艾丽斯因为自己的行为感觉到的负疚和恐惧，一开始如此强烈，她以为自己会蜷缩在这只狼厚实的皮毛旁边，自己也去死，但她已经不再想触碰它。她只想远离它，远离关于她自己的真相。

她是个魂妖。

但她不会是那么可怕的东西。

但她就是。

她不想成为那种生物，她曾经感觉到的那份短暂的狂喜，如今已经被悔恨完全抹除。她想要相信，自己为那只狼感觉到的哀伤，意味着她仍然入迷途未远。世上或许还有另外一条路，在她不能再假装的好孩子路线，与她不想成为的邪恶角色之间。

她站起来，耳朵里不再听夜间的种种声响，无视被风摇动的树枝，无视树叶的响动。世上再没有任何其他东西值得去听，去感触，去触摸和观看。她耳朵里只剩下自己的呼吸，她两脚麻木，感觉离自己膝盖特别遥远。她踉跄着继续前进。

伊妮德给她的包裹一开始感觉很轻，但现在却成了她背上的重负，压着她的肩膀。她感觉到一种冲动，想要拿掉它，丢弃在这里。毕竟，只有活人才需要食物。

她的皮肤在疼。她衣服上的棉布和羊毛摩擦着她的肩膀和躯干，她之前只在躯体中感觉到的战栗，如今已经深入骨头。

再走远一点，只要一点点就好。

这是她内心的一种声音，但又不是她本人。它奇特而又熟悉。她认出这声音在她胸中某个部分形成的震动感，它以前也曾响起在同样的位置。每次她双膝发软，脚步放慢，那声音都会回来。

再走远一点，只要一点点就好。

她想象兽魔站在她头顶的树上。

因为她听到了皮革质地的双翼在头顶拍响。但当她仰面观看，视野中却只有漆黑的夜，只有雪。

那条黑带一样的路线带着她，不断向前，向前，穿过树枝，绕过树桩，穿过树林和岩石阵。上坡过岭，绕过障碍，她两脚的麻木感向上延伸到双腿，直到她摔倒的次数多过走路。她头晕目眩，每次上下颠簸，都会觉得心脏狂跳。她感到恶心，非常恶心。艾丽斯曾经见证过很多人发烧，当然知道自己身上的症状。

她在爬坡，一直在爬，已经有一段时间了。她记得在迪菲德跟桂尼斯村之间有座山，一座黑山，一直都在北边天际线上。她右手边地势更高，这条路带她缓缓上坡，时不时会有陡坡出现，她手脚并用向前行进。透过羊毛手套，她用双手攀住树皮和岩石。麻木感顺着她的胳膊向上延伸。道路变得更加陡峭。她坐在一块岩石上，两手抱头，感觉到岩石的冷气透过羊毛衣物，直接贯穿她的臀部和大腿。"我做不到，"她心想，"再也走不动了。"

然后她嗅到了土地和雨水的气息，感觉到爪子搭在她肩上，一只尖瘦的下巴擦过她脸颊。但她肩上并没有爪子，只有她头脑里和胸膛里的声音。

再走远一点吧，女孩。就在那边。马上就到。

艾丽斯考虑着怎样再次站起，用意志力命令双腿撑起她，带她继续前进，但不确定它们能否听从。它们听了，而她继续爬山。然后她变成爬行，手脚并用越过岩石，拖着自己穿过泥地、灰尘、落叶和枯枝进入她的衣服里、她的头发里。她已经不再向前看。眼中只有她脚下积雪融化的地点，然后是下一个点，再下一个点。

当上坡结束时，艾丽斯感觉到一阵茫然。她的前方是一片开阔、平缓的斜坡，通往一座小木棚，它建在山脊侧面。黑色的融雪线一直通往木棚门口。

艾丽斯觉得她或许在做梦。也许发烧症状终于主宰了她，她实际上还在森林中的某处，蜷缩在雪地里，睡着等死。她站起身，看她面前的木棚，然后看天。天色正在变蓝，黎明将至，星星开始隐去。周围的白雪亮堂堂的，木棚顶上也一样，它的屋顶是一片纯白。艾丽斯推开门，发现这木棚建造在一座小山洞的入口。棚里有个用石块垒成的简单炉灶，炉膛里整整齐齐堆着木材和引火物。灶台顶的石板上放了一副打火石。

她双膝跪倒在壁炉前，摘掉她沾满泥巴的手套，用僵硬的手指拿起打火石。她的两手不听使唤，它们已经太沉重，太麻木。然后，突然有火星落在引火材料中间，火焰腾起并且延展开去。木柴开始噼啪响着，快活地燃起。艾丽斯坐在脚跟上，等着身体暖起来。

火苗变大，发着橙光。艾丽斯环顾周围。棚里有好大一堆稻草，上面有些毛皮。棚子歪向一边，看上去摇摇欲坠，就像已经多年无人居住。她向前欠身，闻了下稻草的气息。久远、有霉味。皮革感觉又湿又硬，有些年头了。门口还有另外一堆稻草，艾丽斯也翻捡了一遍，某种动物曾经在这儿住过一次，但那也是很久以前。

她打着寒战，再次靠近火。她应该吃些东西，但想到食物就觉得反胃。火的热力仅仅温暖了她的皮肤。她的身体还是感到寒冷，冷到无法想象这辈子还能暖和起来。她脱掉靴子，把它们放在火旁边，但又没靠近到可能烧着的位置。她迫使自己脱掉湿衣服，等到只剩内衣，就钻进毛皮下面，把她昏沉沉的头放低。她翻身侧躺，双膝蜷到胸前，把冰凉的手指贴在发烫的脸颊上。她盯着火苗。

火炉的右侧有块平整的岩石，高度还不到膝盖，仅够放一口锅。上面放了某种东西，当火苗舔舐着它，艾丽斯不停地打着寒战，她也好奇那个会是什么。她的眼睛闭合，一次，两次，但她下定决心要搞清楚那东西是什么，哪怕是要从毛皮下面爬出来去看。

她一点点向前挪动，用最短路线来到那块岩石的位置，还有上面的那东西旁。事实上，那里不止一件东西，而是两件。她用手指摸索，抓到它们，然后把它们拿到自己身旁。

第一件：一把小小的、锋利的刀，它的木柄是手工刻成的。

第二件：一副沉重的铁手环，上面刻着数字"9"。

艾丽斯听到宽大翅膀的扇动声，还有沉闷的撞击声，就像某只沉重的鸟儿落在房顶。她把刀和手环放在地面上。然后在毛皮下面缩得更深一些，让皮革一直盖到眼睛，把冰凉的手指放在下巴以下。她打着寒噤，抖个不停，每次眨眼，两眼都不想再睁开，但她迫使它们睁开，因为她在这棚子里看到某种东西。就在她面前——近到可以触及，假如它们可以被触碰的话。

这里有个女人——一位母亲。还有一只山羊和两个女孩。

山羊叹息一声，然后把头放在干草上。女人坐在那里盯着火苗。女孩们把头放在母亲大腿上，对视着。然后她们伸出手，手臂越过两人之间的空间，两个女孩握着手。

那两个女孩长相完全一样，互为镜像，但艾丽斯无论到哪里，都能分辨出她俩。那边那个是贝妮迪克塔，另一个是安杰莉卡。她们之间的纽带不止是双手，还有心灵。这是一切都失常之前的状况。那时候还有选择的机会。

艾丽斯闭上双眼，睡着了。

父亲告诉母亲和艾丽斯上车。父亲打了个响舌，一扯缰绳，老迈的马儿拉着车子向前。

时间已经临近黄昏，艾丽斯不用人告诉，也知道她们晚了，晚了好多，可能遭遇的险境就是大门关闭，她们都会被关在外面。她坐在马车后端，看着大地渐渐沉向远方。然后她转身，座位上却只剩父亲一个人。"母亲呢？"她问。

父亲回头看艾丽斯。他一脸的茫然："她一定还在那边。"

艾丽斯回头面向那一片黑暗，那边的夜色似乎比前路更昏暗、更沉重。她转身,对着父亲宽宽的、穿了黑色外套的背影。

"停下马车。我们必须回去接她。"艾丽斯感觉自己像是透过泥土跟他说话,就像她的话要经过很长时间,才能传到父亲那边。

父亲停住马车,艾丽斯从车后跳下来,跑着呼唤母亲。她跑过一片田野,几乎看不到自己的双脚,而她的左侧有一片森林,那么深,那么暗,她只能看出第一层树木。但就在那片森林深处,有一道白光闪过,然后艾丽斯看到了母亲,她穿着睡衣出现在那里。当她跑进那片森林去找母亲时,沿途却有很多树木挡住了路。出于某种原因,母亲听不到她的呼唤。她并没有靠近,而是越来越远,越来越远。

然后树林里出现了其他人。好多女人,头发像长长的河流一样披散在她们身后,其中都夹杂着树叶。她们飘过树木之间,比艾丽斯快那么多,从不会被树根绊到。然后所有女人转身朝向艾丽斯,艾丽斯在她们所有人的面部看到自己的脸。她的,她的,全是她的。母亲现在也看到了她们,然后她转身面向艾丽斯,她的黑眼睛里有问题,艾丽斯试图呼唤母亲,但她的声音消失在自己喉咙里。

然后那些像艾丽斯的其他人就全都围在母亲周围,艾丽斯再也看不到母亲,因为母亲已经被海浪一样众多的、头发里有树叶的艾丽斯们淹没了。

# 二十五

艾丽斯醒来，面前是熄灭的火，阴冷的房间和柔弱如水的光线，从窗板缝隙里透射进来。她的头发完全湿透，内衣紧贴在身体上。她坐起来时额头火热，整个脑袋疼得厉害。她一定得行动起来，否则就会死在这里，而她觉得，自己或许还不想死。也许她还可以让自己再多坚持一会儿。

艾丽斯打着哆嗦，迅速穿上衣服。即便不保暖，至少现在已经很干了。如果她还有套干爽的内衣，当然更好。现实情况是，当她穿好全部衣物之后，仍会特别明显地感觉到湿棉布粘在她后背、胸部和胳膊上。她蹲下来，打开伊妮德为她准备的行囊。她取出铁手环和小刀，把它们放在一边，取出一份布片包裹的食物，包括一块面包，一些肉干，还有一个苹果。她应该吃些东西，她心里想着。这是她该做的事。

她已经病得不知道害怕了。发烧似乎减弱了她担忧的能力，让她变得只顾眼前。而她面前就有面包。她把面包拿到嘴边，咬下一些，咀嚼。它的味道像尘土，艾丽斯的喉咙完全拒绝咽下它。她把面包重新裹起来放回包袱。她想，如果吃不了别的，至少需要喝水，可以用嘴巴融化一些雪。她把包袱挎到背上，戴好手套和围巾，从棚子里出来，走进黯淡的月光里。她犹豫了一会儿。风吹透她的衣服，她想着自己是不是应该再住一晚。

把她从迪菲德引领到这里来的黑色融雪路线已经不见踪影。但在另一个方向——通往死亡村镇桂尼斯村的方向——现在出现了新的融雪线。艾丽斯又犹豫了一会儿，是留，还是走，她思忖着。

然后她身后卷起一阵强风，把她推向湿漉漉的黑色道路。艾丽斯听到巨大羽翼的扑扇声，她抬头看木棚屋顶。那里什么都没有，只有厚厚的一层雪。她仰面看天，又害怕又期待看到兽魔飞过头顶。但那里只有云朵。

艾丽斯摘掉一只手套，把手伸进雪地。她把一小块雪放进嘴里，它冷得辣喉咙。她又取了一把雪。这是母亲会建议她去做的事。

然后她又一次允许风引导她，她沿着那条融雪线进入森林。天特别冷，以至于在潮湿路面跟积雪交界的地方，会有一条透明的冰带形成。冰包裹着树枝，还有树叶。她如果不是被冻得那么惨的话，可能会觉得这景致不错。

在这里，本来就淡的冬季午后光线被遮挡后变得更加黯淡。

这个白天，她不可能有太多剩余时间用来赶路，也不知道自己要多久才能到达村子，找到新的栖身之所。

于是她又做了跟昨天同样的事，什么都不想，只考虑自己眼前的路——潮湿的岩石，她跨过的冰冷的溪水，脚底打滑时稳住身体避免摔倒。

森林寂静，甚至没有一声鸟鸣，只有艾丽斯的呼吸声和她脚步的摩擦声。就像这里的一切都被冻得死死的，或者都已经逃走了。她纳闷，不知在人类逃离之后，是否所有动物也都已经离开。

这感觉很奇怪，她知道自己每走一步，都更加接近曾经的家园，而现在的她，几乎已经记不起那段生活，但她没有一直想这件事，没有意义。现在只考虑行走，还有抵挡严寒。

开始下雪了。大大的、蓬松的雪花从枝杈间筛落，傍晚如此安静，艾丽斯确信自己能听到雪花轻柔的落地声。雪花有时会落在她睫毛上，她吸气时还会喝进嘴里。这连续不断的白色，加上雪花轻柔的声响，让她想睡觉，想躺下来，让头脑得到休息。她内心开始挣扎，既想要继续前进，又想倒下。她在树木之间行走时，会伸手扶着树干寻求支持，让每棵树充当杠杆，让自己继续向前。然后慢慢地，渐渐地，她发觉自己不再利用树木让自己爬坡。道路开始向下。

她只能看到自己前方几尺的地方。如果她闯出森林边缘，她都不知自己能否意识到。她不知道在这样的环境下，自己怎样才能找到一座房子。她不再纳闷。因为她头疼得太厉害，深入骨头的颤抖太剧烈。她觉得自己或许很快就会抛掉肉身了。

天空正在变成灰色，落雪的夜晚往往如此。道路坡度开始变大，艾丽斯感觉她就像在不断下跌，下跌。然后空气突然变了。

艾丽斯看不清森林切换成田野的景象，但她能感觉到这变化。尽管大雪让一切都模糊了，她还是能感觉到树木不再环绕在她周围，世界现在变得更加开阔。她低头看，那条黑色路线已经消失。她向后看，也找不到那条路线的痕迹。她迷路了。

她踉跄向前，就她的视野和想象而言，这样完全可能掉下悬崖。她跟自己讲话，哀求自己……我不行了……我坚持不住了……我不行了……不要逼我……

她瘫倒了，双膝跪地。这是个错误，再起来可就太难了。下一次她再倒下，就肯定没机会再起来。

她继续走，感觉她脚底像是老旧的道路，就在雪的下面。那条路凹凸不平但还是很坚实，很平整，不可能是农田。如果她一直沿着道路前进，她或许会找到某个藏身处。

但那个计划也被忘记了，因为很快，她面前就成了一片银白，心里也是凉凉的，一片白。她的肺像是冰雪做成的。她成了冰雪。在她看来，前方似乎有棵树正从白色世界里凸显，在雪中显现暗黑色。

那棵树在动，而树应该是不动的。但那棵树却在动，而且在向她靠近，再靠近。她倒在了雪地上，而那棵树带走了她。

# 二十六

　　艾丽斯躺在地上的一张床垫上，透过睫毛观察他们。他们的谈话声惊醒了她，但她还是不动。她想尽可能长久地耽误时间，推迟他们意识到自己已经醒来时那不可能避免的时刻。

　　她鼻翼抽动，嗅到炖熟的猎物肉汤的味道。三名游商坐在桌旁，一面吃，一面聊大雪、天气和艾丽斯。

　　"你已经醒了，"贝蒂说，"我看见你睫毛动了，你装睡也是没用的。"

　　锡安朝她的方向看了一眼，然后两眼垂下，继续看他自己的饭碗。艾丽斯痛苦地意识到：她是只穿了睡衣，在三个衣冠整齐的人面前躺在床上，而且那睡衣显然不是自己的。她身上盖了毯子，但毕竟让人很尴尬：当然不是她自己穿上了这件睡衣。她坐起来，把上层的毯子裹在身上，尽可能遮挡身体，并且把睡衣领子收紧。她的头发散着，没有挽成发髻，这个也是别人松开的。

"丫头!你看起来好多了!"保尔从他座位上欠身起来，要不是贝蒂拉住他胳膊，显然是要过来拥抱艾丽斯的。他甩开贝蒂。"好啦，好啦，贝蒂，我不去招惹她。休息吧，孩子。你这样突然起床，可能会害得自己头疼的。"

这是真的。当她坐起来的时候，头的确是一阵阵地痛得人发晕，但随后痛感消除，她觉得几乎没事了。

贝蒂在她面前弯下腰，一手放在艾丽斯额头上。"你会活下去的。"她说，然后就大笑起来。

锡安还没有正眼看过她，现在看了过来。艾丽斯感觉到皮肤突然发热——脸和身体都是——就像她体内有一团火。那个男孩对她有某种影响力，而她不知道该如何应对这件事。她感觉非常矛盾，又害怕，又着迷……还有另外某种东西，某种让她心痒的感觉。

艾丽斯打了个寒噤。贝蒂察觉她在发抖，说道："来，我们给你穿好衣服，你再吃些东西。"艾丽斯警觉地瞪大眼睛，抓紧那条毯子。"行了，来吧，别担心那两个男人，他们正要出去呢。"贝蒂朝他们的方向看，提高嗓门儿。"不是吗，你们俩?去看看捕兽夹。找些木柴回来。干点有用的事儿。"

"好的，婆娘。我们去就是。你照顾好我们的艾丽斯。"保尔按着桌子起身，从墙上挂钩那里取过他的帽子和上衣，锡安也一样。然后他们打开朝外的门，强风吹了进来。他们出去后迅速关了门。现在是深夜，艾丽斯现在知道了。她之前不能确定，因

216

为这间房子的窗户都用毯子封着，无疑是用来挡风的。

贝蒂把艾丽斯的衣服拿来。她之前把衣服放在火前烤着，所以现在摸起来都是暖暖的。然后她背过身去，开始在壁炉前忙活，宽大的背朝向艾丽斯，没有被人窥视的感觉，艾丽斯正好趁机脱下睡衣，穿上她自己的衣服。艾丽斯本来想把头发扎起来，但不知道她的皮绳在哪里。火烧得很旺，房间里很暖很舒服，但她还是会打寒战。尽管她之前以为自己身体好了一些，但只是站起来穿好衣服，就险些让她摔倒在地。"这边，孩子，坐这儿。"贝蒂把一张沉重的椅子从桌前拉开，"我给你泡点儿茶喝。这儿还有炖肉。"

"只要茶就够了，麻烦你。"艾丽斯说，"我感觉现在还吃不下东西。"

"好吧，这事儿我们还得想办法解决，因为你需要吃。也许我们现在先尝试吃点面包片和奶酪。你肚子里需要有些热热的食物。"

艾丽斯点头，试图显出感激的样子。其实一想到吃，她肚子里就开始翻腾，她根本吃不下。

贝蒂把奶酪片抹在面包上，然后在煎锅里放上一小块黄油，摆上面包，放在火上加热。

"我睡了多久？"

贝蒂翻动锅里的面包片，以免烤糊。"大约一天时间。"

"那么我们是在桂尼斯村，对吗？"

"嗯。这里没剩几座好房子了，但这座很结实。我们经常待

217

在这里，每当迪菲德的村民把我们赶走的时候。天气差的时候，在这儿休息一下，挺好的。"

热面包和奶酪的香气本应该让艾丽斯舌底生津，但实际上却让她感到恶心。"等保尔回来，我一定要感谢他救了我。这是我这辈子第二次被他搭救了。"

"还是只有一次，亲爱的。这次是锡安在大雪中发现了你。是他看到你在白色天地里摇摇晃晃地走，马上把你抱起来，带你来了这里。你运气好，他是个高大强壮的男孩，否则，我们就没机会坐在这儿聊天了。"艾丽斯感到两颊通红又躁热。棕色眼睛的锡安曾经用双臂把她抱起来带到这里。她尴尬得想把自己折叠起来。然后还有另外那种感觉……那种心痒。

贝蒂把一杯热腾腾的、奶白色的茶，连同那锅烤面包一起放在艾丽斯面前。然后她两臂交叉在粗糙的围裙前面，微笑了。

前门砰的一声打开，冰冷的风再一次吹进房间。保尔和锡安都背了大梱的木柴和细枝条回来。

贝蒂冲过去，在他们进来之后关了门。

保尔和锡安把他们背上的东西放在壁炉旁边。锡安摘下手套，开始给火添柴。艾丽斯发现自己被他干活时的双手迷住了。那不是长满雀斑的农夫的手，也不是老茧厚实的木匠的手。这双手光滑，敏捷，灵巧，棕黑肤色美丽动人……心痒。

贝蒂坐在桌边，保尔脱下靴子和外套之后，也坐下来。他们两个都期待地看着艾丽斯，就像等着某件了不起又好玩的事情发生。

艾丽斯感觉自己的脸在涨红，不知道眼睛该看哪里。现在看锡安，会让她过于不安，看贝蒂和保尔的话，那份充满期待的表情又让她有负担。

于是她低头看自己的餐盘。有一些黄油跟融化的棕黄色奶酪分离开来。她看到之后就觉得恶心。她迫使自己伸手去取面包。她两手把一片面包掰成两半。希望小一点的面包不会让她觉得那样恶心。面包片很厚，撕开后腾起蒸汽，带着酵母香。她已经有多久没吃过东西了？但现在看起来，她好像不吃东西的时间越长，就越不想吃。

但她毕竟还是确信：如果能吃掉一些面包和奶酪的话，保尔和贝蒂一定会比较开心，她发现自己想要这样做。这是好女孩应该做的事。她拿起两片面包中较小的一片，放到嘴边，咬了一小块含在唇齿之间咀嚼。

但她尝到的却不是面包和奶酪的味道，而是尘土和灰烬。

锡安坐在桌边，向她微笑。艾丽斯的肚子里剧烈翻腾。她觉得自己马上就会放声大哭。她把盘子推开到一边。"对不起，贝蒂。你对我太好了。但我真的吃不下。我好像对任何东西都没胃口。"

"噢，别多心，孩子，没必要为这种事烦心。"保尔拍拍她的手背，"喝点茶。然后你的小毛病就会好了。等你准备好了，再吃别的东西。"他站起来，从架上取下一个大瓶子。然后他倒了一种透明的液体在两个口杯里，一杯给了贝蒂，另一杯留给自己，然后把瓶子放在桌子中间。他一点儿也没有给锡安和艾丽斯。锡安马上显出不快的样子。

贝蒂从她的口杯里呷了一口，若有所思地看着艾丽斯："你现在已经不发烧了，那毛病昨天夜里就过去了。话说回来，发热会让人食欲不振，但并不会让你失去味觉。你已经多长时间没吃过东西了？"

艾丽斯回想了一下。她被拴在地下室的时候，吃过苹果和奶酪。那些食物的味道都是正常的。然后就是在林中过夜的小木棚里吃过的面包。那次尝起来像尘土。而这两次简陋的餐食之间，是审判和木笼……还有那只狼。她脑子里回想起那只可怜的动物，这感觉就像中了箭，正中靶心。眼前的就是报应，处罚她对那只可怜的狼所做的不正常的事。她把那只狼变成了虚无之物，而现在，她的嘴里也只能品尝到虚无之味。

"已经有几天了。"艾丽斯说。

贝蒂摇摇头，又长饮了一口。保尔给自己又倒了一些，然后还喝光了贝蒂杯里的东西。"好吧，"贝蒂说，"你肯定是受了惊吓，毫无疑问。那些苦瓜脸的迪菲德人对你做过什么，我只能想象。我们第二天返回那里的时候，听说了此前发生的事。我当时觉得，保尔怕是要对那些长老做出些可怕的事情来。我和锡安费了好大的劲儿才阻止了他。所以我们上了马车，回到了这里。"

"我当时就对我家贝蒂说，'我知道她去了哪里，回到桂尼斯村。回家。'而且我说对了，是不是？"

"是啊，"贝蒂大笑，"还真被你说着了!"

"好孩子，"保尔说，一面拍拍艾丽斯的胳膊，"只要留在这里，再休息一个晚上，我们就都可以强壮起来。然后我们一早就赶去匹兹戈。我们需要更多的鱼，是吧，我亲爱的？"他伸手过去，扯了下贝蒂耳后散开来的一绺头发。"我真的喜欢在这种冷到要死的时候做生意，而今年冬天还真是冷得有点夸张，现在本应该到春天了，但这对我们来说是好事儿，严寒会让人们变得绝望。你知道吗？艾丽斯，有些大湖区居民喜欢春天和夏天做生意，趁着天气温暖，路上好走。但我说，更好的办法是天儿好的时候留在大湖区享受，到冬天出来，狠心一点儿，占这些绝望农夫的便宜。我是不是一直都这样说啊，贝蒂？"

"哈，你还真是。"贝蒂咯咯笑着说。

艾丽斯感觉到自己在微笑。听保尔和贝蒂这样聊天，她想象着跟他们一起去大湖区，那里会是怎样的生活。一种幸福到难以置信的生活，在她面前像线团一样展开。然后那线条变得纠结起来，她想起了自己为什么会在这里，而不是在迪菲德。因为她是个魂妖，因为她本性邪恶。然后保尔和贝蒂需要多长时间就会发现真相呢？锡安要多久就会看透她的恶魔本质？而且万一……万一她对这几个人中的一个做出什么可怕的事情呢？万一塞雷丝、福特和那只狼只是开始呢？万一她真的正在转变中，慢慢地，无可挽回地变成安杰莉卡和贝妮迪克塔那种样子呢？万一这就是她无法进食的原因呢？因为她现在渴望吃掉的，已经不再是人类的食物。

保尔一直在继续说话。"我会教你关于做生意的一切，艾丽斯。等我教完，你会成为一名优秀的，像狐狸一样的生意人。"他咧开大嘴，冲着艾丽斯笑。

"我不能跟你们去匹兹戈。"艾丽斯说。

锡安抬头瞥了她一眼，蹙起眉头，但什么都没说。"你这话是什么意思，孩子？"贝蒂问，"你当然要跟我们去。要不然你还能去哪儿啊？"

艾丽斯涨红了脸。"不是我不想跟你们走。我一直都渴望跟你们一起住在大湖区。但是……"艾丽斯环顾周围，"也许我应该留在这里。这里才是适合我的地方。"

"哦——"贝蒂说，"不是这样的，孩子，不是。这个鬼村子才不适合你呢。"

"这儿没有鬼。"保尔说，大口喝下他的饮料，"魂妖确保了这件事。没有灵魂，所以也没有鬼魂。当魂妖找上你的时候，噗的一下，你就完了。"

锡安阴沉着脸，看了保尔一眼。

"我在这里不害怕他们，"艾丽斯说，"这儿是我的家，不是吗？"

"你不能留在这里，孩子，这件事没商量。"保尔的声音特别坚定，以前她从未听过这种声音。她想要服从这份坚定，由此开始放松，但她却不能让自己这样做。

"听保尔的话，孩子。而且现在天这么冷。"贝蒂说，"你不可能保证自己的温饱。我不是想贬低你，孩子，但就算是我，也一样做不到。更不要说，孩子，那个……外面还有些其他怪物。"她扫了一眼大门，就像某只怪物就蹲在门外似的。贝蒂其实不知道啊，艾丽斯心里想，其中一只怪物这时候就坐在她对面。

艾丽斯不能让自己屈服于那种诱惑，就这样跟他们离开。她不愿那样做。

然后她感觉到锡安在看她。"你应该跟我们走。"他就说了这一句，没有更多。艾丽斯的心抽紧了一下，然后放松，抽紧，又放松。一阵激荡，心痒。

"那就这么定了。"保尔说。他向所有人点头。

解脱感漫过艾丽斯全身，像温暖的水。她无须再做任何决断。无论怎样挣扎，都不可能让他们相信她应该留在这里。他们不会让她留下，事实上她自己也不想。她现在只能祈求最好的结果，就像她一直在做的那样。希望不管她内心有怎样的恶魔倾向，自己都能抑制住它。但如果她做不到……好吧，到时候她会逃跑。但至少她要先努力尝试一下，会知道幸福生活是怎样一种感觉，哪怕只能持续一小段时间。

"这件事当然是决定了。"贝蒂微笑着，从桌子对面伸手过来拍艾丽斯的手。"毫无疑问。"然后她把手缩了回去，深吸了一口气。

保尔和贝蒂又聊了些关于生意的事，谈到艾丽斯将会和他们一起见到的村民，他们会带她去的所有地方。她感觉自己的眼皮开始变重，保尔和贝蒂讲起话来，也越来越口齿不清。艾丽斯怀疑自己还是不是完全清醒——她会不会已经睡着了，只是在想象中经历这一切。但他俩讲话的声音却越来越响，态度越来越固执，而就在艾丽斯已经很难睁开眼睛时，贝蒂突然发出一阵狂笑，艾丽斯一激灵，从椅子里坐直了身体，清醒了好多。

保尔从他杯子里喝了一大口，然后他用杯子向贝蒂示意。"现在，亲爱的，我是不是早就告诉过你，我们会在这里找到我们的女孩？事情是不是就跟我预测的一个样？我早知道他们不会烧死我的女孩。就凭那帮夹紧屁股的废物，才不够对付我家丫头呢！我一直都说，那些迪菲德人把屁股夹那么紧，能直线走路都是奇迹了。他们没有从鼻孔里挤出屎来都算是奇迹，因为他们反正也没地儿拉屎。我是不是一直都这样说的，贝蒂？"

"是啊，"贝蒂大笑，"你是。你当然就是那样说的。"

保尔身上发生了某种奇怪的变化。他不再是艾丽斯认识的那个温柔的人。而贝蒂的声音也比平时更响，更快，也比以前更严厉，让艾丽斯耳朵发疼。艾丽斯扫了一眼锡安，发现他沉下了脸，嘴巴抿成一条线。

"他们这帮人啊，平时表现得就跟他们不像我们一样，通过屁眼拉出褐色大便似的。但我们早就知道真相了，是不是啊，我的姑娘？"保尔用胳膊肘碰碰艾丽斯。艾丽斯把手肘收回了一些。

贝蒂咯咯笑，然后咳嗽，又喝了一些。保尔拍着桌子，为自己的笑话喝彩。锡安闭上眼睛。

房间里的气氛有变化，就像是变了天，艾丽斯皮肤上有感觉。锡安，在她刚刚醒来时显得那样开朗、欢乐，如今却在她眼前变成了一块石头。贝蒂和保尔则变成了他们平时形象的诡异版，笑起来太长，问各种奇怪问题，然后也不等别人回答。她本以为他们会追问自己到底做了什么，才会受到那样的惩罚，但事实上，他们好像完全忘记了那件事，也忘记了她的存在。她们喝完，又倒出了很多，讲话声音更大，内容更荒唐。

艾丽斯现在后悔了，希望自己之前没有那么容易就服从他们，她决定追随的这几个人，到底都是些什么人啊？这是她真心想要的局面吗？她已经很难判断了。她不知道自己是不是犯了错误，或者她是否还知道自己想要什么。她想念母亲和父亲，很想他们。怀念她在迪菲德的家，曾经平静的生活，想念那种知道每一天会发生什么的安稳感觉。那不算什么幸福的生活，但她可以相信那种日子。而跟保尔和贝蒂在一起的话，感觉周围的环境一直在变，很不稳定。

锡安伸手取过木塞，把瓶子盖上。"够了。我待会儿生火准备过夜。睡觉时间到了。"

保尔的眼睛盯着锡安的手，压低眉毛，看似准备争吵，但实际上只是耸耸肩。"跟我来，贝蒂。"

贝蒂回头看看壁炉，眯起眼睛，似乎很难聚焦。"好的，但是盘子还没刷。"

"我会刷的。"锡安说。

贝蒂从桌旁站起来，撑起身体的动作似乎很吃力。"你真是个好孩子。我们找到你的那天一定是幸运日。"她一只脚卡在了椅子腿后面，险些摔倒，但艾丽斯跳起来，及时扶住了她。

贝蒂粗粗地嘘出一口气，喊叫着，大声喊痛，艾丽斯在她的呼吸里嗅到一种熟悉的气味。她试图回想那气味，想起来了，那是父亲给门窗刷漆的时候，用来稀释油漆的东西。她的鼻子收紧，抑制住想要远离的冲动。贝蒂一手搭在艾丽斯肩上，艾丽斯扶她去了地上三张床垫中较大的那张。贝蒂一屁股坐倒，开始吃力地捣鼓她的鞋，于是艾丽斯开始替她解鞋带。然后，让艾丽斯尴尬的是，贝蒂马上脱到只剩内衣，在此期间当然没少露肉。艾丽斯避开视线，贝蒂钻到毯子下面，身体刚刚躺平，就开始发出鼾声。保尔吃力地脱掉了自己的靴子。当他伸手去解裤带扣时，艾丽斯逃到了房间另一端。几分钟后，他的鼾声也跟贝蒂一起响起。

艾丽斯回头看他们。锡安探身越过保尔，两臂伸到贝蒂身体下面。"你在干什么？"

"让贝蒂侧身躺着。这样如果她半夜呕吐的话，就不会把自己噎死了。"贝蒂太重，锡安吃力地哼了几声，然后站起来。

"她是生病了吗？"

锡安看了她一眼，抬起皱皱浓黑的眉毛。"只是醉了。你以前都没见过醉鬼吗？"

"你是说，是他们从那个瓶子里倒出的东西，喝下去让他们变成那副样子的吗？"

"是啊，"他坐在桌旁，吃掉了艾丽斯剩在盘里的面包和奶酪，用手指擦过盘底，把面包屑也舔得一干二净。现在贝蒂和保尔已经上床睡觉，他看上去平静了下来，又显得十分开朗了。

"如果那东西让他们难受的话，又何必去喝呢？"

"因为他们喜欢渐渐喝醉过程中的感觉。"锡安对她说话时，直视她的眼睛。

艾丽斯发现，自己不可能像他那样做，也不可能还同时说出有条理的话来。她把视线微微错开一点，看火苗。"渐渐喝醉的过程，是怎样一种感觉？"

"不知道啦。"锡安说。

"他们喝酒时，还真是很吵闹啊。"艾丽斯说。

锡安笑起来。"这样说还真是很克制呢。"他站起来，把脏盘子和水杯整齐地叠放在一起。

"我可以替你洗那些。"艾丽斯说。

"不用。我把它们留到明天早上再说。"他给火添了柴，然后伸了个懒腰。

艾丽斯心神不定地在她的床垫旁边徘徊。锡安的床跟她的垂直，那么近。她想要脱掉她的鞋子、袜子，还有裙子，但想到要在他附近做这些事，就会让她脸上发烧。她对自己和这个男孩的身体同处一个房间的状况非常敏感。

她偷偷看了男孩一眼，发现他也在看自己。他的表情再一次变得难以捉摸。"我要去外面装一罐雪回来，这样我们明天早上就有水烹茶了。"

"哦，"艾丽斯说，"这样啊。"

男孩走过她身边，迅速开门，一阵风似的出去了。艾丽斯很快解开她的靴子，脱掉袜子和裙子，然后只穿内衣钻到毯子下面。她闭上眼睛，把毯子拉到鼻子下边。她想着，等男孩回来，她应该已经睡着了，或者至少可以装睡。

# 二十七

锡安进来，也带入了一团冷气，尽管艾丽斯非常想一动不动跟死了一样，但她还是情不自禁地回避了一下，裹紧了毯子。

"那个，抱歉啦。"锡安说，"但是你可以想象一下，我在外面一直这么冷的地方走来走去。"

艾丽斯把毯子拉到下巴以下，抬眼看他一下，然后移开视线。"我是……谢谢你。"

他在笑。"呃，我也没有那么爱献殷勤啦，反正也是要活动一下腿脚的。"

艾丽斯感觉头皮发热，血都涌到头发根上去了。

她感觉自己变得那样木讷，不善言辞，就像面对塞雷丝和其他迪菲德村的孩子一样，他们总像是在为了什么事情大笑。艾丽斯已经不记得自己上次开怀大笑是什么时候。她从七岁离开桂尼斯村之后，肯定是没有再大笑过。那之后，还有什么值得欢笑吗？

锡安坐在他的床垫上。"好啦，艾丽斯，我现在准备脱掉我的裤子。你可以看，也可以闭眼，反正我都会脱的。但我觉得，先提醒你一下比较好。"

艾丽斯闭了眼。但她却有一份让自己心神不定的冲动，想要睁开眼睛，看看这男孩衣服下面是什么样子，这让她又感觉到那种心痒。她把眼睛挤得更紧一些。她听到毯子翻转，然后是一声叹息。

艾丽斯睁开眼睛。房间里一片昏黑，只有橙色火光。锡安脚冲着壁炉躺着，他的头距离艾丽斯的头只有一臂距离。她以前只有一次睡觉的时候靠别人这么近，那次是阿伦，而他只是个小孩子。但锡安，他已经不是小孩了。

现在，艾丽斯一点儿都不想睡觉。她感觉好多了，她原来的生活习惯重新回来了。晚上就是用来守望的。但这里却没有什么可看。只有火，还有锡安浓密的头发栖在他的枕头上。她盯着火看了一会儿，让这份静谧沉浸下来，包裹着她。她等着锡安睡着，这样她就可以让自己的腹部放松。他在房间里的时候，她的腹肌好像总是收紧的。

但他呼吸放缓的迹象一直都没有出现。艾丽斯确信他还醒着。她朝男孩方向看，发现火苗反映在他的黑色眼眸里，那双眼睁着，而且直视着她。

像是感觉到了艾丽斯的眼神，他翻身趴在床上，下巴放在交叉的双臂上方，看着她。"那么发生了什么呢，艾丽斯女教友。迪菲德为什么那样对你？"

"别那样称呼我。"艾丽斯看着火，现在拒绝看他。

"迪菲德的年轻女孩，不都是被这样称呼的吗？"他的声音里全是笑意，甚至在他没有笑的时候。

"我可不是迪菲德的大小姐。"她是更可怕的东西，但她不会跟锡安说这个，"你害得我睡不着了。"

"假的。你早习惯了晚上不睡觉。"

就在这时，保尔发出响亮的鼾声，然后叫了一嗓子，哭号一番，渐渐变成哼哼唧唧。艾丽斯以为贝蒂一定会被吵醒，但她没有。"贝蒂怎么能在这么吵的环境下睡着？"

"哦，这就是烧酒的神效了，美丽的艾丽斯。一旦等他们醉得不省人事，他们就不再感觉到痛苦，也不会再听到夜里的各种响动。"

艾丽斯想要马上看到他，但她还是没有这样做。她继续盯着火，问："你是怎么跟贝蒂和保尔走到一起的？"

"去年夏天我到大湖区的时候，他们收留了我。"

"那么你原来是哪里人？"

"山里人。我原来跟父母一起住在那边。"

"你父母现在在哪儿呢？"艾丽斯担心自己已经知道了答案，也不知道自己是否应该这样问。

锡安沉默了好半天。"死了。跟你父母一样。"

现在，艾丽斯真的在直视他的脸。"魂妖干的？"

"我父母和我一起在外面猎鹿。我们在林间一块空地宿营。我们住在密不透风的帐篷里，我住一个，他俩住另一个。我们都睡着了。我梦到两个美丽的、头发凌乱的女人对我唱歌。她们在林间穿行，似乎不用脚就能移动。到我第二天早上醒来时，我在自己的床上发抖。我的帐篷门被打开。我马上去了父母的帐篷。他们的帐篷门也被打开了。他们都躺在那里。死了。眼睛瞪大，嘴巴张开。"

"你当时做了什么？"

"我逃走了。我一直逃，一直逃，一直逃。我不记得逃了多久。也许一天，也许两天。然后我到了大湖区，遇见了保尔和贝蒂。"

艾丽斯翻身，变成跟他一样的姿势，下巴也放在交叉的双臂上。这男孩身上有种哀愁，藏在他平静又欢乐的表情下面。艾丽斯感觉到这种哀愁就在房间里，萦绕在他们周围，弥散在他俩心里。但是，男孩不想让她问起自己的哀愁。他把这个藏在带着笑意的棕色眼眸后面是有原因的。相反，她对这男孩去过的地方很好奇，她也曾希望自己有朝一日去看看那些地方。"山里是什么样子？"

"高处的空气闻起来感觉不一样。"锡安闭上眼睛，然后又睁开，"会有松木味儿，还有凉凉的溪水的气息。在大湖区，主要就是人味儿。有些人我还挺喜欢。但是整天闻到他们身上的味儿，我会烦。"

"为什么不离开呢？"

"然后去哪儿？我现在几乎去过拜德世界的所有地方了。包括匹兹戈、塔伦，甚至还回过山里，但我还是跟着贝蒂和保尔。他们并不总是好相处，但他们关心我。我已经习惯了他们的个性。不管我对他们酗酒的习惯有多反感，我知道他们为什么这样做，跟我自己绝对不愿醉倒的原因一样。"

艾丽斯屏住呼吸，已经知道他要说什么，但还是问了他。"原因是什么？"

"那歌声和低语声。"他说，然后他翻身仰卧，盯着房顶。这样一来，艾丽斯就只能看到他的头发了。"深夜里的歌声，艾丽斯。那些魂妖。就跟她们杀死我父母的那晚一样，她们唱歌，然后她们轻声呼唤你的名字，就像手指潜入你的脑子里面。你能不让自己尖叫，就算是不错了。"艾丽斯非常想伸出手，去抚摸他的头发。"那就是贝蒂和保尔喝酒的原因？让自己不再听到那声音？"

"这是所有人喝酒的原因。"他说。

"这样有用吗，你觉得？"

"有些人说，酒鬼们晚上睡得更安稳。但我更喜欢保持清醒的头脑。"

"我觉得，我并不喜欢他们喝醉的样子。"艾丽斯说。

"的确。我也不觉得你会喜欢。我猜迪菲德人应该是不怎么喝酒的，但大湖区居民没有围墙保证我们的安全，艾丽斯。我们没有什么可以围绕住所，把歌声挡在外面。只有我们，和暗夜。"然后锡安转身侧躺，面对着墙，不再说话。

# 二十八

他们都在清晨第一缕阳光出现之前起床，贝蒂和保尔唠叨个不停，直到他们每个人都喝下几杯烫嘴的热茶。艾丽斯帮忙准备了早饭，食物是鱼干和土豆泥做成的糕饼，贝蒂放在油腻的铁锅里煎好。现在，食物对艾丽斯来说没有那么可怕了，她勉强吃了一半，然后才把自己的餐盘推开。

他们在日出时出发，贝蒂和保尔坐一辆篷车，用他们两匹壮马拉着，锡安和艾丽斯坐另一辆。保尔说他们要花两天时间才能到达匹兹戈，每天晚上，他们都要在天黑之前停下来扎营。

天气晴朗又寒冷，艾丽斯用一条围巾裹住脖子和脸，只露出一双眼睛。时不时，她会把围巾向下掰，来吸入寒冷的新鲜空气，然后再把自己包严实。她不停地扫视树林、地平线，还有道路两旁幽暗的森林。她明明知道，这种时间寻找魂妖毫无意义。她们不会在大白天出动。但她还是会去看。其实仅有的动静都来自毛色灰暗的野鹿，它们不时在林间出没。而仅有的声音来自黑色乌鸦，它们躲在枝杈之间，大声喊饿。

这天早上出发之前，艾丽斯曾经担心锡安会想跟自己聊天。跟男孩子闲扯从来都不是她的强项。但结果，她发现两人可以愉快地保持沉默。看上去，他只要坐在艾丽斯身边就已经很满足了，只顾着握紧缰绳，自由呼吸。好几个小时就这样过去了。

他们停下来一次，休息，喂马，方便一下。艾丽斯做这件事的时候已进入林中很远了，以至于保尔在身后喊她，说她还不如走到匹兹戈去得了。回到篷车，再次出发之后，艾丽斯打破了她跟锡安之间的沉默。"匹兹戈是怎样的地方？"

"唔，就是个普普通通的村子而已。"

"那个，我没去过其他任何村子。"

"这倒也是，"他说，"这村子比迪菲德更大一些、更繁忙，因为有港口和那些船只。匹兹戈人旅行的范围也比迪菲德人更大一些，但并不是因为他们勇敢。他们有船，可以去往沿河的上下游各地，但他们一定会确保在天黑之前回村，跟那些夹着尾巴做人的迪菲德人一个德行。匹兹戈人把它们的围墙一直修到河边，所以说围墙有个缺口，在面向河流那侧。我猜他们是认定了魂妖不会划船吧。"他笑笑，安静下来，然后看了她半晌。"这样并不会疼的，我跟你说。"他说道。

艾丽斯感觉脸在发烧，现在已经熟悉了他逗自己玩的时候那副表情。"你是说什么不疼？"

"微笑，大笑。我感觉好像没看到过你的牙齿。你嘴里有牙吗？如果没有也不用觉得惭愧。因为我认识的一些为人最好的大湖区人就一颗牙齿都没有。"

"我有啊。"艾丽斯说，"我有牙齿。"

"我要亲眼看到才信。"

母亲有时会令艾丽斯微笑。母亲有她自己好玩的地方，但艾丽斯把那种想法屏蔽、抛开。

"无所谓了。"她说，"我一直都不觉得这世上有什么特别值得微笑和大笑的事情。"这方面她有些像母亲，她觉得。

锡安两眼直视前方："好吧，美丽的艾丽斯，你恰好完全错过了重点。"

他们宿营时，锡安生了一堆旺火，贝蒂把一些毯子放在几根木头和低矮的岩石上，让每个人都有地方坐。

"还好没有继续下雪。"保尔说。过了几分钟后，他又说了同样的话。艾丽斯已经渐渐发现，某件事如果保尔说过一遍，就肯定会说第二遍，甚至有时候会说第三遍。

晚饭有面包、蘑菇炖豆子。贝蒂和保尔还喝了酒，然后喝个不停。

"艾丽斯，亲爱的，"保尔说，"你还没跟我们讲过，你是做了什么，才会吓着那些迪菲德人的。"

现在，三双眼睛都盯着她，艾丽斯再一次发现，自己看哪都不自在。她把视线聚焦在三人中间的火堆上。

有太多回答都很可怕，于是艾丽斯选了最不容易吓着他们的那种，但至少也是真的。"我看到某件事，某件我不该看到的事。"

"噢，可不是嘛，事情总是这样。"贝蒂说，"一个女孩看见了不该看见的东西，就被别人称为巫婆。"她嘟嘟嘴，摇头，喝酒。

"那么，你是看到谁在做他们不该做的事情吗？"保尔冲她挤挤眼睛，一面给自己和贝蒂续杯。

"大长老的儿子和一个女孩。"

"哇——哦。"保尔说，"我觉得，我们都能猜到他们打算干什么。"

"好吧，见证了这种事情，确实会让你被烧死。"贝蒂说，"烤个外焦里嫩。"

他们谈话期间，贝蒂和保尔一杯接一杯地喝。

锡安试图把瓶子收起来，但每次他把木塞拿近，保尔就会挥手让他走开。一开始，保尔还是开玩笑的态度，但后来他的态度就变了。跟前一晚一样，艾丽斯甚至觉得现场气氛都完全变了。贝蒂和保尔的脸看上去跟平时不同，两眼模糊，看不清。

"够了，"锡安说，"现在该睡觉了。"他把木塞推进瓶口，把酒瓶拿起。

保尔一下子跳起来，速度快到完全出乎艾丽斯的预料，他把瓶子从锡安手里抢回去，然后那么用力地推他，以至于锡安绊在他刚才坐的石头上，摔倒了。

保尔的脸通红，怒气冲冲，简直认不出来。他看似变得更强壮，肩膀更宽了似的。锡安站起来，但没有逼近保尔。保尔摇晃了一下，努力让眼睛聚焦。"你现在高了也壮了是吧，臭小子？你以为你不用喝酒就听不到那歌声了？你就比我强吗？好，你就等着吧。你等到你再听几年那声音，等到你再见到几个孤儿在他们死去的父母身旁哭泣，到时候你就不会这样高大威猛了。到时候你也会抓起酒瓶的，小子。到时候我会帮你倒酒。"

火苗渐弱，天空一片浓黑，火光在两个男人之间闪耀。保尔体内的怒火耗尽，他缩作一团，倒在贝蒂身边，打开瓶塞，直接从瓶里喝酒。贝蒂的眼睛缓缓闭上。两个男人争吵的时候，她完全没动，眼皮都没抬。保尔用胳膊肘捅她，她哼哼几声，睁开眼睛，随后又慢慢闭上。

锡安肩膀垂下，回头看艾丽斯："他俩今晚可以一起睡了。让他们尿在自己身上就好。"

锡安走到贝蒂身旁，搀着肩膀扶她起来。

保尔作势要反对，但只是半心半意，他很快又沉醉在酒瓶那里。艾丽斯帮助锡安把贝蒂引回篷车旁。然后他们两个在后面推，直到她爬上车。"贝蒂，"锡安说，"你钻到毯子下面再睡，免得冻死。"

她向锡安挥手，会说你好或者谢谢或者你走开，很难看出她到底什么意思。艾丽斯在她身后爬上车，在贝蒂呼气时收紧鼻孔。她吃力地引导贝蒂滚到一张温暖的毛皮上，然后用膝盖做支撑，让她侧躺，以免被呕吐物噎到。

当艾丽斯再次爬出来，锡安冲她笑笑说："你照顾酒鬼的本事见长啊。"

艾丽斯走到保尔身旁，他坐在那儿，盯着火堆上渐渐熄灭的灰烬。艾丽斯打了个寒噤，但保尔似乎没有感觉到寒冷。

"保尔。"她轻轻触摸他的肩膀，然后很快把手抽回。他抬头看她，眼睛水汪汪的。

"该睡觉了。贝蒂在等你。"

"是啊，"保尔说，"好女孩。"

艾丽斯不知道他是指自己还是贝蒂，但无论怎样，他把酒瓶夹在腋下，站了起来。她上前来帮他，但他从艾丽斯面前跳开，跟跟跄跄地走向贝蒂躺着的那辆篷车。

锡安在忙着浇那堆火，所以艾丽斯直接去了那辆空的篷车。她爬进去，解开她的靴带，脱掉外衣，钻到毯子和毛皮下面。她还穿着裙子和袜子。

过了一会儿，她听见锡安的脚步声。他坐在篷车尾端，脱掉靴子和外衣，然后他也钻到铺盖里。

艾丽斯已经转身侧躺，所以朝着篷车一侧。她尽可能远离锡安躺的地方，同时又要避免把脸埋到保尔和贝蒂的坛坛罐罐、马鞍和成袋的土豆上。即便如此，她还是因为男孩在自己附近而觉得紧张，心脏都要跳到下巴那里去了。

她感觉到肩膀被轻拍了一下。"什么？"她问。

"我可以说句话吗？"

她用手遮掩微笑，等她确定笑意已经完全消失，才转身面对锡安，男孩在她身旁，只是个模糊的轮廓，比他周围的黑暗更黑一点。

"你看啊，美丽的艾丽斯，我们即将在这辆篷车里并排睡觉，我这人很有原则，在一个女孩身边睡觉之前，一定会跟她聊天。反正，你平时睡觉并不多。我睡得也不多，那么我们不如聊天吧。"

艾丽斯庆幸的是对方看不到自己的脸。"好吧，给我讲讲那些湖。"

"嗯，大湖区要比这里更平坦些。事实上，那是最平整的地方了。但如果你抬头看，还是能看到远处我老家的高山。总共有五片湖泊，中间有河道相连。而且那里也有长草的沼泽地，浅到可以涉水通过，假如你不在意没到脚踝的烂泥。有些地方水深到足以通行独木舟；有些地方也深到足够淹死人，如果你不知道该往哪里落脚，发现自己突然下陷的话。大湖区总是很潮湿，美丽的艾丽斯，非常非常潮湿。有时候你会觉得自己永远不会干燥起来。"

"所以，你并不喜欢那里喽？"

"嚯，你误解我了。我喜欢那里。我完全就是个水孩子。贝蒂常说，我从娘胎里刚出来的时候应该是条鱼，后来才长成了男孩。"他自顾自地笑，艾丽斯想象他笑起来的时候脸是什么样子。

"你和贝蒂还有保尔，平时是住在小镇里吗？"

"那里没有你习惯中的村子。当水位较高的时候，我们把帐篷和篷车放在能找到的最高处。水位低的时候我们靠近水边，这样会更接近水源、鱼类和猎物。"

"没有房子吗？"

"我们是游商，艾丽斯。我们总是搬来搬去，但房子是没办法搬动的。反正帐篷也挺好。大致是这样子。"

艾丽斯自己心里思量着。是啊，这样挺好。我也挺喜欢这样。"你去过海边吗？"她想起阿伦的梦想，要在山里安家，而且可以俯瞰环绕拜德世界的那片蓝海。然后她想起跟伊妮德告别的事以及她或许再也不会见到任何桂尼斯村的孩子的事实。有一会儿，她心里燃起一片希望的小火苗，她希望伊妮德、马多格和她俩的孩子们可以离开迪菲德来找她，但随后艾丽斯明白过来——他们永远不会来。她也不是要怪他们。她自己也很可能不会离开，除非是被逼无奈。

"是的，我见过它。没有靠近，但我看到过。它还挺美的。我将来某天还会去。拜德世界还有更多奇观，我想全部都看看。"

拜德世界还有更多未知之地，外面还有更广阔的世界。很难想象。

艾丽斯发现自己也想做同样的事。然后她想象跟锡安一起看遍整个拜德。这想法突然产生，带来的热力让人惊惶失措，就像突然浸入刚倒满热水的浴缸里。

也许她并不是一定要孤单一人。这变化本身让人不安，那么强烈的向往，仅仅片刻之前还从未想过的事。她之前都不知道自己还会有这样的经历。

他们第二次沉默，艾丽斯发现她的呼吸跟锡安的节奏一样，吸气，呼气，她让自己闭上眼睛。吸气，呼气，吸气，呼气……他的呼吸和她的呼吸，两人之间温暖的气息。

艾丽斯的眼睛猛地睁开。她睡着了，但不知道睡了多久。她从呼吸声得知，锡安就睡在她身边。她能感觉到自己有多么清醒，也知道这意味着什么，要很多个小时躺在这里，再也无法入睡。她开始痛切地感觉到膀胱已满。她吃晚饭的时候没去解手，因为觉得说出来太尴尬。现在，这种不舒服的感觉已经无法忍受了。她不可能憋到天亮。她在黑暗中摸索着找自己的外衣和靴子，然后吃力地套上它们，然后悄悄出了篷车。

圆月，雪地上的反光很强，足以让她眯起眼睛。她考虑过当场蹲下解决问题，但随后想到锡安就在几尺外的篷车里。她看看树林的方向。好吧，她想，只要走进去一点，有些遮挡就行。

走进十步，她的两腿陷入雪中，她觉得自己已经走出够远。她让一棵大树隔在自己和篷车之间，然后脱掉裙子。

当她再次站起，看到前方树林里有动静。

鹿，她告诉自己。这些树林里只有这类东西。

鹿和乌鸦。

"艾丽斯*丝丝丝*。"

她的名字，透过树木唱响。

"艾丽斯*丝丝丝*，到这里来来来。"

然后那动作变得清晰，成了早已熟识的形象。

一个男孩，一个她认识的男孩。

他在林间跑得飞快，呼唤着她的名字，唱出她的名字。他有浅黄色头发，在月光下泛光。他像兔子一样快，在树木之间跳来跳去。

他从一棵树后探出头，竖起一根细瘦的食指，朝他自己的方向弯曲。

来呀。

艾丽斯到哪里都能认出他。德尔文，那个跟她一起长大的男孩，他曾救过艾丽斯，让她避免了从围墙上摔下来的惨剧。这男孩的双胞胎哥哥们曾叫他小兔子。这男孩在哥哥们被魂妖害死之后离开了村庄。

但德尔文理应已经死了，或者他应该已经十五岁了。不可能有两者之间的情况。但这个男孩还只是小孩子，而他又是德尔文。他正在向着艾丽斯微笑，弯曲着他细瘦的食指让她过去。

艾丽斯站在雪地里，动弹不得。

然后，那个白头发男孩，样子很像曾经的德尔文，不可能是德尔文，却就是他的那一个，朝艾丽斯走过来了。她现在看出他为什么能这样快，因为这男孩走路时几乎脚不沾地。

他在飘浮。

艾丽斯摇摇头，两手拍打自己的耳朵，向后逃开，斜着跑向篷车。她爬进车里，把自己埋到毯子下面，靴子什么的都没脱。

然后她继续倾听，尽管她并不想听。她觉得自己再也不想听到任何声音了。她想让整个世界都为她安静下来，永远安静，这样她就不用再听见那歌声。那声音穿透黑暗，搅扰着她的耳朵，抓挠她的头骨，爬进她的皮肤下面。

"艾丽斯丝丝丝。"

她屏住呼吸。

"来这里里里里。"

她不动。

"我很很很想你，艾丽斯丝丝丝。"

艾丽斯向前方的黑暗中伸出手，盲目伸手，她感觉到皮肤，温暖的皮肤，温暖到超出她能想象的任何东西。她的手指在锡安喉咙上，手掌在他脖子跟胸腔连接的地方。她感觉到男孩的心跳，然后他的手按在了自己手上。

"是它们中的一个在向你唱歌吗，艾丽斯？"

"是的。"她说。她几乎没能出声。她想要告诉锡安这是德尔文，她的朋友。现在桂尼斯村某个孤儿的灵魂变成了吞噬灵魂的怪物。她想要说，她太清楚这种事怎么会发生了。一颗心怎样变得充满仇恨和怨毒。但那些话在她口中，像是全部化成了灰烬。

锡安另一只手放在艾丽斯头部侧面、她的耳朵上面。"不要听，"他说，"假装那只是风声。"

于是她就这样做了。她假装那是风声，她的手也继续放在原来的地方，在锡安喉咙下端。她再次想起，自己这辈子从未感觉到如此温暖。

然后男孩吻了她，又突然，又温暖，又轻柔，但又不完全是。

她尝到了甜蜜，但也有哀伤，她不确定这些到底是她的还是他的。然后男孩再次吻她。

# 二十九

　　第二天早上没人说太多话。保尔显得有些露怯，贝蒂有些迷惘。艾丽斯感觉到尴尬不安，不知道该怎样理解锡安的行为。至于他，则一直低头烹茶。艾丽斯努力不去回想他的嘴唇在自己唇间的感觉和味道。她失败了。

　　上路之后，艾丽斯感觉到周围森林里异乎寻常地安静。没有鸟类，也没有任何走兽的声音，只有车轮碾过地面的声响。还有马儿摩擦辔头跟踏地的声音，加上融雪声。天气在迅速转暖，这漫长的冬季正在放开对这片土地的掌控，融雪之水滴落的声音就像是裂纹开始出现。树干潮湿，黑黢黢的；软软的雪团从树枝上坠下。

　　他们也许在前往匹兹戈的路上走了两小时，临近中午的太阳正在爬向天穹，这寂静被新的声响打破——虽然模糊，但是节奏鲜明而急促。马蹄声，只有一匹马，跑得很快，从他们身后赶来。而在这条路上，从那个方向赶来的骑手只能来自迪菲德。

在锡安和艾丽斯前方，保尔转身回头看，冲着锡安点头。两人都扯紧缰绳，让马车减速停下。保尔跳下车，小跑着来到他们面前。

"我亲爱的艾丽斯，你到车子里面躲起来。"

艾丽斯照做，但把耳朵贴在车厢前侧，锡安和保尔就站在那儿等着骑手。

几分钟过去，或许只有几秒钟，但感觉像几分钟。艾丽斯的心在胸腔里跳得很重、很快。

"嘿，嗬。"保尔大声招呼。

"嘿。"骑手的声音传来。他在喘息，马儿减速停下。"嘿，兄弟，我不能停啊，不能停，得继续赶路。"

"没关系。"保尔说，"我们也不想耽误你。但你这么着急，是从哪里来，又要到哪里去呢？"

"从迪菲德来，残存的迪菲德。去匹兹戈。"

残存的迪菲德……

"出什么事了？"锡安的声音。

"围墙被烧掉了。"他的声音艾丽斯听着耳熟。是大长老的一个儿子。里斯的哥哥之一，跟铁匠一起骑马的那个。亚历克。

"不可能吧。"贝蒂说。她一定是也下了马车，好奇心让她无法安坐。

"是真的。事发时间是半夜。大火烧透围墙，跟烧掉一堆落叶似的。然后魂妖就来了。"

"魂妖，"保尔说，"你亲眼看到了？"

"是听到了，准确地说。"亚历克说，"唱那种诡异的歌，声音很轻，哄人似的。我看到男男女女就那样直接走入森林，我们没来得及阻拦他们就消失了。然后那些桂尼斯村的孩子们，本来应该守护围墙的那帮人，他们直接冲出去，离开了我们，根本就不肯留下来帮忙，尽管我们以前为他们做了那么多。"

亚历克说话期间，保尔做出他在认真听的回应声。然后他说："溜走了吗，你是说？他们全走了？"

"是啊，就在我们其他人忙着救火期间，我们不能让火烧到村子里啊。你看，我现在得走了。我必须赶到匹兹戈，请求他们派车来接那些不能骑马的人，这样我们就可以躲避到他们的围墙后面。"

"好吧，你还是稍等一小会儿。如果你不喝点儿东西，就可能会晕倒的。"

贝蒂肯定是在劝他喝茶了。

"那场火，"锡安问，"是怎么烧起来的？"

"一个名叫艾丽斯的女巫干的。她是桂尼斯村孩子们中的一个。只是后来我们发现她是个魂妖，只不过我们都没有看穿她，直到她对我们村里的一个女孩下手。于是我们把她锁了起来，本来是要烧死她的，但她在我们动手之前逃走了。"

"然后她又回来烧掉了围墙，是吗？好吧，这故事还挺精彩，不是吗？"锡安说。他语调平淡，语气无可挑剔。

"这女巫可有什么亲人？"贝蒂说。

"只有养育她的那对男女，除了他们没别人了。那女人已经死了，是那女巫毒死了她。那男的放走了女巫。我们抓到他时，他正在用大车运送妻子的尸体。大长老认为，他脑子里肯定有些不端的企图。"

艾丽斯用牙咬住自己的拇指，迫使自己不出声。

亚历克停顿了一会儿，似乎在等下个问题。

见贝蒂、保尔和锡安全都不开口，他便不问自答。"我们用石头砸死了他。"他说，"那是在大火之前。"

噢，不！不！不！不！不！

"所以说，女巫烧掉围墙，因为你们杀死了她的父亲。"锡安说。

"女巫嘛，本来就是睚眦必报的东西。"亚历克说。

"毫无疑问。"保尔说，"好吧，我们真的不能再耽搁你的时间了。非常感谢你带来的消息。"

当艾丽斯听到亚历克的马蹄声终于消失，她从篷车里出来，坐在车头锡安的身边。他们都在看她。她是感觉到众人的眼神，而不是看到。

她的眼睛盯着自己的膝盖。

"他们对你父亲做的事，真是太可怕了。"贝蒂说。

"是啊，他们反而说我们是野蛮人。"保尔说。

锡安伸手过来握住她的手。她那么用力握住他的手，他可能会觉得很疼，但他还是没有放手。

"他是因为我死的。"艾丽斯说。

"乱讲。"保尔说。

"要不是因为我,他根本就不会死。那些人杀死他,是因为我做的事,还因为他放了我。"

贝蒂拍拍艾丽斯的膝盖,轻轻咂着嘴哄她。

"好了,孩子。才没有那种事呢。"

"我本来应该让他跟我一起走,或者我就应该帮他埋葬母亲。我当时不应该离开他。"

"孩子,"保尔说,"我并不那么了解你父亲,但我知道,你没有办法迫使他做他不想做的事。而他的心愿,就是埋葬他的妻子,还有保护你的安全,而现在至少你已经安全了。我们的目标是继续保证你安全。"

"但是桂尼斯村的其他孩子怎么办?现在他们会怎样?我应该回去找他们。如果他们在森林里乱闯的话……"艾丽斯话没说完,想起德尔文浮在空中,呼唤她的名字。艾丽斯觉得天旋地转,她迫使这旋转停止,一切都安静下来。伊妮德和马多格会去哪里?"匹兹戈。"艾丽斯说出了声,"他们的目的地就是那里。我离开迪菲德时,伊妮德就让我去那里。我们还可以去匹兹戈,在那里等他们。"

"好吧,这话说出来我也很难受。"保尔说,他一面挠着下巴,一面摇着头,"但现在,你去匹兹戈会很危险。我们知道你并没有烧毁那围墙,但这不重要,艾丽斯。那名骑手认定是你做了那件事。他看到你就能认出来。我猜是吧?"

"是，"艾丽斯说，"他认得我。"

"还有一件事，"锡安说，"如果迪菲德人认定桂尼斯村的孩子们已经抛弃了他们，这些人去匹兹戈也同样不安全。他们会控诉你们所有人都有巫术。"

"好吧，那就没办法了，"贝蒂说，"我们去塔伦吗？"

"不，我想还是算了。"保尔说，"消息早晚会传到那里，只是时间问题，而且我们不知道会有多快。只要一位快马骑手就能做到。或者如果没有骑手足够勇敢，其他游商或许也会带去消息，他们反正也不知真假。不，我们必须带艾丽斯返回大湖区。这是唯一能保证她安全的地方。那些迪菲德人不可能赶到湖区那里。很难说迪菲德人更怕什么，是魂妖呢，还是大湖区人？"他傻笑起来。

贝蒂皱起眉头瞪他。

艾丽斯此前都不得不让他们自己谈，任由所有这些事发生在她身边，而现在她不得不让这种讨论停止。"不，不，我不能跟你们走。我必须找到伊妮德和马多格，还有其他人。我必须这样做。拜托你们带我去匹兹戈。"

保尔摇头，咋舌。

贝蒂说："噢，亲爱的孩子，不能这样。这样不安全。你都来不及看到伊妮德跟马多格，就会被他们烧死了。"

"我求你们，"艾丽斯说，"只要把我放在他们围墙外就好，我会自己去找他们。反正，你们也阻止不了我。就算从这儿开始步行，我也要去。"

"艾丽斯，"锡安说，他语调平淡，语气就像在指出树枝上的鸟儿，"你自己去找那些人，其实完全帮不上他们。匹兹戈人会知道你是谁，如果你找他们打听你朋友们的下落，只会让他们遭受更多猜疑。他们最终会用石头砸死你们所有人。"

像父亲那样。噢，不！不！不！不！不。

不管她去哪里，死亡都尾随而至。死神像是缠上她，拒绝放过她，不许她痛快地吸入一口纯净的空气。艾丽斯的肩膀垂下，她的心在胸膛里化成了灰。她能在口中尝到那种滋味，干燥而苦涩。

"啊，孩子，看着你的样子都会让我心碎。"贝蒂说，"保尔，你和我去匹兹戈。我们会打听其他桂尼斯村的孩子的下落。看看我们还能找到什么新的消息。锡安和艾丽斯可以绕过那村子，在附近等我们到天黑，直到我们搞清楚状况再说。"

"应该是我去打探消息，而不是你们，贝蒂。"锡安说。

保尔摇头："你这蠢孩子。因为你肤色棕黑，就以为你能瞒过村子里的人吗？他们毫无疑问早就已经被吓傻了。你别误会我的意思，臭小子，我能看清你看我的眼神。我关心的不是那帮废物，而是你。你去的话，可能会遭遇意外的。他们可能会断定你也被印上了兽魔的印记，因为你的皮肤不是雪白的颜色。不，贝蒂是对的。她和我去村里，你和艾丽斯在外面等我们。等我们到匹兹戈村，你们就继续赶车前进。贝蒂和我会转弯进村，你们继续向前赶路。要我说，离开村子至少两英里，去那棵被烧毁的老树那儿。你知道那地方的，孩子。去年被雷电劈到的那棵。我们在那儿跟你们碰头。"

"好吧。"锡安说。他拿起缰绳。

保尔想要转身，然后又折回来，抓住锡安的手臂。"要是天黑了我们还没回来，你就仍然回大湖区，不要等我们。你听好了吗？不要回来找我们，直接走。"他点了一下头，然后又一次。之后拿开手，去了马车旁。

艾丽斯想要在背后叫他们，想要说些应该说的话。但等她想到要说什么，保尔已经攀上车头，坐在贝蒂身边，拿起缰绳，催马向前。她看看锡安。"他是个好人。"她说。

"嗯，"锡安说，"他是。"

艾丽斯和锡安一开始隔了几尺坐着。然后随着阳光变暗，下午越来越寒冷，他们就彼此靠近了些。锡安生了一堆火，他俩都盯着火苗。透过衣服，艾丽斯能感觉到锡安身体的温暖，尽管她俩并没有互相接触。然后他伸手握住艾丽斯的手，握着它没有放开。

她靠得更近一些，把头放在他肩上。她对自己的举动也有点困惑。现在这样做，感觉很奇怪。

但看起来，这也像是她一直都应该做的事。她感觉不管她在哪里，就算是两眼紧闭，也会知道他是否在附近。她会在自己的皮肤和骨骼之下感应到他，而这个让她觉得困惑。这事毫无道理，也不可能搞明白。她奇怪自己为什么突然如此需要这男孩。

这一刻，艾丽斯想要觉得幸福，但发现自己很后悔他们彼此相遇。对他的这种需要，她心里被这个男孩填补的空位，带来一种痛楚、一种失落感，甚至在她失去任何东西之前，这是一种恐慌，一种畏惧。她深呼吸，试图专心品味他皮肤上的咸味儿，他头发里散发出的清新的动物气息。

当她听见车轮碾过雪地的声响，太阳已经开始落山。她抬头看锡安，感觉到如此强烈的希望，以至于感觉自己会哭喊出来。相反，她只是站起身，躲进篷车里。

她听见车身侧面敲响。"是他们，你可以出来了。"锡安说。

马车停住，保尔第一个跳下来，然后绕过车身，帮贝蒂下车。他们脸上都没有笑容，就像是从未笑过的人一样。贝蒂用手臂揽着艾丽斯，带她坐在一张粗糙的硬硬的毯子上。贝蒂凌乱的头发滑过艾丽斯的脸，艾丽斯很不自在地感觉到贝蒂身体的曲线，藏在层叠的羊毛衣物下面的那么多的肌肉。但她没有挣脱开去，至少没有拉开她想要的那么大距离。

"噢，孩子，"贝蒂说，"你的朋友们没在那边。"

他们当然不在。他们不可能到达。现在还早。但他们或许明天就会到匹兹戈，只要走伊妮德告诉过艾丽斯要走的沿河路线就可以，但贝蒂和保尔看上去已经不抱希望。艾丽斯来回观察他们两个，等着他们说出某种计划，可以找到桂尼斯村的孩子们，让他们重新团聚。

"我们倒是进入了围墙，"保尔说，"勉强能进去。"他坐下来，两手伸向火堆取暖。他的两腮像是比早上凹陷了一寸，像是在这一天里，就有一部分生命力被吸走了那样。

"我以为这些匹兹戈人能比迪菲德人强一点点，但没有那种事。"贝蒂说，她坐在保尔身边。"他们不肯动一根手指帮忙，一根指头都不肯，甚至不想管孩子们。那些可怜的孩子。"她抬头看锡安，"你能想象吗？"

"能，"锡安说，"我能想象，他们害怕。"

"我才不管他们是不是吓到拉不出屎。"保尔说，"但是居然把那些孩子关在外面，毫无保护。嗯，下一个被烧毁的该是匹兹戈的围墙了，到时候还有谁会收留他们？塔伦，恐怕不会。想想吧，那些村民还一直都瞧不起我们大湖区人。他们背后议论我们的那些话。"他看看艾丽斯，后者不禁脸红。"是啊，我们知道他们都在说什么。但我们从未如此冷酷，那样没有心肝，那样邪恶，像他们那样。而且这就是邪恶。尽管他们总是长篇大论说什么兽魔邪恶，他们才是邪性不改的东西。"然后他停了下来，像是被恶心到无话可说了。

锡安递给他一杯茶。"他们在找艾丽斯吗？"

"他们在防着艾丽斯。而且除非是住在那里的，其他任何跟艾丽斯年龄相仿的女孩都不能进入他们的大门。没有任何她这个年龄的女孩可以靠近那里。与此同时，他们正在做所有村民都在做的事。他们正在驱逐所有游商，加强自己的警戒。他们把我们赶出来，也赶走了迪菲德来的那名骑手。你能相信这事儿吗？可怜的家伙。丫头，我很不愿意这样说，但如果……"他停下来，控制住自己的情绪，"假如马多格和伊妮德还有其他人到了匹兹戈，他们在那儿什么也得不到。他们将不得不继续前进。同样，我们绝对不能让你在此地逗留。如果这里的人看到你，就会杀死你的，丫头。我确信。"

然后他们四个人都安静了下来。终于有一次，艾丽斯感觉没有眼睛在盯着她。她想要争一下，要求留下来，要求继续寻找，但她却已经失去斗志。

锡安一手搭在她肩上。"艾丽斯，伊妮德和马多格还有其他桂尼斯村的孩子们，最合理的做法应该是去大湖区。如果他们不能留在匹兹戈，马多格和伊妮德会想起保尔。他们会想到去找他，知道自己到那边会受到欢迎。"

保尔看似乐观了一点。"是啊，丫头。是啊，这孩子说的没错。而且天气也在转暖，现在白天越来越长，他们会出现的。况且，他们还有伴，能互相支持。"

他们的确有伴，不是吗？艾丽斯想要以此安慰自己。他们可以互相支持，他们不是孤身独行。然后她望向森林深处。她想起安杰莉卡和贝妮迪克塔，想到小德尔文对她唱歌，在她脑边、灵魂边搅扰她，用他细瘦的手指挖掘，渗透。

他们中没有一个人孤单。

锡安的手已经移动到她头发上。她感觉到那只手的重量，想要从中得到安慰。

保尔还在继续点头，尽管已经没有人再多说。

"我们将回家，去大湖区。我们不必去找你珍爱的朋友们。他们会找到我们。然后一切都会变好，像雨水一样该来就来。"

艾丽斯发现：保尔这个人啊，真是太不擅长说谎了。

# 她们将永远不再挨饿

火焰升腾，但魂妖们感觉不到热力。她们观察着，看火焰吸取、喷吐、吞噬。她们毫无感觉。

人们在逃走，魂妖拥抱他们。魂妖尝到了恐惧，她们将其饮尽，却没有因此得到满足。

燃烧在继续。

安杰莉卡这时才感觉到：这燃烧其实是在他们体内。"我们就是火焰。"她对自己的妹妹和那个男孩说。他们会一直燃烧，一直燃烧，一直燃烧，燃烧到世上再没有可以燃烧的东西。

把一切全都化为灰烬。

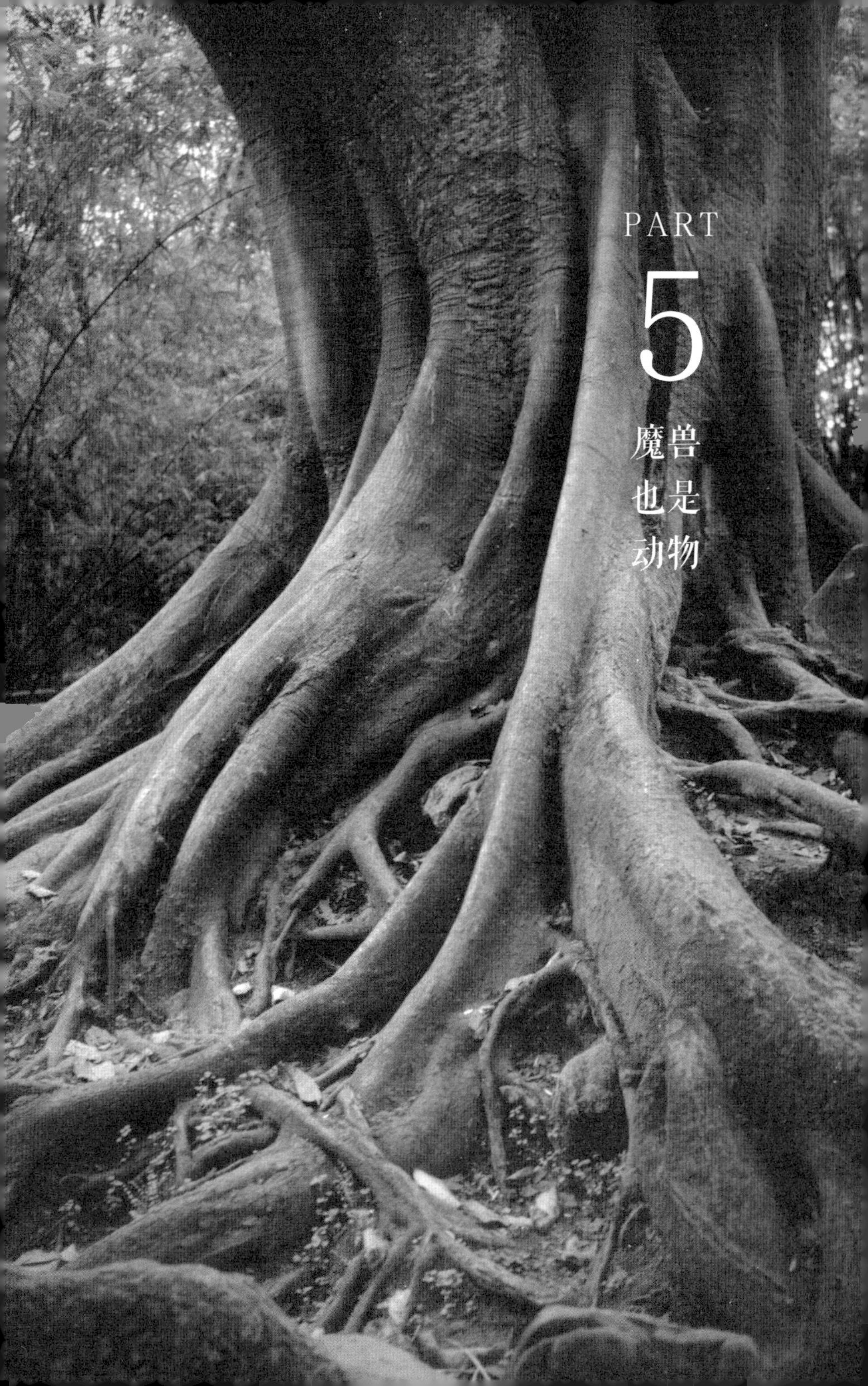

# PART 5 魔兽也是动物

# 三十

　　艾丽斯第一次在一棵树上醒来时，正好在大湖区住满五天。

　　她睁眼看到的是夜色。空气流过她的皮肤。她感觉到脚趾下面，还有睡衣外面的树皮。她当时蹲坐在树梢，像只鸟。

　　在沉睡和醒来之间并没有那种她自以为在做梦的恍惚时段，她也从来都不曾担心自己会掉下去。她感觉到地面在身下很远处，但她两脚踩得很扎实，蹲姿也很稳。她觉得，如果她直接张开双臂，身体前倾，就会缓缓飘下去。

　　但她没有这样做。她抓紧那根树杈。每过一秒，她都会更像原来的自己，更加痛切地感觉到这状况不对劲。女孩不应该在树顶醒来。禽兽之类才会这样子。

　　她担心自己就在变成那类东西。她还有一个展现给人看的"外壳"继续生活，跟人说话，吃东西——或者努力去吃——

盖着被子，在一顶帐篷里面睡觉。但内在的她——她真正的本体——却并没有活在那些人中间。她的内在在树木之间，在森林里嗅着空气。

艾丽斯初到大湖区时曾经满怀希望。尽管此前发生了那么多可怕的事，她还是以为她的生活即将发生一次转折。她失去了母亲和父亲，为他们的遭遇感到心痛。但迪菲德并不是她的家。她从未真正属于那里，从来都不想融入。自从她决定了要跟保尔、贝蒂和锡安一起去大湖区生活，她就有强烈的愿望定居在那里，加入他们，成为他们中的一员。那份愿望比她此前允许自己有过的任何愿望都更加强烈。作为一名桂尼斯村的孩子、一个守夜人，她已经学会了不去设想未来。在迪菲德，她就没有什么未来——至少没有比当前更好的未来。现在，那段日子已经成为过去，但从她第一次在树上醒来，艾丽斯就无法否认自己内心的那份确定：她在这里也无法得到安宁。她心里带着一种黑暗。她永远都无法摆脱那种黑暗，因为她永远无法摆脱自己。

大湖区人最开始是欢迎她的，而且艾丽斯也喜欢他们随性的生活方式。艾丽斯料想他们应该跟其他村里人不一样，但还是不可能预想出他们有那么大的区别——甚至是大湖区人之间也大不相同。村里人看起来都是一副模样。他们有同样古板的衣领、同样古板的皮肤、同样古板的面孔。大湖区人唯一的共性，就是他们全都乱七八糟的。他们穿的衣服有各种乱七八糟的样式和颜色，他们住在乱七八糟的帐篷和窝棚里，他们从事各种乱七八糟的职业，可能每天都在变，还有乱七八糟的休息时间，一时兴起就会乱改。如果他们不喜欢打鱼，就不会去。他们可能会一大早就起来织布、晒盐，或者缝补，但如果他们没心情做这些事，那么就不做。大湖区就没有古板的人。没有硬领。这里有短发的女人，也有长发及腰的男子。女人和男人都有可能在耳垂上戴各种珠子，或者在皮肤上文出标志、字句，或者图画。这儿还有些不是男人也不是女人的人。他们兼具两种性别，可以是任何一种，也可以都不是。对这种多样性，艾丽斯更多的是感到好奇而不是警觉。她甚至已经习惯了让自己的长发披散开来，穿自己喜欢的衣服，而不是应该穿的衣服。

　　以前，如果没有把领口扣紧到喉咙，她就会觉得穿着过于暴露，不舒服。但春季来临之后的温暖天气，大湖区的湿润气候，加上捕鱼和火堆上烹煮食物的辛劳，让她感觉到裙子太重，对肢体的拘束太多。艾丽斯发现自己开始带着嫉妒看那些大湖区女人，她们身着宽松短裙，甚至像男人一样穿裤子。她到大湖区的第三天，贝蒂给艾丽斯一叠折起来的衣物，说："拿去吧，孩子，我看你都觉得热。"艾丽斯涨红了脸，感谢她，然后等到独自一人，才开始检视所有东西。其中有两件亚麻布衬衣，一件是有些褪色的靛蓝色，另一件是白色，还有两条厚的亚麻布裤子，大腿位置偏肥，但是小腿更合身一些。那叠衣服的中间有根棕色皮带，是用来系紧裤子的。那天傍晚，天还没黑，艾丽斯就溜回自己睡觉的帐篷，把所有衣服试穿一遍。衬衣领口那儿是敞开的，傍晚的空气轻吻她的锁骨。裤子就更神奇了。她弯腰，坐下，站起，伸展身体，没有任何累赘和约束感。再没有任何东西阻止她迈大步。她感觉无拘无束。只有她自己的肌肉和骨骼限制她的活动幅度。第二天她走出帐篷，已经穿成了大湖区人的样子。头发松弛地垂在身后，喉咙露出，迎接微风和阳光，两腿自由移动。锡安冲她微笑，还把一根指头穿到她的皮带上。"这个是什么呀？"他问。保尔看到她，险些把茶喷出来。"我们的桂尼斯姑娘现在是大湖区人了！"他叫嚷着。贝蒂大笑。贝蒂总喜欢大笑。

有那么一段短暂又宝贵的时期，艾丽斯曾经感到幸福——而且就像她裤子里的双腿一样自由。她那么快就适应了大湖区的生活节奏，连自己都感到吃惊，就像在硬地板上睡了很久之后，终于把头放在了松软的枕头上面。大湖区环境和大湖区人的简朴温和环绕着她，她欣赏当地人随和的态度，虽然她很怀疑自己能否变得那样松弛又开放。她发现自己在想象未来的自己会是什么样子，跟锡安一起的未来生活。她想象将来跟伊妮德和马多格分享这种喜悦，等他们到达以后。她会教阿伦划独木舟，就像锡安教会她自己一样。

当她第一次在树上醒来时，一切都变了。

就像车轮滑入车辙一样，她也沉入老旧又熟悉的感觉里。恐惧、怀疑、不祥的预感。就像她在迪菲德时一样，她把所有想法都藏在自己心里。

然后，议论声开始出现。

大湖区人或许穿得跟其他村民大不相同，但他们并不像表面看起来那样无所畏惧。当保尔和贝蒂宣告了迪菲德村发生的事件，匹兹戈对游商关闭，塔伦也很快会步其后尘时，他们也是震惊的。春天冰雪消融，意味着大湖区不会有人因为不能做生意而挨饿。这里有足够的鱼儿和猎物，而且很快就会有浆果、蘑菇和绿色蔬菜。但大湖区人一贯指望从其他村民那里得到的东西——谷物、鞍具、熏肉、油脂、黄油、土豆和苹果——都会渐渐稀缺。艾丽斯敏锐的听觉有时会辨出傍晚火堆旁的低声议论。她不止一次听到自己的名字被提及，有那么一点点过于响亮，直到讲话的人意识到艾丽斯就在附近。她不止一次听人说，他们所有的麻烦，都跟那个村里的丫头出现的时间一致。

艾丽斯装作没听到他们的话，保尔、贝蒂和锡安也一样。保尔照常讲故事，贝蒂照常欢笑。有时保尔和贝蒂会喝多，也有时不会。锡安始终保持微笑。他们谁都没有对那些议论做出过反应。

相反，他们会尝试转移自己和艾丽斯的注意力。当他们的营火边安静下来时，贝蒂会提出些桂尼斯村的孩子们赶来之后的计划。有时，这会让艾丽斯情绪好转，但也有时，会让她更担心这些人路上可能的遭遇。当艾丽斯出声数大火之后的天数时，保尔安慰她，说小孩们走路不可能太快。"他们会沿着河道找到我们这里。那条路转弯的地方很多。他们还带着些小婴儿。现在随便哪一天，他们都可能出现。耐心些，丫头。"艾丽斯想要相信他。

她第一次在树上醒来时，还曾希望这样的事情不会再次发生。她觉得也许是一场梦把她引到了这样高的地方。

但她自己都不信。然后就在第二天夜里——随后的每个夜晚也一样——她总是在同样的状况下醒来。她每天晚上睡觉时，都会害怕肯定会发生的事。她把衣服、坛坛罐罐、成袋的土豆，还有毯子堆放在帐篷帘门前面，以为这些障碍物或许会让她慢下来，导致她醒来，阻止自己。她躺在床上，让自己冷静，抚摸那块绣了桂尼斯村所有孩子姓名的亚麻布——就像他们能让她安稳睡觉，让她待在原处。但每天晚上还是同样的结果。她醒来时就会栖息在树枝上，两腿像鸟儿一样蜷在身下，那么好的平衡能力和对周围环境的警觉，就好像她是一只猫头鹰似的。

当然，这会让她想到那些魂妖。那对姐妹，她们猫头鹰一样的双眼，她们对黑暗的眷恋。她们在黑暗中的舒适感。她纳闷，不知道魂妖是否都这样睡觉——栖息在远离地面的高处，即便在睡着时也保持警觉。艾丽斯本以为自己夜间值班的日子结束了。艾丽斯觉得自己之前太傻。

到大湖区第十天的傍晚，艾丽斯觉得如果不能远离这些人，她就会憋闷到灵魂出壳。她回想起锡安此前对大湖区的评论——那么多人，还有他们身上的味儿。她的鼻端老是充斥着别人的体味，她的耳朵里塞满了他们的谈话声。锡安懂得如何得到安静，跟他捕鱼，或者帮他修补渔网，是她生活中难得的宁静时光。但她藏在心里的是如此可怕的秘密，她觉得自己就像个鲁莽的小丫头。现在要做出正常的样子，就需要持续不断地费力。

所以她不再试图装出正常模样，她离开营地走入森林，允许自己简单地做自己。这里的森林甚至比迪菲德和桂尼斯村之间的还要茂密，更密集，更潮湿。树木本身像是更有活力，就像在没人看见的时候，它们就可以拖着树根四处走动似的。扭结在一起的藤条和苔藓像毛发一样长在树身上。

当她已经如此深入森林，甚至不能确定自己还能否找到返回之路的时候，艾丽斯找到一棵大树，开始爬上它。爬树这件事，她完全不用担心。她从来不会害怕自己的手脚会放错位置。她爬呀爬，经过第一批四下伸展的枝杈，然后又经过下一批，再下一批。一旦她已经远远高出地面，被树叶和树皮包围，她就蹲下来。她闭上眼睛，倾听，深深吸气。

一开始，她感觉到的主要是声音——水珠从一片叶子滴到另一片叶子上，甲虫爬过的轻响，千足虫和蜥蜴疾行的声音。

然后就只剩下气味了。其他任何感知都从她的意念里消失。

她嗅到水的气息，它渗入树木深处，黑甲的昆虫，皮肤光滑的蜥蜴，黄鼠狼和蝙蝠炽热的呼吸，还有狼。

她想起那只狼，被她杀死的那只。现在她回想起的，已经不再是杀死那头生物带来的反感和震惊，而是她在其中感受到的快感，当时她的感觉有多棒！她再次感觉到吞食那只狼的灵魂时的强烈的满足，那种抛开一切忧患和欲念的感觉——摆脱了一切恐惧和疲惫。饥饿感让她腹中扭结，但想到真正的食物就会感到恶心。这个不是对正常食物的饥饿，艾丽斯知道，这是另外一种饥饿，这是对灵魂的饥饿。

然后她感觉到她在跌落——但她并没有真的跌落。那些声响和气味都已经消失，森林也已消失。她感觉到，而不是看到自己跟兽魔在一起。兽魔高踞山巅，而她也在那里。如果身体不在，至少精神是在场的。那里的空气稀薄寒冷。兽魔与她对话，在她头脑中，胸腔里，告诉她某些事，问她某些事，要求她做些什么。兽魔在引领她，而她在追随。兽魔只在她前方一点点，只领先一点。然后艾丽斯睁开双眼，向下看，那里不再有森林。那里空无一物，在她双脚之下，只有最深、最黑、最宽广的一个洞。她抬头看兽魔，但那里已经不再有兽魔。那里什么都不再有，只有深黑的虚无在她上方、在周围、在下面。

艾丽斯出声地惊呼，整个世界回到她面前——她恢复了意识。她是个女孩，有皮有骨有毛发的女孩，蹲在一棵树上。而且那里还有个女人，她似乎没有皮肤，而是由树叶和泥土组成的，那人正在沿着树枝向她爬行。

安杰莉卡。

艾丽斯知道她的名字，但她更熟悉的，是这女人带来的感觉。艾丽斯的皮肤像是着了火。

不对，她的皮肤实际上是在结冰。

不对，还是在着火。

不像她刚刚看到的兽魔，艾丽斯眼前的安杰莉卡并不是幻觉。她真实到可怕。

安杰莉卡爬得像只野猫，贴着树枝，她巨大的、灰色的、猫头鹰一样的双眼瞪大，十分好奇。她的头发垂在她脸庞周围，尽管她身上沾着的泥土和树皮很多，像牙齿和指甲一样，也是她天然的组成部分，艾丽斯还是能看出她有多美丽。比任何女人更

266

美——比任何人更美。她从未见过这么美的人，比她记忆中妈妈的任何形象都美。

"安杰莉卡。"艾丽斯说。

"你认得我。"安杰莉卡说。她的声音柔和，像雨一样清凉。"我也认得你。"

艾丽斯想问安杰莉卡的任何问题、任何指责，在那个瞬间全都离她而去。艾丽斯当时只想伸出一只手，触摸安杰莉卡的面庞，只想进入安杰莉卡，只想感知作为安杰莉卡的那种感觉。然后，安杰莉卡已经在用她那双干燥的泥巴手抚摸艾丽斯的脸，感觉就像她在深入艾丽斯的内心，触摸她最敏感的部分，用小心的双手检视它们。

"你现在跟我一样了。"安杰莉卡说，"你应该跟我走。时候到了。"

艾丽斯那时嗅到了一种感觉。安杰莉卡内在的一种空虚、一种缺失感，像她幻觉里的那个大洞一样深、一样骇人。"你的妹妹，"艾丽斯对安杰莉卡说，"她在哪儿？"

安杰莉卡内在的空虚打开，它尖叫，但没有声音。安杰莉卡收回她的手，就像艾丽斯刚刚伤到了她。"贝妮迪克塔已经离开了我。"

艾丽斯想起那条线，从两姐妹中的一人手上开始，传到另一个人手上，透过艾丽斯的身体。她无法想象，这样的纽带怎么可能断掉。"为什么？"艾丽斯问。

有那么一瞬间，安杰莉卡的圆眼睛收窄，艾丽斯的鼻端嗅到了某种强烈又苦涩的东西。然后安杰莉卡的灰眼睛再次睁大，精光闪耀。"那个男孩，我妹妹因为他而嫉妒。他跟着我们，想要加入我们，成为我们这样。我怜悯他。但我妹妹心很硬。她想要我抛弃他，但我不愿那样做。"

德尔文。艾丽斯想起他，想让自己去他那里。她在自己体内感到过他的渴望。安杰莉卡爬行着，声音像歌儿一样传向她，诱哄她："跟我走吧，艾丽斯。你天生就不属于他们。你也有那种饥饿。跟我一起休息，再也不要承受饥饿、劳累或孤单。"

夜幕正在降临，安杰莉卡的声音极具诱惑力，艾丽斯会很容易放弃自己，坠入安杰莉卡树叶一样的怀抱里，成为她命中注定要成为的那种东西。艾丽斯闭上双眼，试图想象自己变成这里的一棵树，有藤条和苔藓作为毛发和衣服。

但她随后想到那个洞。那洞，那可怕的空洞。它变得越来越大，前所未有的可怕，艾丽斯闭上眼睛就会想到它，睁开眼，它就再次消失了，但她还是能感知到它。那洞是真的，它真实存在，安杰莉卡就是那个洞的一部分，而她想让艾丽斯也成为它的一部分。艾丽斯在自己内心深处感知到这些，她感觉到内心的酸楚，而这份酸涩感也涌入她的口中。"不，"她告诉安杰莉卡，"不要。"

艾丽斯挣扎着向后退，脚下打滑，跌落，以手做爪，爬下大树。安杰莉卡的笑声飞向她，像碎玻璃一样划伤她。"你将来会来找我的，艾丽斯。我们一个样。你和我，完全一个样。"

# 三十一

　　那天以后，艾丽斯失去了所有的希望。她想要相信安杰莉卡在撒谎。她能够嗅出对方言辞中的欺骗，那是小团的臭气，从安杰莉卡身体上升腾起来。但艾丽斯确信：跟塞雷丝当初的做法一样，安杰莉卡没有撒谎的地方，而恰恰最关键的事实是：艾丽斯正在变得和安杰莉卡一样。

　　那天傍晚，当艾丽斯从森林返回营地时，她所有的感官都活跃起来，那种感觉把她吓到了。母亲以前曾经警告过她，要特别留意自己感知疾病的能力，因为仅仅那一件事，就足以让无知的村民怀疑她有巫术。但即使是睿智如母亲，也不可能了解艾丽斯现在的感受。早在遇见安杰莉卡之前，大湖区对艾丽斯而言就是个吵闹的地方，而现在，每个瞬间都极度喧嚣。太多感觉、太多领悟。她嗅出周围空气中的含义，更多是出于本能，而不是愿望，而她嗅到的也并不是食物香气和人的气息——不是肉类、汗水和毛发这类东西。她嗅到的是恐惧、愤怒、孤独。不止是她的鼻子对这些因素敏感，还有她的皮肤。当她听到篝火旁的人们讲起黑暗中隐藏的、活跃的可怕事物时，她胳膊上的寒毛会竖立起来。在那种时候，她腹中的扭结一半是饥饿，一半是兴奋。她畏缩着回避自己。

食物再次变得索然无味。她遇见安杰莉卡的第二天早晨，贝蒂做给她的鱼肉饼和面包在她口中味如草灰。艾丽斯担心贝蒂、保尔和锡安察觉，追问她有什么不对劲，她迫使自己咬下一点食物，然后找借口站起来，说要给别人取水，拿面包，或者给别人添食物，她端着自己的盘子走开，偷偷把自己那份放回锅中。这样做了两天之后，她就不得不勒紧腰带，以免裤子滑落下来。

比这个更糟糕的是她醒着的时候，总是不断回想那个大洞的幻象。她开始害怕眨眼。当她闭上眼睛，那洞中的空虚就会主宰她，所有其他的一切都会消失，直到她心脏痛苦的狂跳带她回到现实，重新看到大湖区的一切在她眼中变得真实起来。她在那里，有皮有骨，能触摸，有感觉，但她又不在那里。再没有任何事物对她而言是真实存在的。大湖区居民，大湖本身，保尔、贝蒂和锡安——一切都像是一种幻象，只要轻轻一碰，就会散落成碎片。艾丽斯看到的、触摸到的、吃到的、听到的一切——都在失去光彩。她感觉就像自己体内有个光源熄灭掉了——她之前甚至都不知道这个光源存在，直到它摇曳着明灭不定，终于变成一团青烟。

自从她试图夺走塞雷丝的灵魂以来，艾丽斯一直都告诉自己，如果她一旦感觉到自己会危及她所爱的任何人，她就会采取行动。现在，她不得不面对自己很久以来都想要无视的问题。她无法离开那妖孽，因为她本身就是所谓的妖孽。她必须在做出实质性伤害之前离开，而且她必须尽快这样做。当然要赶在伊妮德、马多格和其他孩子到达之前。

就当时来说，她的离去就已经足够折磨人了。她像个孩子一样信赖保尔和贝蒂给她的那点慰藉，也迷恋锡安身边的些许温暖。想到离开他们，就会那样让她心痛，她不得不强行抑制住泪水。所以，她并没有像应该做的那样马上离开，而是每天晚上在树上醒来。她从高处爬下，返回帐篷。她钻进毯子下面，心情沉重，浑身颤抖，直到再次睡着。然后每天早上她醒来，都会继续逗留一天。早餐时她看着锡安，心想，明天我就能离开他了，但随后她又没离开。她也没有告诉这男孩自己正在经历的变化。她想象如果告诉他自己每晚都在树上醒来，说出自己幻象中的那个大洞，还有她是如何被安杰莉卡吸引，以及夺取一个灵魂时那种无法否认的满足感，对方会是什么表情。她想象中，锡安对她所有的好感和关切都变成了恐慌。

艾丽斯已经熬过了那么多，但她熬不过这样的打击。

她是在想象锡安反感的过程中，最终下定了决心的。她会在第二天一早离开，很早就走，在其他人起床之前。那天晚餐时，听保尔的笑话，她笑得格外夸张，帮贝蒂刷完碗筷之后，她也没有等着贝蒂给她过于热情的拥抱。相反，艾丽斯伸手握住贝蒂的手，主动拥抱她，暗暗铭记她身上的薰衣草香味和油脂气息。

她没有向锡安说晚安。她等到锡安去存放干柴的棚子里取柴火，才跟保尔和贝蒂说她很累了。然后她逃回自己的帐篷，把帘门系得特别紧。她以为这样一来，万一她想去找锡安，心存侥幸等着他挽留自己的话，出帐篷需要额外花费的时间就足够让她改变主意了。

那天早些时候，她已经用一个皮囊装满了水，还准备了一小堆食物——她并没觉得自己能吃下它们。现在，她把贝蒂给她的衣服还有妈妈的厚外套打包。她还带了父亲给她做好、母亲给她用的那把小刀。她回想他们的面庞、母亲粗糙的双手、父亲耳蜗里沾着的锯末。她还会带上那块写满桂尼斯村孩子们姓名的亚麻布。她以后只能指望这些东西来陪伴她了。

她还没想过自己到底要去哪里，但肯定是很远的地方，所有她爱的人们都不会找到她，不会被她伤害，也不会因为她感到失望的地方。也许，为了满足阿伦在她心中埋下的那份好奇，她会尝试去看海洋，那片茫无涯际的深蓝。不管以后她会落到怎样的结局，至少可以先去看看那个。

那天晚上她没有试图堵住前往帐篷门的通道。之前，这办法并没有阻止她半夜上树，所以现在想来那样做并没有用处。一切准备就绪之后，她上了床，完全以为自己不会睡着。她躺在黑暗里，听着营地中的声响时高时低，大湖区人温和的谈话声，大湖区人响亮的谈论声。时不时有人放声歌唱。她不止一次听到贝蒂咯咯笑，她竖起耳朵寻找锡安低沉的说话声，但一直没听到他说话。

她的眼皮下垂，感觉睡意袭来，这让她很意外。然后她就闭上了眼睛，睡着了。

艾丽斯不断攀爬。空气变得稀薄，让她全身发冷，呼吸也越来越浅。但她仍然继续攀爬，因为兽魔在引领她。她看到它长毛的背部，还有革质的双翼。兽魔想让她看到有某种东西，亟须让她看到。所以她努力攀爬。

然后它就出现在了面前，既熟悉，又可怕。

它就是那个洞。大而凶险，而且持续不断地扩大。

在它边缘，树木和灌木失去了脚下的土地，不断翻滚跌落，消失在洞中的空虚里。兽魔转身看着她。

她沉入兽魔湿润、幽黑、无所不知的眼眸里，然后她就知晓了它已经失去，随后还将失落在洞中的一切。每一个被掠去的灵魂都会让伤痕更深。兽魔低头看它自己的胸膛，那中央也有一个空洞。它的肋骨、肺部和心脏应该在的位置，艾丽斯只能看到黑暗、空虚、痛苦和失去。她哭喊起来，环顾周围，就像这样就能有人来帮忙一样。

兽魔在摇头，吸气又呼气。但当时向她讲话的，却不是兽魔的声音。那声音来自母亲："不，孩子，现在没有人能帮我。除了你，没有别人。"

锡安的声音。"艾丽斯？艾丽斯，你醒了吗？"

艾丽斯的眼睛一下子睁开，太阳从她帐篷门的缝隙里照进来。现在天早已大亮。她在自己的床上睡着了，睡得又沉又久。现在不是深夜，她也没有怀抱一棵树。她在她自己的床上，像个正常的女孩一样——像个正常的、睡过头的女孩一样。

她坐起来，环顾周围。看到她的背包在帐篷帘门口。她已经失去了今天离开的机会。她已经失去了那份感悟，现在不知道自己为什么必须离开。

她提醒自己：塞雷丝，狼，德尔文，贝妮迪克塔。

还有安杰莉卡。

哦，是的。但她无法现在就离开，因为锡安在叫她，整个营地都在明亮的阳光下醒来了。

"是的，锡安，我醒了。"

"你没事儿吧？早饭已经准备好了。我给你端来一杯茶。"

她解开帘门，向外面看。锡安站在那里，那样英俊，向她微笑着，递给她一杯冒热气的茶。"谢谢你！"她说。

"今天去打鱼。"他说，"我刚决定的。你跟我去吗？"

面对锡安这样善良、坦诚的面容，犹豫是根本不可能的——他的微笑跟兽魔传说和地底巨洞完全不相干。"我先穿上衣服。"她说。

她关上帘门，小口喝着热茶，思考着。她的心在狂跳，但她又感觉到一份奇特的平静。此前，她只是以为自己下定了决心。现在她真的决定了，她还是要离开。明天。但她有一个新的目的地，她会找到兽魔和那个洞，而且她会问兽魔，怎样才能封闭它。艾丽斯或许依然是个妖孽，事实上她当时觉得自己肯定就是。但治愈拜德世界，或至少努力这样做，是她能为母亲做到的最低限度。这也是为了她自己，为了他们所有人。

# 三十二

艾丽斯和锡安不是真的在打鱼，更像是装出打鱼的样子。然后每隔一小段时间，锡安脸上就会出现那种表情，意味着他待会儿就会侧身靠近她，让独木舟微微摇晃，自己的嘴唇贴在她的嘴唇上，一开始轻柔，然后就开始探索新边界。他会用手握住她的一绺头发，缠绕在自己的手指之间。有时会把她的脸捧在自己手里，或者一手轻轻地放在她喉头处，用一根手指勾画她的锁骨沟。

她现在希望自己能回到晚间在树林里醒来之前那段短暂又甜蜜的时光。那时候锡安曾经是她的一切。如果在遇见他之前有人问她，她心里、灵魂里最缺少的是什么，最渴望的是什么，她会无法回答。然后她遇见了锡安。此后很快——那么快，然而又那样彻底——他就占据了艾丽斯心里那块被渴望的位置。而且他极为合适。锡安是她一直以来都在渴望的人——以前的她只是还不知道，不知道还能有这么完美的人能够填补她内心的空缺。

但随后，阴影就笼罩了她，恐惧重新出现。这恐惧占据了她心里所有的空间，而那本来是她想留给锡安的。

锡安若有所思地看着她，头只是微微侧向一边。"你知道的，美丽的艾丽斯。"——艾丽斯喜欢他这样称呼自己——"你瞒不过我的。"

锡安喜欢逗她，也喜欢笑。他曾告诉艾丽斯，说将来某天也会让她欢笑。现在这件事还没有发生——而现在，她痛切地想到，这事永远都不会发生了。她转过头来看他，但什么都没说。

"你有心事不想告诉我。"他说，"我有感觉。"

他们彼此那样靠近。艾丽斯可以嗅到他身上的气息——她到哪儿都能认出他的气息——混合着盐味儿和湿润的沼泽地里的野草味儿。但比他皮肤上的气息更重的，是他的担忧。她感觉到这种担心指向自己，试图穿透她的皮肤、她的心。但她拒绝了。即便是身体离他这样近，两人之间还是有一段无法跨越的距离。她的谎言组成了一道屏障，比任何围墙更高更厚。她试图想象锡安爱她。他也的确这样说过，而锡安不是个会说谎的人，像她自己那样。但他只能爱上自己了解的那个她，而事实上他什么都不了解。她没有向他展示过自己内心的那头怪兽，没有说过那怪兽能做出什么事来。如果他根本就不了解真正的艾丽斯，艾丽斯又怎能相信他真的爱自己呢？而她又做过什么？她无法告诉他，自己每天晚上都会醒来，蹲在树梢上，跟一只邪恶的猛禽似的。她不能告诉他关于安杰莉卡和贝妮迪克塔的事，还有兽魔的事。她怎么可能说出这一切，还不失去对方的尊重呢？对失去的恐惧，掺杂在她对锡安全部的依恋里。她此前从未拥有过锡安这样的男子——至少在她记忆中没有——一个完全属于她的人。这人最开心的时刻，就是自己在他身边时。他把艾丽斯当成无价之宝一样看待。

"艾丽斯。"锡安说，"难道你不相信我吗？"锡安的脸上现在没有笑意，只有担忧。

艾丽斯感觉到一阵强烈的恐慌和尴尬以及被揭穿的感觉。她周围的世界变得真实起来，她感觉被锡安拖入这个世界，坚持着让她变成肉体而不是幻影。她感觉自己就像是没穿衣服坐在锡安对面，赤裸着，甚至比赤裸还夸张——只剩筋脉和骨骼，被剥光到只剩内核，甚至没有皮肉来遮挡。在这个被完全展现在他面前的瞬间，她黑暗的内在被展现了出来，她放弃了。她感觉到一份新的强烈渴望，要把一切都交给他，看他做何反应。她想说，拿去吧，我是你的了。如果看清之后，你不想再要我，我也不会责怪你，至少我会知道结果。再也不会抱有希望，幻想得到那些根本不可能实现的东西。

"我不是你想象的那样。"艾丽斯说。

锡安蹙起眉头。"这话是什么意思？"

"你以为我只是个普通女孩，跟其他女孩没什么两样，但我不是。"

"艾丽斯，我没有把你当成普通女孩，跟其他女孩没什么两样的那种。"

艾丽斯感觉自己涨红了脸。"好吧，或许没有。但你并不清楚我具体……到底是哪里不正常。"她无法正视锡安。她把手伸进身旁温软的沼泽水里，抚摸水面，感觉它充满活力。

锡安伸出一根手指，把她的下巴拨转过去，让她不得不看着他。"告诉我，"他说，"告诉我你最最可怕的秘密。"

艾丽斯思考着，到底哪个部分最可怕，哪个部分会让锡安最震惊。能说的太多了，于是她决定告诉他最开始的那件事。她的哀伤、她的错误、她的罪状。"我看到过魂妖，锡安。我爸妈死的那天，我在外面，醒着，而且我看到了她们。她们让我活了下来，而我眼睁睁地看着她们离开，我甚至没有尖叫，我什么都没做，我就那么呆看着她们飘走。"

锡安摇摇头。"艾丽斯，我一直都知道那天晚上发生的事。保尔肯定给我讲过上百次了。"

艾丽斯大吃一惊，以至于有点口吃："但是……他不应该这样乱讲的……他可是嘱咐过我，这事儿不能告诉任何人，一次都不能说。"

"噢，艾丽斯。你也见过篝火旁的保尔。只要有十几杯烧酒下肚，他听过见过的任何事情都能喋喋不休地讲出来。而你的故事，已经是他种种见闻里面最有趣的了。"

好吧，艾丽斯心想，原来锡安对那一切都心知肚明，但他一定还不知道剩下的部分。他坐在艾丽斯面前，始终那么冷静从容，甚至觉得好笑，以至于艾丽斯发现自己很想吓到他，让他明白这些事完全不可笑，让他颤抖着避开自己，像他应该做的那样——只要他了解了真相。她想到盖诺尔，想起自己以前唱的、能把她吓到尖叫的歌儿。

> 兽魔神出鬼没，
>
> 它会潜入你梦里，
>
> 深夜在你耳畔低语，
>
> 始终打着坏主意。
>
> 你以为舒适的床上很安全，
>
> 它会把你当美餐。
>
> 那里，是你妈妈刚刚吻过的地方吗?
>
> 哦，糟了……兽魔来啦!

"这并不好笑，锡安。"艾丽斯感觉到自己怒气在上升，那气味就像烧焦的肉类。"如果你一定要知道，我会告诉你我是什么，但你或许想现在就把船划到岸边去。因为你一旦发现真相，一秒钟都不会想跟我单独待在这条船上的。"

锡安两臂交叉放在胸前，身体后仰，像是打算小睡一会儿："我并不担心这个。"

"好吧，"艾丽斯说，"你还在开玩笑。但请明白这一点：我不是什么女孩。我是魂妖。"好了，她已经讲出了真相。

锡安长久地凝视她。然后他又笑了，笑得那么厉害，以至于用手打水。

羞耻感像火一样从艾丽斯的额头一直蔓延到五脏六腑。被看作恶人是一回事，被人耻笑就完全是另外一回事了。

"这一点都不好笑，锡安。就算别人不懂，你至少应该明白。我跟那些杀死你父母的怪物没什么两样。而且我可能会伤害你。说明一下，这并不因为我想这样做，而是因为我根本就控制不住自己。"

锡安的脸色这时候变了，艾丽斯感觉到另一种羞耻——消除他笑容的那份自责。锡安开口时，声音很柔和。艾丽斯发觉，他的话语里浸透着伤感。"那么，美丽的艾丽斯，你会怎样夺去我的灵魂呢？"

"那个，我会……"艾丽斯想了一会儿。她回想起福特和塞雷丝。那只狼。当时她感觉到了什么？福特和塞雷丝那两次，纯粹就是恨，很简单。狼的那次，是恐惧。艾丽斯叹息，抬头看锡安。他的棕色眼睛那样坦诚，乐于聆听。她再次惊叹自己怎么会这样瞒着他——她居然藏着如此阴险、黑暗的秘密——关于她自己的丑恶事实。她本身是邪恶的，肮脏的。是她导致了妈妈和爸爸的死，所以没有任何人能够（也不应该）爱她。然后她又给母亲和父亲带去了苦难和死亡，她又引来了安杰莉卡来触摸她的脸，检视她的内心。

她从内到外整个都是错的，错到已经完全不可能改正的程度。她怎么可能再找到通往正义的路呢？一个像她这样的女孩——被世界毁掉，又将毁灭世界的女孩。

锡安还在看着她，两眼如此温柔，做好了一切准备。于是她告诉了他真相。她告诉了锡安一切。关于触摸到人类和动物时的感觉，如何看透他们——深入他们内心。关于森林中的兽魔。关于贝妮迪克塔和安杰莉卡，还有她一直害怕成为她们——跟她们同流合污的恐惧。

然后她告诉锡安有关塞雷丝和福特的事，还有那只狼。关于山中的那个洞穴，还有她如何感觉到——确定无疑地知道——那个洞会一点一点吞噬他们所有人。然后她告诉他自己每天早上都在树上醒来，关于再次遇见安杰莉卡，关于食物再次变成灰烬的味道，关于她腹中的另外一种饥饿。

他脸色一变。

就是这个了，她一直在预期的表情。厌恶的样子——那个艾丽斯袒露一切，而锡安发现她令人反感的瞬间——他意识到艾丽斯真的跟杀死自己父母的妖魔一样的瞬间。她把脸埋在掌心里。

"我就是这样可怕。"她说。

"哦不，不，艾丽斯。请你不要哭。"他在探身向前，在不让独木舟翻倒范围内尽量靠近，把艾丽斯的手从脸上拿开，把它们握在自己掌心里。

艾丽斯还是无法正视他，所以她看着远处的树木。那些树矗立在水边，根须显露，枝条像肩膀一样歪斜着，它们看起来也像是妖魔鬼怪。她说："你觉得我邪恶，我不怪你。我自己也觉得自己很邪恶。"

"我现在唯一的想法，就是难怪你看起来一直都那样伤心。你又怎么可能是其他模样呢？你居然一直都把所有这些藏在心里，对自己那样的不认同！"

"好啦。"艾丽斯说着耸耸肩，"这都是事实，我本身就有问题。"

锡安吸引到她的视线，不肯放过她。"首先，如果你能深入他人内心，我会说那是一种天分，而不是诅咒。而且你夺走过哪些灵魂呢？你在对塞雷丝和福特做出真正可怕的伤害之前就阻止了自己。而那匹狼，如果你不杀死它，它就已经杀死你了。"

艾丽斯摇头。"你不明白。我已经不在这里了，锡安。我想要留在这儿，但我实际上却正在飘走。我能感觉到。我正在失去自我。"

"我不会让你飘走的。你属于这里，应该跟我在一起。"他伸出手，再次让她的脸朝向他。"你还不明白吗，艾丽斯？真正出错的，是其他人对待你的方式。你父母的离世当然不幸，但魂妖掳走他们时，你只有七岁。你又能做什么？整个村子的成年人，到晚上也只能躲避在木墙后面，你以为自己当时就应该做点什么？能做出别的选择？你在迪菲德的养父母——他们都爱着你，艾丽斯。所以他们才会为你做那些事。而你也用爱回报了他们。他们的死并不是你的错，而是你的损失。你还不明白吗？"

艾丽斯回看他，她张大嘴巴，似乎想要更充分地吸取他说的话，吞掉它，咀嚼它，用它填满自己腹中的空虚。她已经把所有事实都讲给他听，关于她自己，包括她在自己内心发现的所有丑陋之处。但他还坐在那儿，把这些事实握在掌心，就像它们是一件宝贵的赠礼，把它放在心上，把艾丽斯揽在身前。也许他能把艾丽斯留在这里，给她一份羁绊，为她罪恶的那部分盖上一条毯子。然后也许，她心里的光芒就会再度被点燃。

她用意志控制自己，不要继续再争执。喝住她内心那个挑事儿的声音。它说，没那么容易的，丫头，也没那么快，怪兽不会安静下来。只有一种办法能够平息那个声音，至少现在是的。她从自己坐的地方上站起来，两臂抱住锡安的脖子，亲吻他。

然后一切都变得湿润、寒冷、令人震惊。锡安在大笑，紧抱着她，他们已经在水里，独木舟翻掉了，而她的心几乎感觉到了温暖。


他们手拉手返回营地，沼泽水从身上不停地滴下来。

他们正在爬上最后一道斜坡，这道坡把湿地跟干爽地带隔离开来。这时艾丽斯听到好多人同时讲话。大湖区人看上去全都聚集成了一大群。然后有人回头，看到了锡安和艾丽斯走来，他们面前的人群分开，面前出现的是——桂尼斯村的孩子们。

艾丽斯首先看到了伊妮德和马多格，每人抱着一个小婴儿，伊妮德一看到艾丽斯，就把怀里的孩子交给贝蒂，跑向艾丽斯。

拥抱伊妮德，也被她拥抱着，艾丽斯感觉到那份担惊受怕的重负消除了，她身体轻得简直能飘起来。

"我把你全身都弄湿了。"艾丽斯说。

伊妮德放开她，微笑，用她粗糙的手掌亲昵地拍拍艾丽斯的脸颊。

"你们成功了。"艾丽斯说，"你们找到了我们！"

"艾丽斯，亲爱的。我们找到你之前都不会停止搜寻。"她抬头看锡安。"我们应该感谢你。保尔告诉了我们你拯救我们的艾丽斯的事。"

锡安翻了个白眼，笑着说："他嘴巴还真是快。"

艾丽斯随后去了其他孩子那里。首先是阿伦。他在艾丽斯面前有点害羞，不像他以前的态度。艾丽斯想起上次跟他见面时的情形——自己戴着巫婆头套，铃铛乱响。难怪他现在会躲着。她伸手抚摸男孩柔顺的额发，阿伦安静地待了一会儿，低头看着地面。然后她转向其他人，清点人数。她一面数，一面触摸她裤兜里那块亚麻布，上面绣了所有人的名字，尽管现在被沼泽水浸湿了。

午后的天空变成暗蓝色，时间已经是傍晚，大湖区人点亮他们的篝火。人们准备了食物，临时帐篷和其他住所搭起来，接待新来的人们。他们全都坐下来，谈话，吃饭，微笑。当太阳落山，深夜来临，这里也没有围墙需要守卫，没有羊群需要看管。艾丽斯感觉到，所有人的警惕性都在提高。

"这个地方安全吗？"马多格问。他环顾周围："你们没有帐篷，也没有坚固的藏身处？"

保尔举起他的酒杯："小伙子，世上没有绝对安全的地方。我觉着你们现在应该明白这件事了。我们听说，魂妖会攻击山地人，像我们家锡安父母遭遇的那样。去村里的游商，也有些没能回来，此后我们也只能猜想他们经历过什么。"保尔摇摇头，喝了一口："但在我们看来，魂妖似乎不喜欢人多。他们更愿意找容易攻击的目标。它们啊，跟狼似的。"

"那么迪菲德村呢？"马多格问，"按理说，那里不是特别容易攻击啊。"

"的确，"保尔摇头，"我觉得你这个反面例子有道理。但如果你仔细想想的话就会发现，迪菲德人实际上把自己变成了瓮中之鳖。全村只有一个出口，大火一烧起来，他们就已经无路可逃。在这儿，我们可没有被困住。而且我们都瞪着眼睛，警觉得很。"

艾丽斯听到这番话，扬起一侧眉毛，但是什么都没说。在那些深夜里，当她在林中树上醒来后返回自己的帐篷时，从来没碰到过一双醒着的警觉的眼睛。如果安杰莉卡、贝妮迪克塔和德尔文想要攻击大湖区人，他们肯定早就已经动手了。像马多格一样，艾丽斯也在纳闷她们为什么没有这样做。她想到那个洞。她无法因为桂尼斯村的孩子们归来就掉以轻心。她还是要去那里。她必须去。这是唯一保证所有人安全的办法。

话题转到大门被烧的那个晚上。"我当时在其中一座哨塔上面，"马多格说，"我跟你们发誓啊，我什么都没看到，也什么都没听见。我直到闻见焦糊味儿，才知道事情不对劲儿。然后我吹响自己的哨子。围墙上其他所有人也都吹了哨。"

"火势蔓延那么快吗？"保尔问，"很难想象，那围墙就这样倒掉了。"

"火势的确发展很快。是的。而且起火点不止一处。但真正让墙倒掉的关键原因并不是那个。"他摇头，"我们这些桂尼斯村的孩子们一直以为，我们的哨声应该是求援信号。但你们看，我已经忘记了迪菲德人听到哨声之后会做的事。他们只会藏起来。"

锡安说："你的意思是，当你们所有人都在吹哨，并且试图灭火时，迪菲德人却锁上家门，钻到地窖里去了？"

"实际发生的事情就是那样。"马多格说，"而我们人数不够，无法扑灭大火。最后，那个负责守门的迪菲德笨蛋终于设法把大长老家门擂到足够响亮，让他明白我们需要全村所有人一起动手，才能成功灭火。"马多格停顿了好半晌。"但那时候，火势已经太大。尽管我们用尽力气泼水，但还是杯水车薪。所以，我们只能眼睁睁看着火烧完之后自己熄灭。"

贝蒂咳嗽一声，看上去不太自在。"那个迪菲德男孩，第一个跟我们说这件事的骑手……"

"亚历克。"艾丽斯说。

"啊，就是他。"贝蒂说，"他提到当时有魂妖，诱惑人们逃入森林。"

"是的，"马多格说，"魂妖那时的确来了。我猜，是他们放了火。等到围墙倒塌，歌声就开始响起。当然，我以前就听说过这种事。但如果我不是亲耳听到，还真是无法想象唱歌和耳语声会有那样可怕。就像某种东西爬进了你的身体里，把你的心和脑子都拆成碎片，像在寻找什么东西似的。"

"你当时看到它们了吗？"艾丽斯问。

"嗯，看到了。"伊妮德说，"两个女人，还有一个……一个男孩。"

"那是德尔文，艾丽斯。"马多格说，"我知道这事儿听起来不可能。他那么久以前就离开了我们。但那个男孩的确是他。他的浅黄头发，我到哪儿都不会认错的。"

"而且他的样子没变。"伊妮德说，"他的长相还是个孩子，尽管他应该是跟你同样年龄。"

"他尾随我们，即便在我们离开迪菲德之后。"马多格说，"在深夜里躲在树后向我们接近，呼唤我们。"

伊妮德拍拍他的胳膊。"马多格救了我们。"她说，"当他看出围墙已经没救，他就派埃利多去牧场叫孩子们集合，然后我们就直接……离开了。"伊妮德想到这件事，就面露微笑。

艾丽斯也笑了。经过那么多年，一直感觉毫无出路，那种生活永无终结，然后他们直接就能离开，径直走人。

"那些长老们有没有试图阻止你们？"

"他们做不到。"马多格说，"大长老威胁说，他要放逐我。"他大笑，"你能相信这事儿吗？他周围都是围墙被烧毁的声音，他还在对我长篇大论说教。我说，请原谅我不是很懂，费根教友，但你想放逐我离开哪里呢？"

艾丽斯一手捂住嘴巴："你不会真这样说吧!"

"我就是这样说的。"马多格说，他有一个瞬间还挺自豪，然后脸色又凝重起来，"我本应该在很久之前就这样做了，本该早带你们这帮孩子离开那地方，我本应该做到的。"他看看伊妮德。"她曾经请求我这样做。但我太害怕。我当时想，迪菲德当然不是最好的家园，但毕竟还算是个家，而且我们有吃有住。但那不叫生活，而我现在为自己感到耻辱。我永远，永远都不会原谅自己，害我们大家在那里熬了那么久。"

艾丽斯这时握住马多格的手，他吓了一跳，因为艾丽斯以前从来没有触碰过他。"你已经尽了自己的最大努力。我们都是。"

"但是说起来，我给了阿伦怎样一种生活啊？婴儿们不会记得。但是阿伦，神灵保佑。想到那些夜晚，我眼睁睁看着儿子吃力地爬上围墙，或者无精打采地走向牧场。独自一人，如此疲惫。我以前老跟他讲看到大海的故事，而我实际上应该真的带他去看海，而不仅仅是空谈，不仅仅是给出承诺。"

伊妮德一直坐在马多格身边听他讲，怀里抱着双胞胎中的一个。她现在显得比艾丽斯此前见过的任何时候都更加平静，也更年轻，几乎就像是很久以前开门的那个昏昏欲睡的女孩，在一切刚开始的时候。

不过，现在，伊妮德却惊了一下。她环顾周围，像是刚从梦中醒来一样。她抓住马多格的胳膊，手指都陷了进去。"阿伦在哪里？"然后所有人都开始寻找，小声询问，却找不到阿伦。然后议论声变成了喊叫声和恐慌。伊妮德瞪大一双惊恐的眼睛看着艾丽斯："我的孩子在哪儿？"

# 三十三

少数人留下来看护更小的孩子，其他所有人举着火把分散开去，到沼泽和湖边搜寻阿伦。锡安领导了搜索行动——没有人比他更了解危险地点的位置，尤其是在黑暗中。马多格首先想到的，是阿伦或许会完全无法抵御水体的诱惑，都怪他给孩子讲了太多拜德世界周围蓝色海洋的传说。阿伦等不及要去看水——无边无际、超越视野极限的那种。

也许就是这么简单，艾丽斯想。也许阿伦只是想去看看水。那样的话，大家就可以希望他仅仅满足于远观，而不是去触摸。不会被诱惑到把他的小脚丫伸进去，感觉到泥水从脚趾缝里冒出来。伊妮德担心的就是这个，马多格也是因为这个总是拉着她——以免她自己闯到黑暗的泥潭里去。

艾丽斯落在别人后面，她感觉到腹中绞痛，确信阿伦最大的危险并非来自水体，而是森林。她慢慢退开，远离其他人。看他们的火把向前冲入沼泽，然后她折返回去，一路上呼唤阿伦，求他出来，如果他在，就赶紧现身。

她想到了从迪菲德一路尾随桂尼斯村的孩子们的德尔文。他是一直等到这个机会，才把阿伦引诱到树林里去的吗？他是否想要个玩伴，还是有更可怕的企图？德尔文已经不再是孩子——他甚至已经不是人类。他并不想玩耍，不是吗？他感到饥饿。这才是他那天晚上呼唤艾丽斯的原因。不是因为爱，而是为了得到另一种不同的、可怕的营养来源。

或者是安杰莉卡和贝妮迪克塔来了？她们是否正在对阿伦唱歌？安杰莉卡之前就曾呼唤过阿伦，邀请他跟着走。艾丽斯加快脚步，不需要去想该去哪个方向，因为她鼻端嗅到一点气味，她知道那是阿伦。他闻起来像新鲜牛奶和指尖下洁净的土壤。"阿伦！"她大声叫唤，"阿伦！是我，艾丽斯。求你赶紧出来。"她在自己的嗓音里听出了恳求，感觉到一份自私的绝望企求，想要找到他——不是为了他，而是为了她自己。不仅仅是因为她爱这个男孩，当他是个小弟弟，而是因为她已经无法承受更多哀痛。

然后她在树木之间看到一个白影闪过，一开始她担心那个是德尔文。但不是，那是一件白衬衣，穿那件衣服的人是黑色头发，而且不是在飘行，而是在俯身潜行。他在隐藏。艾丽斯感觉肚子里松了一口气。

"阿伦，是我。艾丽斯。你把所有人都吓得半死了。现在马上出来吧。"她伸出手。她看到男孩看着她的手，孩童圆圆的眼睛眯起来。艾丽斯又一次嗅空气。阿伦的奶味儿变酸涩了,有些腐臭。这些转化成了猜疑。他害怕艾丽斯。

他害怕她,所以他才跑进了树林里——只为了远离她。

艾丽斯的解脱感变成了愤怒、反感。这个男孩,曾经在睡梦中被她抱在怀里的男孩害怕她。艾丽斯明明爱过他,以为他们是一家人,以为他们可以是一家人。现在,他却像那些迪菲德村的孩子们一样看待她,把她当怪物,就像她真的就是怪物。

他怎么敢这样?

愤怒烧成了苦涩的灰烬,艾丽斯一步步走向他,而男孩畏缩着离开她,紧贴着身后那棵树,寻找着出路以便逃走或者爬上去。艾丽斯发现自己也在搜寻,感到好笑,这孩子还以为他能在自己面前逃开。如果她想抓到他,她就能做到,不是吗?

这就是她当时的想法——并没有感到恐惧,而是突然感到一阵满足,让她觉得自己膨胀了,感觉身体飘起来离开了地面。他才是那个可鄙的生物,不是艾丽斯。他凭什么来审判她——这个曾经为他做出过牺牲的女孩?明明艾丽斯曾经为他冒过受罚的风险,甚至更多。如果连阿伦都认定艾丽斯邪恶,那么她又有什么理由不变邪恶呢?

地面已经在艾丽斯身下某处,但她并不担心。她反正也没有接触地面。

阿伦两手捂住眼睛,不敢看她,他大声喊着,叫妈妈叫爸爸。空气中的气味,波浪一样从他身上涌起来,那是令人作呕的恐惧,掺杂着男孩小便失禁的臊味儿。

他的哭喊声就像一条耻辱的毯子蒙在艾丽斯身上，它的重量让她沉落，让她收缩到本身。她两手抓住叶子和尘土，用意志力要求自己回到此地，此时，变成肉身而不是幻影。她抬头看阿伦。她的嗓音沙哑又低沉。"阿伦，你快跑，从那个方向回去，去你父母那里。快跑！"

随后艾丽斯双手蒙住脸，她哭起来。她只听到小脚丫踏过落叶的沙沙声，知道阿伦已经逃走。

艾丽斯晚些时候才走回营地——或许已经是几小时之后，她不知道。周围一片寂静，其他所有人都已经上床休息，只有一个人坐在营火旁等着。他看见艾丽斯就站了起来。"艾丽斯。"锡安说。他就说了这么一句话，然后就把她抱在怀里亲吻她。"你身上好凉。坐下吧。"他引领她，去他刚才坐的那根木头旁边，这儿离火堆只有一尺远。然后他坐在她身旁，用一条毯子裹住两人肩膀。她打着寒战，而锡安把她揽得更近些。她努力去感受他身上的温暖，但那份寒意像是打定了主意要占据她的心。

"我在森林里吓到了阿伦。我感觉那件事正在发生，锡安。我正在变成他们中的一员。"

锡安摇头。"不是，艾丽斯。你只是以为自己变了，你永远都不会伤害阿伦。你不是那样子的。你必须了解自己的这一点。他独自一人，而且感到害怕，但他怕的不是你。"

"你不在现场，锡安。你没看到他看我的眼神。而且他没错。我感觉自己就是个妖魔，就好像我能做出邪恶的事，好像我想要做出邪恶的事。"

锡安把她拉得更近，亲吻她的头发。她顺从了一会儿，然后双手按在他胸前，轻轻把他推开。"你现在必须听我说。自从我的童年时代以来，就有三个怪物一直尾随着我。安杰莉卡，贝妮迪克塔，还有兽魔。我生命中的每一天都在纳闷，不知下一次见到它们是什么时候。我到底为什么会见到他们。每一天，他们都让我困惑：我到底是什么人，什么怪物？在我找到答案之前，我永远都无法安心。"

"你又怎么能知道答案呢？"锡安说，"你就不能简单地相信自己是好人？我这样说的时候，你就不能直接相信我吗？"

艾丽斯看着锡安的脸，知道如果他能为她把一切变好，他会去做。她对别的爱从未像对锡安这样确信、有把握。他想要艾丽斯幸福，而且是幸福地跟他一起生活。但她无法幸福，她在自己胸中感受到了那份失落。"不，我想。但我做不到。"

"我不明白，艾丽斯。你终于来到了这里。现在其他孩子也在这里了。也许一切并不需要那样艰难。也许你可以让一切变得简单。"

艾丽斯握住他的手。"有件事我必须去做，锡安。昨天夜里，兽魔在梦里找到了我。很多年前，它曾告诉我那座山上有个大洞——一个巨大的洞，安杰莉卡和贝妮迪克塔正在制造出来的大洞。那洞扩大了，锡安。如果我不能填补它，它就将毁灭我们所有人。兽魔是这样告诉我的，而我相信它。我之前也感受到了它。所以，不管我是否留在这里，在我封闭那个洞之前，我们中的任何人都得不到幸福。"

"但为什么一定是你呢，艾丽斯？"

艾丽斯耸耸肩。"因为我跟安杰莉卡和贝妮迪克塔很像。兽魔就是这样跟我说的。"

"那你会怎样封闭那个洞？你怎么能阻止她们，同时自己不死掉呢？"

"我不知道。我希望兽魔能够告诉我。"

"你不必一个人去。"锡安说，"而且我也不知道你为什么会想去。我了解山区，而你不了解。我可以帮你。"

她没有回答他，而是把头靠在他肩上，盯着火焰，直到她的眼睛灼热。在随后几个小时，他又把同样的理由用不同形式说了至少十遍。他想要帮助她完成上山的行程，帮她找出封闭洞穴以及拯救她自己的方法。每一次她的回答都一样：只有她能拯救自己。她确信这件事。而且她完全清楚，如果她内心的这份黑暗不断扩张，她就无法确信自己不会伤害那些她爱的人们——甚至包括锡安。那就是锡安必须留在后方的原因。

"锡安。"艾丽斯最后说，她用他自己的话去反驳他，"你相信我，对吧？至少你一直都在这样对我说，说你相信我，说你爱我。"

"是的，我当然爱你啊，艾丽斯。"

"如果你相信我，并且爱我，那么你就必须相信我说的话。我必须一个人去。如果你现在不让我走，那么我就只会在你不注意的时候溜走。"她想起德尔文，他是如何消失的——还有他变成了什么。她握住锡安的手。

"我必须走，正是因为我爱你。因此我必须去掉自己心里的这个阴影，这样我才能回到你身边。"

锡安终于让步。艾丽斯没有给他别的选择。在黎明前的最后一小时，他帮艾丽斯收拾了她旅程中需要的东西。锡安把她的手握在自己手里，陪她走到一条小路的起点，他说这条路最近，可以尽早带她进山。当他们到了那地方，艾丽斯转身面向他，说现在到了她离开的时间。她包里有些食物，一皮袋水，还有一条毯子，加上一块油布，可以给她提供栖身之处。

锡安倚在一棵树上看她。他两臂交叉在胸前。"我就在这里等着你，艾丽斯。"

她也把双臂交叉起来。"哦？你真要这样？等几天吗？还是几星期？打算等多久？"

"如果必要，直到永远。"他在微笑，只有一点笑意。

"你没有吃的。"她说。

"你走的时间越久，我就越不需要食物。我会长进这棵树里。"他的头向后仰，抵着那棵树。"我会变成树，树会变成我。等你回来，将只能在树皮上看到我的脸和身体的轮廓。然后你就可以生活在这棵树下，睡在我的枝条下面。"他伸出双手，握住她交叉起来的双臂，把她拉到身前。"然后等你做梦时，我们就会在一起。"说完后锡安亲吻了她。

奇怪的是，她下定决心要这样做的瞬间——决心离开锡安和其他人去追寻兽魔，面对她前方的任何考验——艾丽斯又一次开始感到踏实。她不再是幻影和灰烬。现在她闭上眼睛，就能想起锡安的嘴唇的感觉，他的脸颊带来的刺痒，他身上的盐和水的气息。然后她拉开距离，转身，迫使自己不要回头看。

她曾希望那一整天都爬山，然后夜里继续赶路，一直坚持到兽魔所在地，但那显然是愚蠢的做法。艾丽斯的脑子里充满期待，但她的身体却不听使唤。当夜色迅速变浓，月亮勾勒出周围景物的轮廓，却没能照亮脚下那些凹凸不平的岩石，艾丽斯多次被它们绊倒。

于是她扎营休息。她并没有觉得饿，她看似已经完全忘记了食物，但现在，她四肢颤抖无力的状况却提醒她，现在需要吃些东西。她嚼了几片水果干，还有一小块燕麦饼。然后她把这些全都呕吐了出来。她努力不去想，自己无法忍受普通食物这件事意味着什么。她必须睡觉，她想着。她用油布搭成一座临时帐篷，然后裹着毯子躺在下面。

她一激灵醒过来，已经高踞树顶。

"艾丽斯*丝丝丝丝丝*。"

艾丽斯透过黑暗环顾周围。坐在这根树杈上感觉好自然，感觉到周围的空气还有空间，身下没有床，似乎也理所应当。

"艾丽斯*丝丝丝丝丝*。"

这声音是德尔文。艾丽斯想到那个针尖一样的声音，像在她脑子里划。

"艾丽斯*丝丝丝丝丝*，到这里来来来来来来。"

艾丽斯爬过那条树枝，滑到地面上。她犀利的眼睛看透清冷的夜色。这里，高山之上，夜晚天气果然更凉。

她看到了德尔文，月光反射在他浅黄的头发上，他躲在一棵树后窥探，像是在跟她玩似的。"你想要怎样？"她问。

他飘行，跳跃，到另一棵树旁，又从那棵树后面窥探。

"你别再玩了，德尔文。我知道你现在是什么。"

"也许我也知道你是什么。" 他的笑声像是校园里玩游戏的孩子，但更刺耳，更恶毒。

然后他走出来，向前飘，现在不再犹豫，也不再游戏，而他的脸，哦，他的脸可不再是孩子那样。

艾丽斯怎么可能把这个当成小孩？因为她本以为能看到一张童真的面孔吗？是否因为她非常渴望再次找到她的德尔文——那个曾在围墙上紧紧抓住她的小男孩，心跳曾经跟她同步的那个人？但这个已经不再是德尔文，他甚至不那么像从前的他。他的皮肤被扯得很紧，透明地覆盖在他脸部骨骼之上，曾经绿色的眼睛已经变成黑色，那么黑，黑得像他头上的两个洞。这样的洞可以让你跌落进去。

看到这两个洞的时候，她感觉到心里一揪，然后是份牵引力，她捂住自己胸口。不要!

"不行，德尔文。你这样子对付不了我的。我不是那些被你吞噬的其他灵魂。"

那拖曳停止了。他没有能够凌驾于她的法力，而她知道为什么。是他的脸泄露了他的秘密——或者就是艾丽斯看清他面孔的能力起了作用。也许这就是让艾丽斯一直都如此特别的事情之一——她有能力看透事物的本质。表面的美，有时可能是丑陋，你并非总是能在预期的地方找到好和坏的事物——别人提示的位置也同样可能不准。现在，她看出德尔文并不是她那个年轻时逃走的朋友，痛悼亡兄的那个少年。那男孩很久以前就已经死了。这个德尔文是另外一种东西——已经变成了另外一种东西——而艾丽斯也能看透他现在的本质。她可以看透他的皮肤，看到那个应该有一颗温暖的心在跳动的位置，但在那里，已经只剩下灰烬。

德尔文的脸在扭曲，他冲向艾丽斯。艾丽斯险些后退，但还是站定了没动。然后，他同样突然地停住。他触摸自己的脸，就像能够透过艾丽斯的眼睛，看到他自己和他的邪恶。他看自己的一只手，那只手也像他的脸一样骨骼分明。他一面看自己的手，一面向后飘，一直向后，直到他消失在群山深处，逃出艾丽斯的视野。

# 三十四

　　第二天早上，艾丽斯感觉到一份深切的确信，认定她在这天结束之前一定会见到兽魔。它的存在感好强、好近，似乎它就在艾丽斯身边移动。她时常会扫视周围，看两边，看头顶，却没有看到过它。也没有声音。

　　她没能吃下早饭，她感觉身体疲惫虚弱。昨夜看到德尔文死掉的面孔让她感到恶心，让她整晚都没能再睡着。她赶路期间啃了一口苹果，马上就感觉胃里的东西涌入喉咙，她把那一口吐出来，然后把整个苹果远远地扔进树林里。

　　它落下，滚到兽魔的脚爪旁。

　　来。时候到了。

　　它直直地向上一跳，消失在头顶枝叶以上。艾丽斯冲到它刚刚还在的那片树林里，脑子里想的全都是，她不可能追上一个长了翅膀的生物。然后她发现，它再次降落在自己前方的不远处，于是她继续向前猛冲。

他们就这样继续，艾丽斯早已感觉不到自己肺部的灼烧，也不在乎自己已经有多少次跌倒，裤管里的皮肤被划伤多少处。

午后变成傍晚，光线变成金色，然后是粉红。山势越来越陡峭，直到最后，艾丽斯再次抬头，发现兽魔站在自己头顶上方的一道石梁上。落山的太阳从它背后照射过来，艾丽斯不得不眯起眼睛。

她手脚并用，向上攀爬到它身边。一旦等她靠近顶端，兽魔就向前下方探身，用一只长长的爪子抓住她的一只胳膊，然后把艾丽斯向上拉起，掠过空中，放在那片平整的岩石上。然后它放开了她，艾丽斯仰头看它，那兽魔高大、有毛、肋生双翼、尖牙利齿，它的样子凶恶，但行为却和善。艾丽斯想要问它到底是善是恶，但她知道对方不会回答。她还不如去问风的善恶。像风一样，兽魔两者都不是。她曾经希望把自己当成好人。现在，她只想像兽魔那样无所谓善恶。就当时来讲，她担心自己身上邪恶的成分要比善良多很多。

兽魔没有看她，它在直视前方，这也吸引了艾丽斯的目光。兽魔领她继续前进。

灰色岩石变成了草地和低矮、丑陋的灌木。但这些都只有野草和灌木的外形，因为那段山崖后面已经只剩灰烬。当她和兽魔走过时，野草形状的灰烬便已碎成灰尘。灌木形状的灰烬被艾丽斯指尖触到就会解体。她的手缩回时也已经变成灰色，就像她本人也在化成灰。她在裤管上擦那只手，想要把灰蹭掉。

灰烬之后，是一个深深的、黑黑的洞，周长大到足以吞下整个迪菲德。那洞里升腾起来的气味是……空无。那儿根本就没有气味，就像没有光，没有声响，也没有任何生命迹象——没有任何能把它跟人或者动物联系起来的东西——能够存续在那么深的地方。即便在梦里，在她清醒时最为绝望的时刻，艾丽斯都不曾体会过如此诡异的空虚感，像她现在感觉到的那样。

"我在担心啊，"艾丽斯说，"你曾说过，等时机到了，我会知道怎样封闭这个洞。但我现在并不知道。"她感觉到空空的腹中涌起恐慌。她本来以为自己会本能地知道答案，就像之前她碰到某些人的时候那样——就像母亲触及病人身体时的那种感知力——或许当她靠近洞穴，她就会得到这样的启示。她曾希望自己能够治疗这道伤口，就像母亲教过她的如何治疗人类伤口一样，她会知道如何清除这种毒害。但这个洞，它在艾丽斯面前张开黑暗的巨口，像个在不断长大的东西，只会继续撕裂，撕裂。她当时确信，不久以后，整个拜德世界都会沉入其中。她想到这个就毛骨悚然。

"魂妖正在制造这个洞。要封闭这洞，你就必须让她们停止。如果你做不到，这个洞就会吞噬一切。我们会全部都化为虚空。"

"你为什么不能让她们停下来呢？为什么一定要我去做？"她痛恨自己的恐惧，但那情绪还是在她胸中疯狂蔓延。

"你必须像她们，才能阻止她们。我不像她们。"

"但我就是像她们。"艾丽斯说。这就是事实的丑陋之处。

她能在嘴里尝到那份苦涩。不管她有多少次试图推开它，吐出它，它总是会回来纠缠她。这就是兽魔需要她的原因，因为她本性邪恶。而兽魔需要一个邪恶的生物来完成这件邪恶的工作。

你像她们，但你不是她们。

像她们，但不是她们。像她们，但不是她们。艾丽斯对自己重复这几句话，想要相信它。她还有些机会。她还有一次选择。这就是选择给人的感觉——它非常可怕。太阳沉入地平线以下。艾丽斯周围的世界暗下来，她感觉到那洞的巨大和她本人的渺小。"我能在哪里找到她们呢？"

"那个魂妖男孩总是跟着你。你不需要去找他。"

"而那两姐妹呢？"

"有一个跟我在一起。她会告诉你如何找到另一个。"

艾丽斯跟随兽魔穿过黑暗，到了一座岩洞入口。它指向一支火把和一块打火石。

"点燃，进去。我不会跟着。你必须自己进入。"

然后兽魔下蹲，起跳。它扇动皮革质地的翅膀，消失在黑暗的夜空里。

艾丽斯进入岩洞，空气马上变得更憋闷、更潮湿、更阴冷。火把只能照亮她两侧的岩石以及脚下和面前很短距离的石头地面。这里空气太少。感觉简直没有空气。她抑制住窒息感，强令自己不转身逃走。几分钟过去，她艰难向前。然后这段狭窄通道变宽，成了一个稍大的房间，那里坐着一个女人。

那女人坐在地上，背靠着石壁。她的两腿缩到颏下，脸朝下，压在膝盖上，两臂屈在胸前。她的头发夹着枯枝落叶，被泥巴弄得色泽黯淡，披散在她身上。艾丽斯看不到这女人的脸，但她知道这人不是安杰莉卡。安杰莉卡给她的感觉，跟这人完全不同。

"贝妮迪克塔？"艾丽斯问。

那女人这时候抬头看艾丽斯，她的头发分开，露出脸来。

她那张丑脸。艾丽斯曾经觉得美丽的面庞，现在变得极端怪异，枯干苍老，到处是黑影和凹陷。透明皮肤下的骨骼清晰可见。巨大的黑色眼睛完全没有眼白，只有瞳孔。嘴唇青紫，像死人一样。

艾丽斯的全部理智都无法运转，她当时只想逃离。

"是的。我是贝妮迪克塔。"她说，"我一直在等你来。兽魔答应我，说你会来。"

艾丽斯更像是感觉到贝妮迪克塔的话，而不是听到。这生物没有动弹，但声音却已经出现在艾丽斯体内，进入她的胸膛，裹在她心上。艾丽斯吸入贝妮迪克塔无底的绝望，就像那是她自己的感觉一样。贝妮迪克塔的匮乏激发着艾丽斯自己的渴望。艾丽斯感觉到贝妮迪克塔曾受过多么严重的伤害——但她还是那样危险。她还是危险人物。艾丽斯不能让自己有一刻屈服于贝妮迪克塔，否则她就可能永远也无法离开这座洞穴。

"你为什么在这里？"

"等着被杀死。"贝妮迪克塔说，"没办法。没办法再这样继续下去。失去了那份饥饿。只感到累。那么累。想要休息。"

贝妮迪克塔的声音在艾丽斯胸腔里轰鸣，但艾丽斯不相信这番话，从来就不曾相信她。休息，这曾经是安杰莉卡和贝妮迪克塔向桂尼斯村的孩子们提出过的诱惑。但相反，魂妖给孩子们带来的却是死亡，甚至比死亡更糟：她们没有给孩子们任何东西。她们把孩子们化为了虚空。

艾丽斯想起了安杰莉卡曾经告诉自己，贝妮迪克塔离开了她——而这件事的起因是跟德尔文有关的嫉妒心。

她想知道贝妮迪克塔对此作何解释。"你为什么没有跟安杰莉卡在一起呢？"

贝妮迪克塔摇头："我请求她停下来，让我们都能休息。但安杰莉卡永远都不愿停歇。她的饥饿永无终结。"

"安杰莉卡对我说，这件事是因为德尔文。她说你对他有很强的嫉妒心，想要把他抛下。"

贝妮迪克塔弓起后背，发出一声尖叫，那声音是那样响亮，那样痛苦。这叫声在洞穴中回荡，艾丽斯险些丢掉火把，用手去捂耳朵。当寂静再次降临时，贝妮迪克塔两手抱头说："其实是安杰莉卡自己受够了那个男孩。他的气味一开始变酸，后来变臭，再后来就开始失去气味了。"

艾丽斯想起早已死去的德尔文，现在更像是灰烬而不是孩童。她们对他做出了如此可怕的事。

"我离开了安杰莉卡。"贝妮迪克塔说，"因为我已经完了。我已经准备好化为虚空。"她抬头，用黑暗的、无光的眼睛看着艾丽斯。"我想让你取走我的灵魂。"

艾丽斯向后退开，用力摇头。"不。不，我不会的。取走你的灵魂，只会让那个洞变得更大。"艾丽斯想象着那个洞不断扩大，吞噬掉锡安、保尔、贝蒂、伊妮德、马多格、阿伦，还有其他所有孩子。她想象他们的脸坠入黑暗。然后她再次想起德尔文的脸，还有食魂行为给他带来的变化，以及同样的罪行给眼前这个怪物带来的变化。

"我害怕那个洞。"贝妮迪克塔说，"但它却又吸引着我。这就是我来这里的原因。兽魔说，我可以进入那个洞，就能化作虚无。但那种办法对我不起作用，我做不到。"

"但你必须那样做啊。"艾丽斯说，"既然兽魔说过，那是唯一的办法，那你就必须自己跳到那个洞里去。"

"这不是唯一的办法。兽魔说过，你会愿意杀死我。"

贝妮迪克塔的声音现在变成了凶狠的嘶鸣，她脸上的骨骼扭曲、收缩。"它答应过我的。它说如果我待在这里，你就会愿意做那件事。"

兽魔的确说过，艾丽斯到时候会知道该做什么。但艾丽斯现在却什么都不知道，她只感觉到绝望。"我必须阻止安杰莉卡。我不能放任她继续掠取灵魂。她会毁灭我们所有人。你知道她现在哪里吗？"

贝妮迪克塔的脸扭曲得更厉害了，她的嘴角微微一动，似乎想要微笑。她说："交易。你是在向我提出一桩交易。我帮你找到我姐姐，然后你就取走我的灵魂？"

艾丽斯感觉自己被打败了，实际上已经被打败了。贝妮迪克塔的力量已经被削弱，但她依然狡猾，而艾丽斯在这方面毫无技能可言。她只想关闭那个洞，去保护她爱的那些人。她本希望在此过程中净化自身。但或许她已经被毁得太多，这件事不能指望了。她想起跟锡安一起坐在独木舟里的那天——那只是几天以前吗？他相信艾丽斯的善良。然后她想起母亲、父亲、妈妈、爸爸、小盖诺尔以及所有那些她爱过、失去而无法拯救的人。这一切导致了当前的局面。如果她不能拯救自己，那么她至少还能拯救锡安。她会拯救保尔和贝蒂，马多格和伊妮德，还有阿伦——被她吓成那个样子的小阿伦。她或许已经是个失落的灵魂——一个空虚的灵魂——但他们还不是。"好吧。"艾丽斯告诉贝妮迪克塔，"如果你帮我找到安杰莉卡，我就取走你的灵魂。"

　　贝妮迪克塔四肢并用挪向艾丽斯。没有那么接近，但也已经很近了。"我会告诉你到哪里去找她。然后你必须马上取走我的灵魂。马上！"

　　艾丽斯颈后寒毛直竖。艾丽斯或许并不狡猾，但她也不傻。"不。你必须跟我一起去。你得带我到她那里。然后，是的，我会取走你的灵魂。"

　　贝妮迪克塔用黑舌头舔舔她的嘴唇。"我不喜欢这交易。你要是骗我怎么办？我姐姐和我，之前可都受过骗。"

　　"我不会那样对待你。我知道你能看透我，贝妮迪克塔，你能看出我心里没有诡计。我只想阻止安杰莉卡，然后我会履行承诺。"她认真地说。艾丽斯意识到，她自己也想让这一切早点结束。她也已经很累了。

"好吧。成交。但如果你背叛我，我就会找到你的那个男孩——那个棕色眼睛的高个子男孩。我看透了你内心里的那个欢笑的男孩。是的……就是那个。"她阴险地狂笑起来，露出一嘴灰色牙齿。"我在你心里看到他。你把他看得很亲。假如你背叛我，丫头，我就会找到他，等我对付过他之后，你连记忆都剩不下。"

艾丽斯感觉到怒火在她心中点燃，鼻子里闻到了刺激性的苦涩气息。她压下怒火，在被它吞噬之前熄灭了它。"我们明天出发，天一亮就走。"

当艾丽斯转身准备离开时，贝妮迪克塔爬过两人之间最后一段距离，用瘦骨嶙峋的手抓住她胳膊："你一定得履行承诺，否则我就把他们全杀了。"

# 三十五

当艾丽斯从那个洞穴出来时,是最黑的夜,她用力把新鲜空气吸到肺里。

艾丽斯感觉到那洞很近,尽管看不见它。她现在已经在灰烬线以外,在一片荒凉地带,有些矮树,还有巨大的岩石。但她知道那洞就在旁边。而且她也知道它还在生长,时刻都在逼近。她能感觉到那个洞,在她心里,在她灵魂里。

她把油布挂起来,钻到下面,但却无法入眠。她重新爬出来,生了一小堆火,在背包里找水喝。艾丽斯对未来的恐惧,让她嘴里的湿气全部被吸走,水流过她喉咙,感觉很清凉。

时间过去,艾丽斯盯着火苗。过去的画面轮番浮现在她脑海里。多数都是锡安的脸。那些他手里握着艾丽斯的头发,亲吻她的时刻。这次,她没有感觉到腹中激荡的那种兴奋感,像从前想起他的时候那样。她现在只感到哀伤和确切无疑的失落。她对贝妮迪克塔做出的承诺，已经关闭了她跟锡安一起幸福生活的全部可能。如果她做了贝妮迪克塔要求的事，她就会成为她们那样的人。然后艾丽斯就将成为困守那座洞穴、等待自己末日的人。也许那就是兽魔给她(还有她们)计划的结局——一直都是这样。

艾丽斯让她的眼睛失神地盯着火苗，一下都不眨。那热力渗入她的皮肤，炙烤她的脸颊，她努力让自己不再有其他任何感受。

然后，透过火苗，在另一头的黑暗中，她看到两个小小的、白色的脚。

"艾丽斯。"

她抬头就看到了德尔文。他的脸还跟昨天一样，在她看来很可怕。但艾丽斯感觉到，他的内在已经发生了某种变化。某种此前对艾丽斯关闭的东西，在德尔文内心深处那个坚实的黑色硬核上，防卫已经开始弱化。她能感觉到那些裂痕。

"是我，德尔文。"

他沉默了好久。艾丽斯以为他会再次从自己面前飘走。然后他说："你还记得那座围墙吗？"

"我当然记得，而且我也记得你是怎样救我的。你还记得那件事吗？"

德尔文侧头思索。他的黑眼睛瞪得很大，说："我记得我的两个哥哥。长老们如何在他们死后还说他们的不是。还有他们看我的眼神，就像我内心的邪恶一样。我记得我有多恨他们。"

恨，艾丽斯懂得恨。她记得自己对福特和塞雷丝有多么强的反感。这感觉最初是怎样让她感到腹中发热，然后又如何在她口中化为灰烬之味。"艾本和艾荣以前都是很可爱的男孩子，你也是。"艾丽斯说。

"曾经是。"德尔文说，"我现在已经不再是可爱的男孩，对吧？我现在老了。老而且……"他把一只手挡在脸前，"……丑。我能记起自己小时候的事，艾丽斯。但我已经无法感觉到它。童年就像一个遥远的故事，曾经有人向我讲述过一次。现在，我已经不再相信那个故事了。"

艾丽斯看着他，试图想起她曾认识的那个德尔文。试图抹掉这张脸，只看到他浅黄色的头发，他灵巧的身体。有一会儿，她感觉自己能做到。她说："要跟我坐一会儿吗？这里，坐到火边来。"

德尔文犹豫了一会儿，然后蹲在她对面，让小火堆在两人之间。

有件事，艾丽斯需要问他，尽管她害怕他的答案。"其他那些桂尼斯村的孩子们，那些出走的，你们把他们全都杀死了吗？"

德尔文点头："有些是我杀的。有些是安杰莉卡和贝妮迪克塔吃掉的。"

艾丽斯伸手到她裤兜里，取出那块绣着所有桂尼斯村孩子姓名的亚麻布。她用手指抚摸那些名字。这些可怜的孩子啊，她想。那么辛苦，他们只想得到休息而已。

"我并不想做坏事。"他说，"我只是给了他们想要的东西。每个人都想要的东西。"

"那是什么？"

"免于恐惧。可以安息。"

"艾本和艾荣想要那个吗，在安杰莉卡和贝妮迪克塔杀死他们的时候？"艾丽斯知道这样说很残忍，但她提醒自己，跟她对话的是个妖魔，不是个小男孩。这个妖魔已经制造过太多杀戮。她想起所有那些可怜的灵魂，被他的歌声吸引到森林里，然后被吸走生命力，永远消失了。

德尔文把头放在自己的膝盖上，这让艾丽斯想起贝妮迪克塔——就好像她们两个都无法忍受看到自己，或者被人看透；就像她们是第一次照镜子，被自己的影像恶心到了。

"他们现在都不会辛苦了，也不会再害怕。"他说。

"的确，他们现在什么都不是。他们走了。"

德尔文从膝盖上抬起头："我也想走，艾丽斯。你能让我离开吗？我已经死了，灵魂也死了。我已经化成了灰，但不知为何还在这里。对你来说，杀死我只是一件小事，几乎算不上杀死。"

她已经承诺过要取走贝妮迪克塔的灵魂，而且她会那样做。但她不能杀死德尔文，不能对他下手。一定得有另外的办法。兽魔告诉过贝妮迪克塔，她可以自己跳进洞穴里，用那种方式结束她的痛苦。想象德尔文遭遇那样的结局，也会感觉很可怕。但艾丽斯提醒自己，眼前这个不是德尔文，不再是他。"你可以去那个洞。这过程会很快，而且没有痛苦，然后你就消失了。"

德尔文抿紧他的紫色嘴唇："我害怕那个洞。"

"那个洞是你们制造出来的，德尔文。你和贝妮迪克塔，还有安杰莉卡。那是你们的一部分。我觉得它可以给你们想要的结果。"艾丽斯感觉到腹中有恶心感，把虚无这样推荐给别人，就好像这也算礼物似的。但如果德尔文能帮忙缝补大地上的那道伤痕，也许会有某些活着的、真实的东西能重新填补那片空间。或许德尔文也会成为新事物的一部分。

"你愿意跟我一起去吗？我不想一个人走。"

在艾丽斯眼里，德尔文再一次变得像孩子。也许是火苗造成的幻象，也许是她内心的悲哀作祟——她渴望自己的朋友成为原来的样子。不管原因如何，他的脸部线条的确变柔和了，艾丽斯看到曾经的那个男孩形象在闪回。她说："我愿意，马上就去。"

艾丽斯站起来，绕过火堆去他面前。然后她伸出一只手。

当德尔文把手放在她手里，那感觉是又冷又干，像是握住了一把枯骨，而不是肌肉。他站起来，然后两人一起走。德尔文在她身边，像艾丽斯的影子一样缥缈。他看似比艾丽斯更熟悉这条路，黑暗和险阻都不会妨碍到他，然后他停下来。

那洞就在他们前方十尺，艾丽斯两脚都已经被埋在了灰烬里。她内心感觉到掉落其中的那种恐惧，她也在自己握着的那只小手上感觉到了同样的恐惧。

"你之前说，这过程很快，而且没有痛苦？"德尔文仰头看她，他的脸在月光下泛光，现在看起来，很像她从前的朋友。

艾丽斯感觉到眼睛刺痛。看着她朋友的脸，想起那些年在地平线上搜寻他的踪迹的情景。她再次感觉到当年失去他的痛苦，一次又一次的失落感。她轻轻握了下他的手。"是的，德尔文，没有痛苦，以后也没有任何痛苦了。"

德尔文向前看，放开艾丽斯的手，扭身再次仰视她。"永别了，艾丽斯。"

再走出十步，他就已经消失了，只有浅黄色的头发一闪，渐渐坠入黑暗。

艾丽斯瘫坐在地上，轻声哭泣。

# 三十六

第二天一早，天空就是一片钢灰，狂风扫过巉岩。

贝妮迪克塔再次尝试让艾丽斯现在就取走她的灵魂，而不要逼她带艾丽斯去找安杰莉卡。"跟你去，丫头，为什么啊？"她在岩洞里走来走去，时而飞到艾丽斯面前，时而又退开。她一遍又一遍这样做，同时一直在埋怨艾丽斯。"你的确答应过我，但你是在撒谎，他们总是撒谎。"她旋转不定，留下一条枯枝和树叶组成的痕迹。

艾丽斯跟在她身后上山，贝妮迪克塔仍在不停地吵闹。每当贝妮迪克塔指责她撒谎，艾丽斯都会重复她的诺言："我会做到的，贝妮迪克塔，我会杀死你。但首先，你必须带我找到安杰莉卡。我不是说谎的人。"

"说谎的人都这么说。"贝妮迪克塔说。

艾丽斯跟着贝妮迪克塔，穿过貌似无穷无尽的松林。这里的树木长得粗大，阴森而茂密，周围一片寂静，只有滴水声、溪流潺潺声和小动物匆匆钻过灌木丛的轻微噼啪声。这样走了几个小时之后，当贝妮迪克塔持续许久的抱怨渐渐和缓下来，艾丽斯终于用一个困惑了她许久的问题打断了贝妮迪克塔："你们是怎样选择带走哪些灵魂的，贝妮迪克塔？为什么会攻击迪菲德人，却不去招惹大湖区人呢？"

贝妮迪克塔沉默了片刻，时而飘飞，时而爬过枝杈和岩石。她停下，回头看艾丽斯。艾丽斯一直都避免直视她黑色的眼睛、衰老的面容，但现在她必须去看。艾丽斯对贝妮迪克塔脸上掠过的每一种情感了如指掌。饥饿，愤怒，怨恨，还有恐惧。"姐姐和我很早以前就决定了只在深夜狩猎。我们会猎杀那些孤独者、无人陪伴的人，那样更安全。我们潜入，我们猎取，我们随后隐藏。"

贝妮迪克塔转开头，继续前进。但艾丽斯再次开口叫住她："那么，为什么攻击迪菲德人？"艾丽斯盯着贝妮迪克塔背上沾满泥巴和落叶的头发。魂妖中途停在一块岩石上方，看上去不像一个女人，而更像是从湖底爬出来的异类生物。

贝妮迪克塔回头看艾丽斯，一侧嘴角翘起。"我们无法拒绝，那会带来回忆。让我们想起另一次，另一座村子。你记得的，你也在现场。"

这一刻，艾丽斯发现自己的好奇心全部消失了。那另一座村子就是桂尼斯，她的家。现在她已经没有家了，她已经没有更多理由跟贝妮迪克塔对话。她或许应该对她感到愤怒，因为她做过的那些事，但相反，她感觉到的只有巨大的、带来痛苦的哀伤。这伤感完全吞没了她，她只能勉强做到一步一步向前，继续赶路。

时间就这样过去了一小时，或许更久，直到艾丽斯迫使自己把那副重担从胸中和肢体上甩开，丢掉那份哀愁。它们现在对她没有用。然后，一个陌生的响动在艾丽斯耳朵里渐渐增强，在她还没有完全留意到的时候就已经开始。最开始，它像是低语声，随后越来越强，就像她正在走过那片声音，就像它存在于艾丽斯身体周围。它就像滚滚雷声，但在边缘，声音更柔和一些。

然后艾丽斯开始发觉，她前面的道路渐渐变得更加明朗，前方视野里出现了天空，但没有其他。

大海，当它终于展现在艾丽斯面前时，果真和阿伦向她讲述过的一样。它不断绵延到极为遥远的地方，艾丽斯无法相信世上有任何东西能够如此广阔。这个一点都不像丑陋又空虚的洞穴。海洋无比富饶，众生群集，艾丽斯看到它就觉得一阵狂喜。她开心地惊呼，一时忘记了周围的一切。她直接到海边，低头看，被水的力量感染了。它们呼啸着扑向岩石，砰然撞击后，散出许多带有泡沫的水花。它美丽，又可怕。

难怪阿伦那么想看到它。

贝妮迪克塔蹲在她前方的路上，皱起眉头。"我还以为你着急赶路呢。"她说。

艾丽斯遥望那一大片水体，这无穷无尽的空间，她此前都不知道有这样的东西存在，直到很久以前的那一天。艾丽斯感觉到胸中一阵剧烈的颤抖，然后又突然变轻，就像有某种沉重的东西离开了她的肩膀，她之前完全没有察觉自己在肩负着它。她还是没有计划，不知道该怎样履行诺言，又不会在这个过程中毁掉自己。但德尔文昨夜的来访给了她一根细细的枝条可以握持，她现在有了一线希望，或许她并不会万劫不复。她或许还有机会拯救她自己，同时也拯救所有人。如果德尔文能够克服他对巨洞的恐惧，投身其中，也许艾丽斯同样能说服安杰莉卡和贝妮迪克塔做同样的事。也许她们内心也都隐藏着一个孩童，就像德尔文那样。

她继续沿着悬崖边向前攀爬，尾随贝妮迪克塔，大海始终在她们侧下方。等到贝妮迪克塔停下来，指向一棵像是巨型梯子的树，天空已经变暗，几道虚弱的金光从少数云层裂缝里穿透来。那棵树又高又直，独自矗立，它两侧的枝丫距离均匀，像是想要给人提供落脚之处似的。在那棵树上，距离她头顶四十尺的高度，有个藏身之处，更像是鸟巢而不像房子。"我先上去。"艾丽斯对贝妮迪克塔说。她不放心那两姐妹在一起独处，一会儿都不行。

海浪声充斥着艾丽斯的耳鼓，风吹过她肥大裤子的褶皱。她开始攀爬，即便是当树皮在她手中剥落时她都没有停步。手脚并用，她一直匀速向上，告诉自己不要急，因为只要失足一次，她就完了——她爱的所有人也会一样完蛋。她时不时向下看，确保贝妮迪克塔也在她后面缓缓攀爬。

到了树顶之后，艾丽斯爬到木质平台上。上面修建了一座小屋，墙壁是编在一起的树枝，有倾斜的覆草屋顶。她站起身，向下看，然后向左右两边看。

海岸线不断延伸。悬崖、灌木和海水。任何地方都没有安杰莉卡的身影。她向下方的贝妮迪克塔伸出一只手。后者的脸阴沉着："我不需要你帮忙，谎话精！"

贝妮迪克塔到了平台之后，艾丽斯推开小屋门，两人都走进去。

小屋让艾丽斯想起她以前去过的某个地方，某个她努力回忆的地点。然后她想了起来，就是兽魔引领她到达的那座山间棚屋。这小屋不一样，但又在某种意义上相同。这两个野女孩曾经想要在这里为自己建造一个家。那里有两张简单的小床，用树叶和苔藓铺成。

艾丽斯感觉到身后有新人出现，她转身。安杰莉卡站在门口，就像是贝妮迪克塔的镜像。安杰莉卡的美貌也已经消失。是很短时间之前吗，艾丽斯还看不到表象之下的时候？她现在已经无法想象那种情形。她的心狂跳了一下，两下，在她耳中那样响亮，以至于她觉得安杰莉卡一定也听见了。

"你本应该小心一点的，丫头。这里是我盘踞之处。这里是我的鸟居，而你闯入我的私人领地。"安杰莉卡像贝妮迪克塔一样扭曲地笑了，但艾丽斯从安杰莉卡身上感觉不到绝望。她完全是强硬、阴险和狡猾的化身。

房间变暗，像是有云飘过高空，艾丽斯感觉到寒气挤压着她的心。在无须活动肢体的、闪电一样的行动中，安杰莉卡已经扑在艾丽斯身上，脸逼近上来，近到艾丽斯能够嗅到她呼吸中的空虚感。艾丽斯尝到那种空虚的味道，像在嘴里含着灰烬一样。

"我早知道你会来，我一直在等着你。"她转头看贝妮迪克塔，"但我没想到，你会带她来。你又爱我了吗？"

"这女孩和我做了一个交易。"贝妮迪克塔说。

安杰莉卡用她大大的黑眼睛审视艾丽斯，她脸上的骨骼抽动着，嗅取着。艾丽斯感觉像是有指尖在她胸前伸开，想要看清里面有什么，她尽可能让它们一无所得。"这女孩有什么你想得到的东西呢，贝妮迪克塔？"

艾丽斯没有等贝妮迪克塔回答。"给她的折磨一个终结。"她说，"她已经不想继续像你一样生存。"

安杰莉卡用一只瘦骨嶙峋的手掐住艾丽斯的咽喉，把她拉得更近，近到两人几乎像在接吻。"告诉我她在撒谎，妹妹。你只要这样说，我就会马上杀了她。"

"我曾经请求你跟我一起去见兽魔，姐姐。"贝妮迪克塔说，"我哀求你这样做，但你就是不肯。你依然饥饿，但我不再那样了。"

安杰莉卡放开了艾丽斯，艾丽斯赶紧吸了一口气充实肺泡。

然后安杰莉卡一步步逼近贝妮迪克塔，两姐妹面面相觑，两个黑暗灵魂互为镜像。安杰莉卡伸手抓住贝妮迪克塔的双手，把它们放在自己心脏位置。"你宁愿永远离开我吗，妹妹？你真的愿意离开我？其他所有人都已经抛弃了我们，妹妹。但你和我，我们永远相伴。说出来，妹妹。我们永远相伴。"

在那个瞬间，艾丽斯眼中的安杰莉卡和贝妮迪克塔成了以前的模样——在闪电中，在火花里，在一片似乎环绕着两人的辉光笼罩下。她们再一次成了她童年看到过的、飞过牧场的女孩。她们猫头鹰一样的双眼闪着光，她们可爱的面庞被河水一样的头发环绕，头发细密乌黑，像土壤一样油亮。

"回到我身旁。"安杰莉卡说，"我们可以永远住在我们的鸟居里，永不孤单，永不寒冷。"

"我们那样不叫生活，安杰莉卡，你还不明白吗？"贝妮迪克塔把安杰莉卡按在心口的一只手扯开，把它举到安杰莉卡的眼睛前面，自己也有一只手举在那里。又一次，两个女孩变得更像枯骨，而不像血肉之躯，而贝妮迪克塔举起来让安杰莉卡看的那只手丑陋又怪异。"看看我们把自己折磨成了什么样子？我们把自己烧成了灰，我们现在已经无所谓活着，我们已经死了。"

安杰莉卡从她面前退开，转身面对艾丽斯。"这都是你害的！"然后她又一次跳向艾丽斯，一手掐住她喉咙，一面收紧，一面逼近，逼近。当安杰莉卡突然扑过来的时候，艾丽斯感觉到的只有恐惧，现在她还感觉到自己心中的恐惧正在被安杰莉卡啄碎，正在被对方从她体内吸走。然后她想，不要，不行，不能这样，她不能让这种事发生。

于是她把那恐惧替换为黑暗。那黑暗在她体内扩张，充斥她的血脉，取代了原来血液占据的位置。这把她肺里的气息变成了烟。这让她的发丝竖起，让她的脚趾离开了地面。

艾丽斯在扩张。她在胀大。她现在已经在俯视安杰莉卡——短短一瞬间之前，安杰莉卡还比艾丽斯更高，但现在安杰莉卡已经不再更高了。她更小，而且还在缩小。在艾丽斯眼里变得渺小、孱弱。她骷髅一样的脸庞在收缩，骨骼被挤压在一起。与此同时，艾丽斯本人在变大，不断变大。她全身充满了黑暗的狂喜，现在，艾丽斯的手已经掐在安杰莉卡喉咙上，艾丽斯收紧，她什么都没听到，甚至没听到自己的心跳。

这就是她一直以来害怕的事。但是为什么要怕？她问自己。她为什么一直都排斥这个……这份奇迹？这种虚空的奇观，这种消灭一切哀伤和痛苦的感觉。艾丽斯心里空无一物，没有任何东西能让她痛苦。无所畏惧，也不再有善恶之间的选择。没有纠结、担忧和哀恸。没有羞耻，没有负疚。艾丽斯不需要任何一个，她只需要这个瞬间。她只需要充斥她全身的那种黑暗，那会带走她所有的痛苦。那给了她从未预期能够拥有的强大力量。

艾丽斯闭上双眼，她愉悦地喘息着，安杰莉卡现在已经是那么小，那么小。艾丽斯却那么大。

然后艾丽斯已经在跌落，翻滚，她感觉到地板出现在身下，这对她来说是个极大的意外，她突然发现自己两手触到了木料，感觉到自己的皮肤和肌肉，还有血流过心脏和血管。贝妮迪克塔把艾丽斯从安杰莉卡身上推开，正在扶起她的姐姐。她抱着姐姐，两手伸到她胳膊下面，一开始，安杰莉卡看上去像个小孩一样瘦小，但样子却年迈衰老。然后，在贝妮迪克塔抱她的过程中，安杰莉卡变大了一些，直到她和她妹妹再次成为一对，她们互相看着对方的脸，空洞的黑眼睛对着另一双空洞的黑眼睛。

那个瞬间安杰莉卡又一次变成了原来的自己，她的眼睛瞪大，她抓住贝妮迪克塔的双肩。贝妮迪克塔的眼睛随之瞪圆，然后她嘴巴猛然张大。

贝妮迪克塔骨瘦如柴的手抓住姐姐——是在拒绝，同时也是在坚持。

安杰莉卡正在取走她妹妹的灵魂。时间或许是几秒钟，转瞬之间，艾丽斯发现自己看得出神，动弹不得。然后有了一次转变，贝妮迪克塔的手移动到安杰莉卡的喉咙上。安杰莉卡向后仰身，但贝妮迪克塔抓得很紧，然后轮到安杰莉卡嘴巴张大。就这样来来回回，两姐妹一会儿倒向一侧，一会儿倒向另一侧。艾丽斯感觉到房间里还有另外一种东西，某种不可见的东西，而这让她胳膊上寒毛竖起。黑烟从两姐妹的口中冒出来——从一个人嘴里出来，直接被另一个吸进去。一个变弱时另一个变强，下个瞬间，优劣之势又一次转换。

艾丽斯想让这局面持续，又想让它结束。房间里弥漫着一股恶臭味，比艾丽斯嗅到过的任何腐臭味儿更糟。鸟居的门是开着的，艾丽斯感觉到一份渴望，想冲过两姐妹身旁，逃到树下，永远不要回头看。贝妮迪克塔向后摔出门口，她的姐姐把她一直推出去。结束了，艾丽斯想。安杰莉卡将会杀死她妹妹，把她丢进下面的海水里，然后就只剩下安杰莉卡和艾丽斯，最后就会只剩艾丽斯，黑暗型的艾丽斯。因为艾丽斯将会消灭安杰莉卡。艾丽斯头脑里已经不再有困惑。这将意味着艾丽斯自己的毁灭。但这难道不是她一直以来的命运吗？艾丽斯这一生，可曾有过选择？不。她遇见这两个女孩的第一个深夜，就已经完了，陷入苟且的生活，直到她死去。

两姐妹的身影被勾勒在天空背景前，钢灰色天穹，仅在地平线附近有一条光亮，那里是太阳，照亮了云层与水面之间。贝妮迪克塔向后跳开，再向后跳。艾丽斯可以看出，贝妮迪克塔已经放弃，她身上已经没有斗志。安杰莉卡也能看出这一点。

贝妮迪克塔的两手从她姐姐身上拿开，她向后跌落，跌落。

正当贝妮迪克塔就要栽下平台时，安杰莉卡冲上前去，抓住了她的胳膊。贝妮迪克塔抬头，惊讶地看她的姐姐。"姐姐，"贝妮迪克塔说，"放开我。我太累了。"她的声音就像干枯叶子的碎裂声。安杰莉卡骷髅脸上掠过的表情已经不再是黑色的狂怒，而是怜悯，然后就是放弃。

两姐妹互相拥抱，两人之间再没有距离，头发混杂到一起，胳膊和双腿绞到一起，嘴唇几乎互相触及，然后她们互相把对方吸入，也嘘出。

黑烟从她们唇间盘旋而出，翻滚，旋转着从她们躯体向上，像云一样从她们身上腾起，然后不断向周围蔓延，蔓延。她们身体中飞出越多的黑烟，两姐妹就会收缩得越多。

她们就在艾丽斯眼中变成灰烬。海风卷住她们的身体，把她们一层一层渐渐剥离。头发和皮肤变成了风，然后在最后一阵夹杂着树叶、枯枝和灰烬的旋风里，安杰莉卡和贝妮迪克塔消失了。

# 三十七

　　艾丽斯那晚就待在鸟居里面。天已经太黑，不适合爬下去，她也不想下去。她需要睡在安杰莉卡和贝妮迪克塔为她们自己准备的住所里——这个巢，本来是她们用来彼此保持亲近的，在这个不属于她们的世界上。艾丽斯把苔藓和树叶收集在自己周围，吸入泥土气息。被土地和水体环绕，被一棵树举在空中，她闭上眼睛，睡着了。

　　第二天一早，她醒来看到粉色天空，以及特别明确的想吃普通食物的那种饥饿。她想吃燕麦饼，想吃包起来的奶酪，想吃那只放在安杰莉卡树下包裹里的苹果。母亲会说，这是身体健康的标志之一，食欲旺盛。母亲，艾丽斯感觉到泪水在眼角积聚。想到母亲，就会让艾丽斯想回家。现在，她的家在哪里？这个没有疑问了。家就是锡安所在的地方，家就是保尔和贝蒂那里，还有桂尼斯村的孩子们那里。而且她知道，家也在等待着她。

艾丽斯爬下鸟居，顺着悬崖边的路线返回。天空越来越亮，她的胸中充满了新鲜的有咸味的空气。她把一只苹果啃到只剩果核，也享用了味道浓烈的奶酪，还有香香的燕麦饼，她觉得这些是她吃过的最美味的食物。她舔自己的手指，用舌头抹过牙齿。她的嘴里是燕麦香，不是灰烬。

她的肚子很饱，特别满足。

这份饱足感没能持续很久。当她来到贝妮迪克塔的洞穴时，艾丽斯已经又一次胃口大开。远处的洞已经在缩减。艾丽斯站在那里的时候，它似乎一直在变小。在它边缘，灰烬已经重新变成岩石和土壤。那儿还是寸草不生，但假以时日，在将来的某天，或许会有某种东西在那里生长起来。艾丽斯坐在洞口附近，发现自己已经不再惧怕。她伸手到自己背包里，取出她最后的一点儿水果干。她试图小口地吃，吃得慢一点，但做不到。太好吃了，味道真不错，吃东西的感觉真好，有味觉的感觉真好，有感情的感觉真好。

在那个瞬间，她心里充斥着一种如此陌生的感觉，以至于她无法说清那是什么。过了一阵，她才想起那个词。

这就是幸福啊，这就是幸福的感觉。为你自己的皮肤和骨骼而感激。相信你在这个世界上拥有一个位置，被人毫无保留地深爱着——你身上的一切都被接纳，无论光明还是阴暗。而且你也爱着某些人——完全、彻底地爱着。

一片阴影掠过她面前的大地，艾丽斯抬头看天。兽魔张开它巨大的翅膀飞过天空。它没有向下看，但艾丽斯知道，它愿意让自己被看到。它出现在那里，就是为了她。她不知道自己以后还会不会再见到它。她肯定是想见到，但她觉得，也许她已经不需要再见到它。她已经在自己心里给兽魔做了一个巢，在无所谓善，无所谓恶，就只是艾丽斯的那个地方。

# 这就是整个故事的结局

她已经向其他桂尼斯村的孩子们讲述了所有的一切。你一开始没有意识到它在发出声音，然后那声音已经弥散在你周围。它如何在你面前不断不断延展。但她无法告诉他们触及它的感觉，因为她也还没有那样做过。

艾丽斯现在回望他们所有人，他们的笑声时断时续地从海风里传来，风在水边往复盘旋。阿伦正握着马多格的手，指向水面。"看呐，爸爸！看到了吗？就跟你说过的一样啊！"

伊妮德把婴儿们放在远离水边的沙滩柔软的地方，然后他们开始用小胖手连捧带挖。贝蒂被小婴儿们逗得直笑，告诉伊妮德和马多格尽管离开去看海，她和保尔会看好小家伙们。

艾丽斯让保尔许诺，如果他也来参加这次海滨之旅，就要把酒瓶留在家里。而他也的确说到做到。毕竟，他一直都有这个优点。"你也去吧，丫头！"保尔现在冲他喊，"伸一根脚趾头进去！"他向艾丽斯挥手微笑，而她也报以挥手和微笑。

其他孩子们都已经散开在海边。有些坐在湿润的沙滩上，满足于用眼睛看，摇头拒绝靠得更近一点。其他人开玩笑地把兄弟或者姐妹推向海浪方向。

艾丽斯记忆中的第一次，他们看上去第一次真的像小孩。幸福的孩子，面对整个广阔的世界。

艾丽斯已经脱掉她的袜子和靴子，低头看自己的双脚，在白天里显得如此白皙。然后她看了看锡安的棕色脚丫，然后向上看他的棕色双眼。"你准备好了吗？"艾丽斯问他。

"是的，美丽的艾丽斯。我一直都是准备好了的。"他的确是。

她从山里回来的那天，锡安张开双臂欢迎她返回，就像他真的从未停止过等她回来，就像她是锡安终生等待的人。他现在握着艾丽斯的手，两人一起走向大海。

当第一波海浪凉凉地淹没膝盖时，艾丽斯大声尖叫，海水淹到肚皮时她叫得更响，她觉得胸口的气息都在变凉。但突然之间，她由内向外感觉到温暖，然后她真的感觉到了——有一股升力就在她脚下。有一会儿她的整个身体根本就没有触及地面。她一开始紧紧地抓着锡安的手，但当这件事第二次发生时，她就已经自由了——两脚离地，悬浮在水中，她放开了锡安的手，得意地回头看他。

然后，她开怀大笑。

沉睡的野兽

THE BEAST IS AN ANIMAL

狮鹫文学
——GRIFFIN NOVEL——